U1017855

黄昏不晚

Huanghun Buwan

黄昏不晚

HUANGHUN BUWAN

雨城◎著

中国文史出版社

目　　录

想不到在这个夏末的黄昏，龚军忽然带着妻女来敲常老头儿的门，这实在让常老头儿觉得意外，也多少给他孤寂的独居生活带来了些许生气。

第一篇　警卫、警卫

常老头儿刚打开门，龚军叭的一个敬礼，几乎把老头儿吓了一跳。常老头儿退下来已经十多年，现在已经很少有人向他敬礼，即使敬礼，也很少有这么标准，这么充满感情、充满激情的了。从前他是沿海某军分区的副司令，现在他不过是一个老头儿。老伴死了以后，他就一个人住在干休所的小山上，除了一个在本地的儿子还来看看他，平常很少有人来。他没想到黄昏时分还有谁敲门，心想也许是隔壁的老张头儿，老张头儿的老伴也死了，时常过来和他聊上一阵子。

“你是……”背着光，老头儿看不清龚军的脸，他有点儿疑惑地问。

“首长，是我，小龚，龚军。”门口那位完全是一副军人姿态的人，用几乎有点儿打颤的声音激动地说。

“啊，龚军，崇明的龚军。是你吗?”老头儿有点儿兴奋起来，这时他才发现龚军后面还有一个女人和一个半大不小的孩子。

“是啊是啊，是您的小龚，龚军啊。”那个一副军人姿态的人见常老头儿认出了自己，变得异常高兴，连忙招呼他身后的女人和孩子，“来来，叫首长，叫爷爷。”

女人和孩子赶忙上前亲热地叫常老头儿“首长”“爷爷”。龚军介绍说女人和孩子是他的妻子和女儿。老头儿把龚军往客厅里迎，嘴里念叨着：“小龚也有老婆孩子了。”

龚军笑着说：“当年跟在您后面，我还是个孩子呢!”

“可不是，受了委屈还哭鼻子哩。”常老头儿说。

常老头儿把龚军一家三口让到客厅坐下，才发现龚军已经变了一个人了，至少容貌上已经不是当年跟着他当警卫员兼勤务员时的小龚了，而是一个接近四十岁的男人。刚才那一副军人姿态，包括那个标准的军礼，大概是为了让他的老首长尽快认出他，当然，回想当年生活，的确使他觉得激动。那时候常老头儿在沿海某市任军分区副司令，老伴留在G市没去，生活上基本都是由龚军照顾；反过来，做饭做菜龚军有什么不会的，则是由常老头儿手把手地教，一老一少把个日子过得挺像那么回事的。常老头儿常副司令出门或下部队，龚军都怀揣着把五四式手枪，担负警卫工作，多年以前，沿海那边挺复杂的。总之时间长了，常副司令把龚军当儿子看待，该教他的教他，该放手让他做的让他做。不过后来龚军回连队去了(首长警卫员通常是要轮换的，龚军算是跟常老头儿时间比较长的一个，三年)，再后来就复员回家了，这一复员就十多年没通音讯。想不到在这个夏末的黄昏，龚军忽然带着妻女来敲常老头儿的门，这实在让常老头儿觉得意外，也多少给他孤寂的独居生活带来了些许生气。

常老头儿想打开客厅里的日光灯，使客厅更亮堂些，以便能看清他过去的警卫员。可开了几次开关，灯都没亮。他这才想起客厅里的日光灯已经好久不亮了，不知是灯管坏了，还是其他什么坏了，总之是不亮了。儿子说帮他修理一下的，但总是抽不出时间。好在常老头儿家里也不怎么来人，晚上更是很少有人来，所以平常开一盏小灯也就够了。龚军已经注意到老头儿试图打开日光灯，开了几次却没开开。他立刻站起来，搬了张方凳站到电视机柜上，也不知捣鼓了几下什么，反正日光灯亮了，客厅里顿时亮堂堂的。紧接着，龚军上了趟卫生间，他嗅着鼻子出来，说卫生间一定是什么地方堵了。常老头儿说他倒不觉得，也许是他整天待在这儿，感觉不出什么异味，不过他老是看到洗脸盆下面的地漏那儿汪水，不知是不是那儿堵了。龚军立刻挽起袖子到处寻找铅丝，常老头儿觉得挺不好意思的，主要是看到龚军的妻女坐在那儿，连茶水还没来得及给她们倒上一杯。常老头儿再三阻拦龚军，让他先坐一会儿再说，再说天已经晚了，他们一家三口从崇明坐汽车、坐火车，大老远地到这儿，想必肚子也饿了，首先应该考虑的是如何做晚饭给他们吃。平常老头儿一人的晚饭很简单，一碗稀饭，大半个馒头，外搭点儿萝卜干就解决了。客人来了可不行，怎么说也得弄两个菜，常老头儿好久不怎么正经烧菜了，一个人懒得有心情，再说自己心脏不怎么好，血压也有点儿偏高，不能劳累。他一边拦着龚军让他别忙活，一边盘算着冰箱里还有什么，再不干脆带着龚军一家到山坡下的小饭店里炒两个菜。龚军说就在家做饭，一会儿由他来忙。说着话呢，也不知他怎么就从储藏室里找出了铅丝，一出溜就钻到面盆下面，低着头在那儿通起地漏来，等到他从面盆下面钻出来，已经半个小时过去了。地漏里聚集了许多陈年污秽，堵得厉害，所以卫生间里才有异味，才经常汪水。龚军把一大堆污秽弄到外面去了，又打开了窗户，室内空气顿时清新了不少，连龚军的妻子和女儿的脸上也露出欣喜的神色。说老实话，常老头儿的屋里挺乱的，完全没有秩序，散发出老人居所的那种陈腐气。这在过去是不可想象的，在龚军的印象中常副司令是一个挺讲秩序、挺爱整洁的人，或许是因为人老了吧。

“儿女不来帮你顺顺吗?”吃饭时，龚军忍不住问。

“他……他们都很忙。”常老头儿对龚军说，“而且我也习惯了。”

晚饭是龚军帮着做的，两三个菜。龚军在常老头儿的指挥下，三下五除二就做好了，连龚军炒菜的动作也像当年——常老头儿说话的口气，让龚军放盐、糖、味精的时机，都和当年相差无几。末了龚军汗滴滴地把几样菜端上桌，常老头儿把毛巾递过去。

“不错，有进步。”常老头儿末了说，还是当年这句鼓励的话。

龚军笑了，还是憨憨的。

第二天龚军领着妻子，把常老头儿住的小楼上下打扫清理了一遍，连院子里也打扫得干干净净。直到下午常老头儿才有时间和龚军坐下来喝杯茶聊聊天，谈谈别后情况。原来当年龚军复员以后，先是到崇明某乡政府当文书，后来又到乡人武部当干事，再后来，也就是去年乡镇合并，他因为和某乡领导关系不好，那位乡领导趁着合并把他裁了，给他办了内退，让他每月拿七百块钱回家。他从部队回来是战士，回来在乡政府只是聘用干部性质，所以裁了也就裁了，他现在等于下岗在家。

“如果当年在部队能给提个干部回来，那么这次再怎么合并，他们再怎么整我，好歹还得给我安排个岗位。”龚军末了对常老头儿说。

常老头儿听了龚军的话以后，眼神有点儿闪烁起来。他不怎么愿多看龚军那张黧黑甚至已经带有皱纹的脸，似乎那些皱纹，那皱纹间含着的愁苦，他也负有责任似的。

常老头儿也就是常副司令，当年在分区是出了名的“原则干部”，尽管他带部队、搞训练都很有一套，甚至做思想政治工作，在省军区范围内也是很出色的。但有一条，干部、战士们私下里评价却不怎么样，就是因为这位常副司令过于讲原则，缺乏应有的灵活性和人情味。而且遇事胆子还小，就拿龚军的事来说，跟别的首长的警卫员回连队，怎么说也得提个排长什么的，可跟他的几任警卫员，没有一个经他给干部部门打招呼提干的。按说龚军跟他时间不短了，而且崇明和江苏，龚军和常老头儿也算挨上老乡的边了，但龚军没提起来，到了还是个退伍兵回乡。常老头儿想到这些就有点儿眼神闪烁，就有些内疚，其实在位时打个招呼，提个排长几乎就是举手之劳的事，而且龚军在部队本来就干得挺不错，政治和军事素质当一个排长完全够格了。当时他主要考虑的是影响，说起来挺出于公心、挺“原则”的，其实，多多少少，甚至就是全部，不过就是怕影响自己的形象，这其实就是出于私心，没人情味。当时他哪怕只说一句话，让干部部门考虑一下也好，可他一句话也没说。当然，现在要说也没用了，谁还来理他这个已经离休多年的老头儿呢？连儿女都不怎么顾得上他了。

好在龚军在提干的事上只是提了一下，并没往深里说。他知道首长是个要面子的人，而且毕竟过去是他的首长，他们之前曾经处得像父子一样亲密。现在他虽然每月只有七百元生活费，但家里有田种，而且妻子又是把干农活的好手，所以生活还没到过不下去的地步。

“我还是很怀念在您身边的日子的。”龚军对他的老首长说，

“从您身上学到不少东西，我的针线活就是跟您学的。在乡政府时，一度让我管钱物，多少万从我手上过，有的干部弄张白纸条，钱就到了自己的腰包里。说实在的，看到钱，说不动心是假的，但想想你曾经跟我说过的那些话、对我进行的那些教育，就觉得不应该，一个人既不能在政治上犯错误，也不能在经济上犯错误。现在想想还是对的，多亏了当初您对我的教导，后来接手我工作的好几个人，都在经济上犯了错误，有一个还坐了牢。”

“是啊是啊！”常老头儿感慨地说，“人穷一点儿不要紧，但不能伸手，伸手必被捉。”

“也有捉不到的，很多大鱼都没捉到。”龚军笑着说。

“那是侥幸，被捉是早晚的事。”常老头儿很认真地说。

龚军笑了，他不想和常老头儿争。

过了一天，常老头儿坚持要带龚军一家上趟街，说最近城市变化比较大，他也想上街看看。在街上，龚军始终和常老头儿保持几米的距离。从前他给常老头儿当警卫员时，他和首长上街也是保持这个距离，这样便于观察首长周围的情况，一旦发现什么意外，比如有人有意无意地要危及首长的安全，那么作为警卫员，他会视情况及时做出处置，必要时他会挺身而出，甚至以生命作为代价，以换取首长的安全，这是作为警卫员的职责和义务，也是警卫员的光荣。十多年了，龚军从没再体验过这种感觉，今天和老首长上街，他不知不觉就和前面走着的常老头儿保持了几米距离，而且眼睛不知不觉地就四处打量，看周围有没有什么异常的动向，有没有能危及从前的老首长安全的情况。如果有，他同样会像从前一样视情形做出处置，只不过现在他的腰间已没了用作警卫的手枪。

妻子挎着包在前面搀扶着常老头儿。常老头儿注意到龚军落在后面几米远的地方，知道龚军又摆出当年给他做警卫的样子。他想现在完全没这个必要，一是社会上未必真有那么多坏人，再者，已恢复到一个普通离休干部的地位，他常老头儿也没有保卫的价值了。他想也许是小龚想体会一下当年的感觉，那样会使他愉快，既然会使他愉快，那么龚军愿意落在后面就落在后面吧。况且不仅是龚军，连他自己也仿佛刹那间又回到了从前，找到了在位时的感觉，不说怎么威风吧，至少是觉得好像年轻了十好几岁。这种感觉真的令他觉得脚下生风，走路也轻快了许多。

到了本市最大的购物中心（常老头儿好久没到这儿来了），恰逢星期六，人很多，常老头儿兴致挺高。不过在一层转了没多会儿，龚军忽然发现有一个男青年在常老头儿身边挤来挤去，形迹很可疑，说不定是个扒手。不是扒手，龚军觉得也应该上前去，那男青年挺大的个头，搞不好会把常老头儿挤跌倒。此刻一种责任感让龚军两步挤到那男青年前面，他想把那男青年与常老头儿分开，起码不能让那人挤着老人。不料男青年大约因为龚军坏了他的好事，或是因龚军的动作过于急促（很有点儿像警卫员），挤撞了他，先是骂了龚军一句，继而抡起拳头就打。龚军怕打着旁边的老首长，胸往前一挺，男青年的拳头重重地打在他的胸口，他不由得趔趄了一下。就在此时，另一个男子乘龚军妻子不备，抢走了她随身挎的包，再去追时，抢包男子几个弯子一转，已没了人影。

龚军追了几步又赶紧折了回来，他怕老首长这边出什么事，被那男青年打了也说不一定。他挨一拳还抗得住，七十多岁的老人要是挨一拳就说不定了，送命都有可能。这年头什么亡命徒都有，什么意想不到的事情都有可能发生。龚军折回来抓那男青年没抓住，男青年一撒腿跑了。显然这男青年与抢包男子是一伙的，他们声东击西，串好了来抢包。

包里有三百元，那是龚军的妻子打算给女儿买开学用的书包和文具用品的。女儿快上初中了，一只书包还是旧的，而且妻子还打算给女儿再买件新衬衫，这一来全落空了。妻子的神色不免有些黯然。龚军低声劝妻子道："人安全就好……没伤着老首长。如果为了领我们上趟街，老人家出事了，怎么向老人家的儿子交代？"

龚军的妻子听了丈夫的话，连忙敛起失落的表情，竭力做出没事的样子。

常老头儿却异常愤怒，想不到在大庭广众之下，居然还有歹徒抢包，并且歹徒还竟然在众人的注视下溜得没了影子。他只是向过了好一会儿才赶来的警察叫喊，并且几乎用命令的口气，要求他们必须破案，必须把抢包的歹徒抓到。

几个警察一边记着，一边望着常老头儿发笑。是啊，这老头儿又不是他们的上级，即使是上级，这种案子也未必说破就可以破的。

警察又把常老头儿和龚军他们带到派出所询问了一番，而后便让他们走了。回来的路上，常老头儿总是念叨会抓到歹徒的，可龚军和妻子心里似乎都明白，抓到的可能也许有，但更可能的是抓不到。抓不到也算了，如今大小案子真是太多，死人的案子还不知有多少呢？又有谁会重视有人抢了包，那包里有三百元钱呢？反过来龚军安慰老首长别放在心上，就当那钱是丢了。常老头儿长长地叹了一口气，隔天下午，他去了一趟储蓄所，取了三千元，晚上他郑重地把装在一只信封里的钱递到龚军夫妇的手上。龚军夫妇再三推脱，但发现常老头儿脸色不对，动了气（龚军知道老首长的脾气）。常老头儿说是看到自己从前的警卫员等于是下岗了，算是接济他一点儿，表点儿心意。过于拒绝，会让老头儿挺下不了台的，所以龚军就把信封接了过来。不过，他感到在购物中心被打的胸口隐隐作痛，晚上躺下来钻心地疼。他隐约想到自己不中用了，毕竟也快四十岁的人了，若是当年，就那一拳打来，没容对方沾身，他早一个利索的背摔，让对方趴在地上叫唤了。可现在，就这样替老首长挡了下拳头，自己却似乎内里受了伤，钻心疼。也许要紧，也许不要紧，拍张片子，也许什么事也没有。过去首长们对警卫员，不，对战士们都非常关心，可以说是爱兵如子吧。有一回，龚军随常老头儿上岛，忽然肚子疼发阑尾炎，常老头儿急得不行，紧急调用登陆艇，坚持亲自连夜把他送回大陆治疗，结果龚军吃了点儿药、挂了点儿水没事了，常老头儿自己倒染上重感冒并引发肺炎，大病了一场，这件事龚军到现在都记忆犹新。他想不能因为他的胸口受了点儿也许不是什么了不得的伤，让老首长知道了，又折腾一场，而且今天的首长也不是从前的首长了，首长已是一个七十多岁的老人了，再让他操心于心何忍呢？

龚军上街又给常老头儿的手电配了几节电池，以备老首长晚上起来上卫生间什么的照个亮。同时他和妻子把常老头儿床头的各种药统统整理了一遍，在药瓶上贴上胶布，在胶布上用圆珠笔清楚地写上各种药的用法，以备万一发心脏病，不致找不到或用错药。

又过了一天，大约是龚军来的第五天早晨，龚军和妻子、女儿在楼上起来以后，也没说要走的话，夜里龚军的胸口几乎疼了一夜，基本上就没睡。早上起来以后他坚持和常老头儿一起把小院打扫得干干净净，他还像当警卫员时那样给常老头儿挤好牙膏，拿好毛巾。吃过早饭以后，常老头儿说到所部去看一会儿报纸。回来时，却发现龚军一家三口已经走了，厨房的大桌上留下了一张纸条，上面写着：

敬爱的老首长：

您好！

我知道若是告诉您我们今天就要走，您是一定不会同意的。但我们确实要走了，一是女儿萍萍快开学了，我们也该回去给她整理整理了。二是这些天来，我们一家三口在这儿也给您增加了不少麻烦，并且还出了点儿事，淑贞的包被抢了。我知道您是一个生活很有规律的人，虽然老部下来了让您感到高兴，但还是多少给您的生活带来不便和麻烦。给您的生活带来不便和麻烦就会影响您的身体，这也是您的小龚所不愿看到的，我衷心地希望您老人家健康长寿。我和淑贞还有萍萍以后还会常来看您的。

您给的三千元，我拿了一百元买回去的车票，其余的放在楼上的桌子上了。不是我不收，是我想起您过去对我们这些当警卫员的教导，您教导我们：人要有出息，要靠自己，世上没过不去的火焰山。想到这些，我就觉得还是把钱还给您，我相信靠自己的努力，往后同样还会生活得很好的。这一点请老首长放心。我不会怨恨社会的，我不会辜负您对我的希望的。

谢谢您了，中午前有班车到崇明，我们就先走了！

您的小龚携淑贞、萍萍敬上

猫和老人的故事永远说不完，尤其是这只流浪猫遇到养育后代的大事。

第二篇　老人与虎斑纹花猫

一

桑英老太家与外面是相通的，确切地说是她家的院子与外面相通，像干休所其他人家的院子一样，院子四周只有一道镂空砌的矮墙。白天邻居间可以隔着矮墙说说话，晚上猫狗甚至有一种叫作狗獾子的动物就从矮墙间穿进穿出，这里便成了它们的世界。不过随着这两年山坡上的住宅楼越盖越多，狗獾子是很少看见了。因为干休所大院近年来禁止养狗，狗看不见了，倒是猫一点儿不见少，尤其是不知是来自何方，也不知它们要到哪儿去的那种流浪猫似乎越来越多（可见现代人的耐心是愈见得差了，抑或如今的猫缺乏不贰之心），走了这个又来了那个。

桑英家本身是不养猫的，主要是桑英怕烦。她身体不好，子女们又都远在外地，偌大的院子就她和老头儿两个人相伴，家中又没雇保姆，一天两个老人能把肚子忙饱了就已经够累的了，哪来时间和精力再去顾猫？再说，现在猫的生活水平同样提高了，桑英家也曾试着养过猫，但终因太烦而放弃了。那些猫虽然均系流浪猫的身份，生活的标准却一点儿不肯降低（也许它们以前的主家生活优裕），每日没有荤食绝不进餐，进而是没有新鲜小鱼绝不吃饭，不给就围着“喵喵”叫得人心烦意乱。干休所在一座小山上，要买鱼老头儿还得下山跑好远去农贸市场，而桑英患的是心脏病，身边又不能离人。所以一只猫也没养下去。

没养猫，老鼠便开始猖狂，后来竟有咬坏棉胎的事发生，甚至大白天也可以看到老鼠在院子里乱窜。由此桑英在老头儿面前又流露出要养猫的意思，哪怕是暂时收留一只猫来吓唬吓唬老鼠。老头儿是山西人，在职时是部队里相当一级的干部，曾经在一定范围内也算得上是一言九鼎的人物。那时因为忙，桑英没有随军，她一人把子女带大，直至他们都参加了工作各自有了家。不过桑英也因劳累落下一堆病，为此老头儿觉得欠老伴挺多，这十几年来他总是尽心竭力地照顾老伴，也算是对老伴当年辛劳的回报。而且日常生活中老两口一旦为琐事发生摩擦，一般也都是以老头儿的退让了结，很少争执，以至于碰到什么事情老头儿常常干脆不发表意见，老太怎么说怎么办就是了。现在老头儿见桑英想收留猫来吓唬老鼠，也没开口说什么，只是帮着老伴找出一只旧碗，每天拌上猫食放在院子里，等那些没主的猫来吃。

桑英嘱咐老头儿从一开始就不要惯坏了那些流浪猫的口味，她让老头儿只是将些吃剩了的饭菜或荤汤拌上米饭给那些猫吃。起初也曾看到有猫来吃过几口，但猫们往往吃几口就又走开了。它们似乎觉得这院的两位老人不是存心要收留它们，不过是用些吃剩了的饭食来打发它们，或者说它们干脆就是和以前在这院待过几天的猫一样，嫌猫食太素了，没有它们爱吃的小鱼。老头儿拌的猫食搁在那儿往往都搁馊了，也不见猫来吃。桑英只得让老头儿去买些小鱼来烧了，搁在院子前面的棚子那儿，果然先后有好几只过往的猫来吃，但其后桑英发了一次心脏病，老头儿忙着照顾老伴，没时间拌猫食或下山去买鱼，那几只猫又都没了踪影，连挺讨人喜欢的一只虎斑纹的花猫也不再来了。

一个多星期以后，桑英的病好了一些，老头儿重又试着在棚子那儿放些猫食。此后近午时若听不到“喵喵”猫叫，他和桑英都觉得少了点儿啥。不过一连几天却并没猫来，或者说猫食摆到晚上只看到一两只猫来闻一下，但随即就又走开了。老头儿知道这是没鱼的缘故，他倒是想去买的，但桑英这边还没好利索，走不开。末了倒还是那只虎斑纹的猫来了，先也是不吃，后来大约实在是在别处没寻到更好的食，只好“喵啊喵啊”，一边似乎还不太满意，一边埋头在食盆那儿吃了起来。无论如何，至少说明这是只懂得生存之道的主，即使吃素食也比挨饿好。当然，它也许是偷懒，不愿再费神去找更好的，将就吃了。因了这一点，桑英和老头儿都挺满意。“猫也是蜡烛坯子!”桑英坐在床上说，似乎猫终于来了，也是她坚持不迁就的结果。

“不在乎这点儿买鱼的钱哩。”老头儿听了老太的话闷闷地说。

“一个月下来也不少呢。”桑英说，她和老头儿都是从节俭年代过来的人，过惯了节俭的日子，虽然她和老头儿一样对别人并不小气，但在家过日子却是十分节省的。老头儿倒觉得即使是对自己也不要太节省了，也这么大岁数了，省什么呢？事实上他俩的离退工资漫说满足一两只猫的要求，即使是满足三五头鹿、三五匹马也没啥，不过老头儿没作声，他不想为这样鸡毛蒜皮的事争。反正那只花猫要是愿意将就，那就留下来，说明那猫与这家还有那么点儿缘分，不愿意将就也就只好随它去。老鼠实在太猖狂了，大不了再增加两只老鼠夹子。

猫好像懂得老头儿的心事，每天大约十一点钟的时候准时光顾桑英家的院子。在这之前老头儿早已把猫食盆洗得干干净净，将烧好的菜汤拌和当天刚煮的新鲜米饭，尽量再加上一块瘦肉或者排骨。虽没有专门去买鱼来，但他基本不把吃剩的东西倒在盆里，当天猫吃剩的，当天清理干净，不留到第二天。抑或中午猫吃剩下了，他便用一只比食盆大点儿的盆倒上凉水，将食盆浸在里面，保持猫食新鲜，以备晚上猫在别处逛累了，可以再来吃一点儿。一个多月下来，虎斑纹猫已熟悉了桑英家的院子，熟悉了老头儿的身影，甚至对老头儿的脚步声和咳嗽声都很熟悉了。

老头儿呼唤猫吃食的声音也略显特别，他没给猫起啥名（他不知道这只猫是否可以留得长久一些），只笼统地拖长了声音叫："猫——"腔调像是吆喝，又略带点儿山西人说话的味儿。猫好像闻到那味儿就来了，或已在那儿等着，听到吆喝，即以柔声"喵喵"作答，扬着胡须迎过来，而后就将头埋在食盆里急吃，发出"呜呜"的声音。老头儿通常要在那儿站一会儿，看到猫在大口地吃，似乎觉得得到了动物的肯定，竟有一种莫名的满足感。

而作为回报，有一天花猫在院子里展示了一只半死不活的老鼠。它像玩球似的将老鼠扔出去，而后飞快地扑上去用爪子逮住，逮住后摆弄一番，又将老鼠向空中抛去，犹如将皮球抛向空中，然后再行跃起，几乎是在半空中接住那只看上去惊慌失措的猎物。如此一而再，再而三、四，把正好出来的老头儿看呆了，他连忙招呼桑英，桑英出来时，花猫已将猎物拖走了。老头儿向桑英讲述虎斑纹猫戏谑老鼠的情景，脸上现出了平常少见的快乐。桑英对此也较为满意，似乎这只无主的流浪猫没有白养。怎么戏弄老鼠是次要的，至少证明这只猫是会逮老鼠的、有用的。

不仅如此，花猫还开始来回巡逡，老鼠们不仅白天不敢在院子里乱窜，即使晚上也仿佛销声匿迹了。而且这猫好像连只小鸟儿落在院子里也要管，连扑带吓唬地撵，有一次居然向偶尔走失到院里来的一只鸭扑过去，咬伤了鸭的翅膀，邻居家李副参谋长很不高兴（鸭是中秋节他家女婿买来的）。李副参谋长的老伴怀疑是有谁指使，印象中桑英家并没猫，何来一只猫咬住鸭的翅膀？疼得那鸭伸直脖子“嘎嘎”大叫。当然谁也没有指使，不仅没有指使，那猫在追那鸭时，老头儿还在赶那猫来着呢，示意它不可追赶。不过那猫不理，直到那只受伤的麻鸭飞出了矮墙，它才邀功似的回头朝老头儿“喵”了一声。老头儿本想跺脚吓唬它一下，以示惩戒，但转念想这猫的行为乃看家护院热心肠之类，好事，所以老头儿只嘘了花猫一声了事。桑英则认为这是一种护短行为，不可以的。老头儿认为这猫晓得对人报答，不一般。几乎所有路过的无主猫都对嗟来之食挑肥拣瘦，而这只猫却不介意，以活下去为首要，这又是这只猫的聪明之处。

“它是个动物。”老头儿说，“它懂什么？除非人也跟它一般见识。”

老头儿常常就这么冷冷地抛出一句，能把老太噎得半天说不上话来。想想老头儿说得也不错，谁跟猫狗一般见识？再看看那虎斑纹的花猫在秋阳下晒太阳的憨态，它好像对几分钟以前发生的事已忘得干干净净，也就懒得责备什么了。

二

不过事情并没到这儿为止，老头儿无意当中发现那猫是只母猫，事情就出在这儿。本来桑英家的院子到了晚上是比较安静的，可是自从花猫留下后，棚子那儿就不太平了。通常秋季是听不到猫叫春的，可偏偏好像来了一大帮野猫，天天在前面棚子那儿叫春般叫个不停，让人难入睡。不仅婴儿般嘶叫，还厮打，像是几只猫在争夺配偶，配偶很可能就是那只花猫。老太本来睡觉就不好，晚上给猫这么一闹腾，就更睡不好了，几次让老头儿起来去赶猫。老头儿起初是不愿意的，他睡觉比较好，猫叫虽听得见，但对他并无妨碍。后来实在给老太逼得没办法，就起来拉开窗子用嘘声驱赶那些发情的猫，嘘声没用，就用空药瓶砸过去，仍不起作用，最多停下几秒，猫又叫起来，甚至比先前更尖更烈，声音像死了亲娘老子，一声接一声，一声盖一声。

整个院子仿佛处于风雨飘摇、愁云惨雾之中。

老头儿只好到院子里去，他看到黑暗中有一只猫像影子一样蹲在矮墙上，周围竟然有五六只猫像微型豹子那样往来游走，仿佛随时要把矮墙上的影子扯得粉碎。老头儿先提高了声调地嘘，而后跺脚，最后捡了一块石子扔过去，这才把那几只“微型豹子”赶走。而那个影子却仍然蹲在那儿，它仿佛听到了老头儿熟悉的脚步，刚要蹿开，忽又刹住脚。它的声音变了调，眼里射出绿光，似乎老头儿的到来搅了好事。老头儿顺手拿起一根竹竿想要吓唬它，没等接近，那影子已一溜烟逃走了。

等到老头儿回到房间时，桑英发病了。老头儿不在这一会儿，她已经喊了老头儿好几声了。老太躺在那儿嘴角颤抖，已经相当气愤或者说相当急迫，她用急促而含糊不清的话语让老头儿赶快打电话叫医生。老头儿稍稍犹豫了一下，心想这么晚了，又要麻烦所部的医生起来一次（以前也有过多次类似的事），可老太的脸色开始变得刷白，嘴角歪斜，已说不出话来了。老头儿二话不说，赶紧跑到客厅去打电话。随后医生和卫生员拎着氧气包飞快赶来，老头儿给桑英含了两片硝酸甘油，桑英仍然觉得透不过气来。医生来后便给老太罩上氧气罩，过了一小会儿，老太的呼吸平缓多了。医生说可能是紧张造成的，老头儿说并没什么事啊，说他只是出去驱赶了下院子里乱叫的猫。医生说也许就因为这个，老太太年纪大了，身边不能离人。人一走开就会恐惧，一恐惧就会紧张，一紧张心跳就会加快，心跳一加快，可不心脏病就会发作？老头儿觉得倒也是这个理。桑英年轻时胆够大的，当年从家乡到部队找他，那是跨过苏中战役后的死人堆才找到他的。工作几十年来，从没见她胆小过，可离休后胆倒好像变小了，不仅胆变小了，而且显得有点儿暴戾，一刻看不到老头儿就发火。医生又让老太吸了一会儿氧，再量量脉搏，听听心脏，觉得一切正常了，便收起氧气包和卫生员一起离开了。老头儿很不过意地把医生和卫生员送到门口，转身回来，嘟囔着，意思又把人家折腾了一阵了。老太的原单位在外地，所里的医生来纯粹是因为老头儿，换句话说是情分而非本分，老是半夜里过来，只怕人家嘴上不说，心里有想法。老头儿一辈子是个不愿麻烦别人、不愿让别人说话的人。而今天则是为了那只猫，如果不是那只猫，老头儿也不会到外面去，老头儿不到外面去，老太也不会发病。老头儿不禁有点儿怨恨那花猫，好好待着为何要把别的猫朝院里引？

不过再一想，难道不是它引的，是别的猫找上门来的？就像一个好看一点儿的姑娘，后面总会有一帮追求者。莫非这虎斑纹花猫是猫中的漂亮姑娘，还是猫们不管漂亮与否，只要是母的就必追？希望这母的属于自己，属于自己的目的就是交配，交配的目的就是快乐，然后就有小猫，有后代。这点儿道理和人是一样的。老头儿心里一边琢磨，一边觉得是这么个理，也就不那么怨恨那猫了。

以后几天老头儿又起来过几次，不过每次都先把房间里的几个灯统统打开，以防老太产生恐惧感。他赶过几次以后，那些野猫不怎么来了，晚上院子里太平多了。而花猫则照常每天中午十一点多按时来吃老头儿拌好的食，它似乎对老头儿数次撵走它的追求者并不在意。不过有一天午后，老头儿睡过午觉，到棚子里去拿一把钳子，推开棚子半开的门，眼前的一幕把老头儿看愣了，只见一条满身大块黑白花的猫正骑在那花猫的身上。老头儿从小到大、到老虽听过无数猫叫春，甚至少时在老家看过不少公狗母狗干这事，但真正看到猫干这事还是头一回。两只猫看到老头儿突然闯进来多少有些惊慌，然而似乎又不愿意马上放弃这事逃走，两双猫眼注视着老头儿，那眼神中竟含着哀怜。老头儿盯着看了会儿，起先是想把它们赶开的，想想又觉得这是猫们的正常事，它们不能像人一样找个对象有个地方结婚，只能如此这般偷偷摸摸。可用来摆杂物的棚子竟成了猫行苟且之事的场所，而且是在大白天，老头儿觉得挺不是滋味，用老话讲叫触霉头。当然，真要把两只猫挑开，老头儿担心猫会跳起来伤人，从前在山西老家就听说过，村口正交配的狗动不得，再老实的狗也会咬人的。所以老头儿还是退后一步，把棚子门关小一点儿，他怕老太有事过来正好看到。就让猫尽兴吧，完了它们自然会离开。

猫是有灵性的，虎斑纹花猫见老头儿没管它和那只外来猫的事，就以为老头儿是默许它的行为了。从那个下午开始，花猫几乎天天下午在棚子里和形形色色的公猫行事，而且它似乎和那些公猫有约，不喊不叫。尽管如此，还是给每天忙个不停的老头儿撞见。他不禁有点儿哭笑不得，不知道是赶好，还是不赶好。赶，有点儿受不了那种可怜兮兮且略显痛楚的目光；不赶，他担心堆放杂物的棚子真成了猫的配种场，怕老太万一撞见了，受惊犯病也说不一定。他有点儿犯难。

有时候他来了，见花猫和一只陌生猫在里面踯躅、徘徊，他连要拿什么东西都忘了，只好退出来。那边老太见老头儿拿个东西半天不来，只是喊他，他应着，敷衍着，到后来啥也没拿来。有几天，他干脆搬把椅子坐到棚子门口守着，他怕老太无意中闯进棚子。桑英若闯进棚子，一方面可能受到惊吓，另一方面也会吓着那些猫，说不定她还会举着竹竿追赶猫。老头儿觉得这可有点儿不妥，也许从此所有的猫都不会到这家来了，不管怎么说有个把猫在院子里逡巡，会带来些生机，说明这院除了两个老人外还有其他生命的气息。而且棚子里的事只老头儿一人知道，他一人知道的事不想让老太也知道。

老头儿在棚子门口的枇杷树下守了几天，亏了这两天老太没怎么来拿东西，即使到了门口，也由老头儿代劳了。再后来那些公猫们忽然又不来了，下午时分只剩下那花猫在棚子外面打转。老头儿再到棚子旁察看，发现中午拌好的猫食往往原封不动地还搁在那儿，一连几天都是这样。

花猫整天“喵喵”的不吃食。倒是桑英看出了什么，她让老头儿去买点儿小毛鱼来试试。老头儿起初不肯，后来在老太的催促下才去买了来。

还在烧鱼的时候花猫就开始在厨房外“呜啊呜啊”打转，等鱼拌饭弄好，花猫扑了过去，吃得很香。老头儿看着猫，忧虑似的嘀咕：“说你不挑嘴的，怎么也非要吃鱼了？”那猫好像通人性，听了这话，忽然“哇”地一口吐了，一口连一口，在枇杷树下吐得一塌糊涂，连肠子都要吐出来似的。曾经听说凡猫每年都要翻一次肠子，也是吐，翻得过来就活，翻不过来就死，老头儿心想这猫该不会是翻肠子吧。可花猫第二天又好好的，啥事也没有。老头儿又去买鱼来给猫吃，猫吃了有时吐，有时不吐，闹不清到底怎么了。

老太有天站在一旁拉长声调说：“这猫是怀上啦！”

老头儿吓了一跳，他不信，后来联想到花猫和那些公猫的事，这才开始信。

两个月后，虎斑纹花猫的肚子果然大了起来，不仅大了起来，而且行动也略显迟缓。白天它仍到别处去，可晚上一准在棚子里。老头儿给它找了一个旧包装盒，垫上旧棉絮，那猫就睡在里面。

一天夜里，忽然大风大雨。老头儿担心棚子门没关，起来要去关棚子门。老太让他别去，老头儿坚持要去。

猫窝离门很近，已被大雨打湿了半边，猫缩到棚子角落一动不动，它看着老头儿把旧包装盒做的猫窝往里挪，又看着老头儿从杂物堆里翻出旧棉花胎，扯上干絮片重新垫在窝里。末了老头儿指指窝，叫了声“猫——”那猫细声细气地支了一下嘴，从角落里蹑手蹑脚地出来，在干干的窝里躺下。此刻棚子里只有老头儿手电筒黄黄的光亮，外面雨声哗哗。

老头儿出来关上门穿过院子回屋，尽管撑着伞，但仍被风雨弄湿了衣裤。到了屋里，老太连声抱怨他不该为了只猫冒雨出去。

“那猫怀着呢。”老头儿说。

“怀着你也不该去。”老太仍抱怨，说着要下床找毛巾给老头儿擦。

“别别。”老头儿给吓得不轻，连忙拦着老太。

他自己去找了条毛巾，脱去潮衣服，把身上擦干了。

后半夜，他只觉得阵阵发寒，口干舌燥。他没有言语，悄悄找了两片退烧药吃了。

第二天老头儿在床上躺了一天。

三

老头儿小时候就听人说“猫三狗四”，老太说她也听说过，意思猫怀胎三个月生产，狗怀胎四个月生产。老头儿有点儿不放心，感冒好了以后的这一个多月里，他天天下晚到棚子里看看，如若猫在，心里就踏实一点儿；如若不在，就要到院子前后去找，直到猫回来了，睡下了，他才在棚子里放上一碗清水，防止猫晚上嘴干找不到水喝，而后带上棚子门回去睡觉。老头儿在职时是做思想政治工作的，他一向对自己要求很严，个人没什么嗜好，不抽烟不喝酒。因为有桑英在，所以不像有的老年人还去学个书法、绘画，或者说常出去跑跑，锻炼锻炼。他整天就是待在家里。自从有了只猫之后，他似乎有了点儿乐趣，尤其是猫怀孕后，他又产生了某种期待，他要看着一只猫如何从怀孕到生产，然后想象会有许多小猫在这个平日只有树叶儿响的院子里欢快地奔跑。的确，从前有许多人和他说话（做人的思想工作可不就是跟人说话），可这些年来往往只是对着一个老太说话，年复一年、日复一日说着相同的话。

当然，这段时间以来，情况有了变化，老头儿坐在藤椅里看报，那只本是无主的猫居然跳到他的身上打呼噜，而他要么摘下眼镜看着猫出神，要么说上许多谁也听不懂的话。晚上为等那猫回来，又感冒、咳嗽过两回，而且咳嗽一咳就是好多天。

老太非常担心老头儿的老肺病发了，老头儿要是发什么病倒下来，老太真不知道依靠谁去。老头儿就像是根拐杖，老太离不了这拐杖，一刻也离不了。不过近来多了一只猫，而且是一只挺烦人的孕猫，真不知这只孕猫以后会怎样，或者说等到一窝生下七八只小猫满院跑将如何处置。老太不愿意想。她觉得事情变得怪异了，本来是要收留一只猫来吓唬乱窜的老鼠的，结果这猫赶走了老鼠以后，自己却心安理得地留在院子里不走了。不走也就罢了，它倒好像有形无形，也像耗子似的偷走，起码是打算偷走属于这个院子属于老太，或者说属于老头儿、老太共有的什么东西，这让老太很不舒服。

这天天气已经非常冷了，天阴着像是要下雪。老头儿上街买菜回来，他买了两条鲫鱼。这些天花猫不怎么吃小毛鱼了，它的肚子越来越大，几乎已经大到快要走不动的地步，老头儿想大概临产也就在这几天了。为这事他还专门到所部去请教了军医，问军医猫生产和人生产有什么不同。军医告诉他应该没有什么不同，只是恐怕不能惊吓它，同样不要让猫受风寒或太受累。老头儿到厨房里把鱼杀了以后洗净，而后去棚子门那儿，打算放花猫出来。近来每天都是他买完菜后来开棚子门。太早开门天气冷，怕有身孕的猫受不了，这猫肚子里怎么说也有好几条小生命哩。不过今天到棚子门口，发现门已经打开了，再看看里面，花猫似乎已经出去了。老头儿去问正在客厅看电视的老太，是不是她开的棚子门。老太说是她开的，不过她说开门后就没见猫在，还以为猫昨晚就没回来。老头儿着急了，说昨晚是他亲手关的门，一直等到九点多，直到猫从外面回来。“那就不知道了。”老太略有点儿迟疑地说。“真不知道?”老头儿追问。“不……不知道。”老太含糊不清地说。老头儿发现老太的神情有点儿异样，觉得这猫不在棚子里与老太有关，通常老太是很少大清早到棚子里去的。老太说她去找一根绳子绑扫帚，扫帚把松了。老头儿才不信这话哩，但他又不好再追问，再这么追问，也许又把老太给惹火了。他不想让老太发火，况且究竟是怎么回事还不清楚。也许那猫在门打开的那一瞬间蹿出去了，老太没看到（老太的反应常常很迟顿的)；也许那猫出去散会儿步，过会儿就会回来；或者中午，至迟晚上，晚上总会回来的。想到这儿老头儿的心里又略宽慰了点儿，但紧接着一转身，他看到客厅茶几上放着一只尚有半杯茶水的茶杯。“谁来过了?”他问。“家昌。”老太回答说。家昌是与二老很要好的老战友，也离休多年了，因为住得不远，所以常来聊天拉家常。二老要是遇上什么事，也常让家昌来拿个主意啥的。今天家昌这么早就来过了？老头儿觉得有点儿奇怪。他没有言语，仍旧去做饭，做饭时仍把那两条特意买来的鲫鱼烧了，拌上新鲜米饭，十一点准时送到棚子前的老地方。

“猫——”他吆喝道，声音在寒冷的空气中传播。

他在棚子前后左右看了又看，没见猫的影子，直到中午过后那猫也没回来。

“也许它跑了。”吃饭的时候老太说，“它本来就是从别处来的。”

老头儿只是吃饭。

外面天更阴了，还飘起了下雪前的细毛雨，老头儿没睡午觉，他搬了张旧藤椅在棚子门口坐了一中午。迷蒙中他想起老伴怀老大和怀老二的时候似乎也是这么冷的天，雨夹着雪，老伴想喝口热汤都没有，都快生了，还跟着部队深一脚浅一脚地行军。想到这些老头儿就觉得挺对不住老伴的，怀着孩子在雨雪里走是什么滋味啊，天那么黑，都是在夜里赶路。迷糊了一会儿，忽又醒了，看那猫还没回来，他开始不安起来，看天色，保不齐到晚，蒙蒙细雨会变成雪花儿，那时花猫会在哪儿呢？是也在野地深一脚浅一脚地行走，还是被恶人逮住，正哀嚎呢？当然，被某个好心人领走了也说不定。

下午他和老太打了一个招呼，说是出去买样东西就回来。他出了自家院子，沿着山坡挨家挨户到干休所各家去问，尤其是那些养了猫的人家，问人家有没有看见一只猫，人问他什么样，他说是一只大了肚子的虎斑花纹的猫。人家都摇头说没见。老头儿仍不甘心，继续在大院里寻找，到墙角或垃圾箱处他就吆喝一声。后来他到了大门口理发室，问理发兼看门的小伙子有没有看到一只猫出去。小伙子正忙着，头也没抬说了一句：“没看见！”心想这老头儿莫非是犯病了，那么点儿一个东西出没出去他哪知道，再说不就是一只猫吗？老头儿见小伙子不愿再搭理他，就出了大院站在路边张望。马路上车水马龙，到处乱糟糟的，哪有花猫的影子？他转身去了所部，所长刚从外面回来，好像心情不太好。老头儿把他家发生的事向所长报告，所长瞪大了眼睛："常老，您是不是……不舒服？一只猫犯得着让您这么着急？"所长看到老头儿的额上冒着细密的汗，身上也被冷雨打湿了。"那是一只带了身子的猫！"老头儿忽然提高了声调，"一只怀了七八只小猫的猫哪！"老头儿比画着高声说，说完转身就走。所长看着老头儿的背影愣在那儿。

老头儿回到家时天已经有点儿黑了，老太坐在堂屋没开灯，正焦急地等着。老头儿进门拉开灯第一句就吼："你把猫弄哪儿去了？"

"猫？"老太觉得挺突然的，"我哪知道？你不是出去找了？"

"你把它藏起来了我到哪儿去找？"老头儿真发火了。

"这可冤枉哩。"老太说，"今早上我就没看见。"

"没看见。"老头儿说，"那家昌来干什么？"

"没……没干什么。"老太有点儿支吾了，"随便坐坐，还说要帮我们找个保姆。"

"还有呢？"老头儿追问。

"……没有了。"老太回答。

"他没带走什么？"老头儿又追问。

"带走什么……他会带走什么？"老太想不到老头儿忽然变得火气大大的，大概是找猫没找到，火大了。

老头儿见老太不肯说出什么，转身就走，还嘀咕着："看我怎么把它找出来！"噔噔噔，不吃晚饭，又出了门。

此刻外面天更黑了，细雨里夹着雪珠。

见老头儿顶着细雨雪珠又出门了，老太慌了，在后面追着叫了好多声，老头儿也不理。桑英转身赶忙打电话给那个家昌，前一天趁老头儿不在，她打电话给家昌，今早上家昌过来抱走了临产的花猫。老太说她怕看见猫生产，看到猫生产就会想到当年跟着部队在担架上的情景，她怕受刺激。再说家中就他们两个老的，人还照顾不了呢，哪有精力再去照顾猫。家昌知道桑英家的事常常都是桑英做主，也没多想，就把花猫装在盒子里带走了。他老伴去世，平常就一人在家。

桑英来电时，家昌这会儿正在吃晚饭，接到电话，知道如果不那么急，桑英是不会急着让他把花猫送回的。放下电话，他连忙把刚刚安顿好的猫重新塞进盒子，饭没吃完，就骑车带着猫出了门。到了桑家，见老太正团团转，说老头儿找了一天的猫，这会儿不知去了哪儿了。

家昌到桑家时，老头儿差不多也快到家昌的家了。

家昌的家也在一个小山坡上，因为走得急，主人连堂屋的灯也没关。老头儿以为有人，就连着敲门，敲了半天没人回应。老头儿以为家昌故意躲他，就到可以看到客厅的窗子那儿张望。看了半天也不见人影。老头儿想可能真没人在，或者压根儿就是老太的主意，让家昌把花猫带回家藏着，然后又故意躲着。老头儿敲了一阵，喊了一阵，只好离开了。

他想如果猫不在这儿，也有可能是窜到干休所隔壁的一所中学去了，他平常散步见过干休所围墙上有洞通到隔壁的学校。

于是老头儿抄小路径直去了学校，他跟门房讲明是干休所的，一只猫丢了，想进去找找。人家见他是老干部，就让他进去了。学校很大，与干休所同处一个山坡，晚上学校只有几个自习的学生。老头儿找遍了教学楼、办公楼的前前后后，末了来到操场。

“猫——”他的声音在操场上空回荡。有两只夜游的猫听到声音，倏忽一下，从远处晃过。他立刻紧追几步，发现颜色明显不对，一只纯黑，一只纯白，就刹脚不追了。

“猫——”他又冲着夜色中的操场喊（带点儿凄凉），没应答，天空中的雪珠渐渐成了漫天的雪花，那雪花悄无声息地降落下来，不一会儿他的眉毛、胡子都白了。

四

老头儿回来时家昌已离开，是老太让他走的。老太想老头儿有可能到家昌那边去了，所以让家昌赶快回去看看，如果老头儿在他家，就让老头儿回来吧，就说花猫已经回来了，不用再找了。

老头儿回来就直接往棚子去了，他推开半掩着的门，看到那猫正安逸地蜷在窝里。那猫见到老头儿进来抬头“喵”了一声，算是打招呼，似乎什么事也没发生。

老头儿见窝边的猫食已热过了，正冒热气，门口为防风雪吹进来，还特意支了一把伞。

“这只瘟猫自己又回来了。”老太跟了过来，她站在棚子门口。

“不是你送它走的？”老头儿问。

“我送走它干什么？我跟它又没有仇。”老太否认。

老头儿没再多说什么，他把猫窝清理了一下，看着猫吃了一会儿食，而后就出来了。

天气格外冷。

半夜，传来一阵婴儿般凄厉的惨叫，尖锐刺耳。老头儿奔走了一天，睡得很沉，他隐约听到叫声，心想指不定又是哪只公猫来了，他没动弹。

二老是分床睡的，老太醒了，她仔细听，觉得那叫声与以往不同。她叫老头儿听，老头儿含糊地应着却仍在睡。老太越听越不安，觉得那叫声是从没听过的。“你听撒!”老太干脆坐起来，老头儿拗不过，只好把被角扯开听，觉得没什么不同，就仍蒙头睡。

老太不忍再烦老头儿，就坐着静静地又听了好半天，还是觉得叫声有点儿怪。她又叫了两声“老头子”，老头儿没理。片刻，她索性自己摸索着披起衣服，打算下床去看个究竟。凭直觉，她觉得那猫受了一天的折腾，也许要生了。

“猫要生了。”她说。

老头儿仍躺着：“生就生吧。”

“怕是早产，说不定要死的。”老太说。

“知道会早产，干吗还要把它撵走?”老头儿说。

“我没撵。”老太说。

“你撵了，除了你没有其他人。”老头儿说。

“没撵，是把它给家昌了。”老太争辩。

“给家昌就是撵。”老头儿不睡了。

“我怕烦不了，到时候一大窝，怎么办?”老太说，“人还烦不了呢!”

“那你还是撵了。”老头儿说。

“就算我撵了，猫死了我抵它命。”老太说着说着气上来了，颤巍巍地打开灯就要起来，老头儿见老太真要下床，不觉慌了神，连忙起来拦。

“你让我去。”老太说，“我去抵它的命，反正我也是快要死的人了。”

老头儿不免有些作急，连声说：“你这是何苦呢，随它去好了!”老太还要下床，但到底被老头儿拦住了。

老太还是气不平，一定要老头儿去看看那猫怎样了。“别日后猫死了抱怨我。”

老头儿拗不过，只好穿起衣裤拿上手电筒起来了。

老头儿推开棚子门，发现花猫不知什么时候从窝里翻到了地上，只见它全身毛发竖起，四肢紧绷，就像濒临死境似的。那一声声凄厉怪异的惨叫正是它发出来的——并非来了公猫要行苟且事之类。

老头儿感到这猫真要生产了，而且还可能是早产。一想到这，他不免有点儿紧张，不知猫生产是否真和人一样。

再看花猫，只见它后臀分开，已然变了形。他琢磨该不会也要烧点儿热水来给这猫洗洗之类，可洗又洗哪儿？记得当年老大生在老乡家里，老乡把水烧好了就把男人赶到外屋去了。老头儿活这么大年纪没想到还会碰到这种事，他一时没了主张，心想也许老太会比他内行些，不过这么冷的天怎么能叫她起来呢？刚才好不容易才把她拦住，这不找事吗？

老头儿弯下腰来把花猫托起，小心放回窝里，没想到还没等他站起身来，那花猫身子一挺又翻了出来。他再要去托它，猫却伸出利爪咆哮着，不让靠近。

老头儿转身从杂物架上找了块油毛毡，想给猫垫在身下。再次蹲下时，发现花猫的屁股后多了一个红呼呼的小肉团，还没等看清，猫一激灵，打颤似的一抖，再细看，又有了一个小肉团。紧接着看到那猫身下一摊血慢慢洇开。随后接二连三有了好几个红红的肉团，那些肉团起初不动，后来慢慢蠕动起来。最后一个小肉团出来后，花猫躺在那儿不再抖了，轻轻地叫一声，声音变得柔和。老头儿数了一下，一共五只小猫。

他翻出一只大一点儿的盒子，把大猫和肉团似的小猫全装进去，并且找出一块旧床单垫在里面，又用竹扫帚蘸着门外的雪，把地上的血迹打扫干净，这才关上棚子门回屋去。

夜里老头儿睡得很沉，早上起来，他发现有个东西在地板上放着，上面还盖了一条毯子。

他觉得奇怪，过去揭开毯子，毯子下竟是猫窝，猫窝里的那只花猫看着他，轻轻“喵”了一声。它的身下是一串红红的小脑袋，红脑袋的小猫们闭着眼睛睡得正香。这大概是它们来到这世上所度过的第一个夜晚，一个雪夜。

桑英醒了，老头儿看着地板上的那猫和它的子女们，问：“这……怎么回事？”

老太说：“就你那样放在棚子里还不全冻死了？”

“你夜里去棚子了？”

“是啊。”老太说，“不去这些小家伙怎么会到这儿来？”

“嗨！”老头儿咬牙道，“这要冻出病来咋办？”

“没事。”老太说。

再看院子，四下里一片银白，连树梢上都积了厚厚的雪。

干休所来了一个奇人，奇人奇事没有吓到他的老师，却把迷信他的奇法的师母吓到了，大奇人遭遇“滑铁卢”。

第三篇　智慧奇人季叔叔

不用说，季叔叔这个人是个充满智慧的人，而且也是个非常热情的人。每次他到我家来，人还没进门就可以听到他响亮而热情奔放的声音。我爸爸只要听到他的声音，就不由得一阵兴奋，因为虽说我爸爸后来从军，成了军人，但他怀念的还是当兵前曾干过一阵教师的经历。有人叫他常老师，比有人叫他老首长、老革命更让他开心。是教师就有学生，季叔叔就是他的学生。单凭这一点，我家就得接待他，不仅接待他，还得对他表示相当程度的热情；不仅得对他表示热情，还得对爸爸的学生的一切技能，甚至是一些匪夷所思的绝技表示理解、赞同，有时还得表示将信将疑的狂热。至于季叔叔能喝尿，并且通过喝尿还可以健体、治病，这是我们在看了我省的一家发行量超过百万份的报纸以后才知道的。真想不到是他，那个和名人一起喝尿，并且是和一位名闻遐迩的女明星某某一起喝尿，引起很大轰动与不安的奇人就是他。报上的标题很醒目，讲明是：喝尿奇人季××。开始谁也不相信，谁也不相信喝尿能够治病，甚至也没人相信，那由人的膀胱里排泄出来的液体能够喝。当然也不相信，身体力行，进行如此荒诞壮举的是季叔叔，我爸爸也不信，要知道那可是他的学生哩。再看看那一则报道中的详细介绍，季××，六十三岁，退休高级统计师，曾在某某研究所任职……后面是季叔叔名片上也同样有的那一长串以“中国”打头的头衔。

那篇报道出来以后的一个中午，我爸爸刚刚睡过午觉，就听到外面有人喊：“常老师啊！哈哈哈……”我爸爸听到这个声音就不由得兴奋起来了，毕竟是他的学生又来了。季叔叔来了以后照例手上是要拎着一长串营养品的，我爸爸肯定是要推却的，但季叔叔一定是一副热情而不容推却的样子。他知道我母亲身体不好，长年病歪歪地在床上，营养品是给我母亲的。他来了以后照例是先要去看我母亲，看望她，然后递营养品，并十分关切地询问好一会儿病情，常常还认真地提供几条相关的治疗信息，让我母亲相信是“有用的”。有时候他还真带着与“有用的”相关的药之类的东西来了，送给我母亲，至于有没有效果，我也从未真去细究。说到底，我对季叔叔的打扮有点儿看法，有点儿怪里怪气，或者说简直就有点儿轻浮，这么大年纪了，头上秃得也没几根毛了，但往往是一身白衣白裤，有时甚至还很滑稽地戴着一顶鸭舌帽，眼睛大得可以，笑容也过于灿烂了吧？总之作为他老师的儿子，我是不太喜欢他那副样子的。尽管他并不在意我的态度，依然很热情地称我为小弟弟（我还小弟弟啊，都四十多岁的人了）。

我爸爸当然是很敏感的，总觉得经过那篇报道之后，季叔叔有点儿不一样了。尽管还是照常留他吃饭、住宿，但总是生怕一不留神，从哪儿闻出点儿尿臊味来，具体说，连我和他一起同桌吃饭都觉得不那么自在。你想想看，既然这个人每天一大茶缸人尿经由嘴里灌下肚，可想而知吃饭的筷子从他的嘴里带出来的都是些什么。

他用筷子碰过的菜，你说是吃还是不吃？我爸爸似乎看出了我的心思，当时没说。季叔叔来的那天晚上晚饭之后，大家坐下来闲聊，他主动说：“你们一定看过那篇报道了吧？”我和我爸爸都含含糊糊的，似乎不太便于说得太明白。说看过了，怕证实了我们在桌上那副有所顾虑的表情是有来由的；说没看过，又怕万一季叔叔是准备当作一大杰出贡献来看待的，我们竟然没看过，或者说看过也没引起重视。

“放心。”季叔叔说，“我出来一般是不喝尿的。”（我的妈呀，这话怎么听起来像自取其辱，自己骂自己呀？）

“说到底，喝尿不过是我无数兴趣爱好当中的一个。”季叔叔见我仍是一副懵懂的样子，就瞪着他那双热情的大眼睛解释说，“但我知道，你，还有常老师，你们一定对此抱怀疑态度，不过我可以告诉你们，喝尿治病强身，古已有之，《本草》里就有啊！知道中医里讲的‘回龙汤’吗？也就是所谓‘肾水’，说的就是人尿啊，还有‘人中白’‘人中黄’那就是尿垢啊！还有那个神医孙思邈，他就喝尿，活了一百二十岁，据说西施也喝尿，所以才那么美哩。哈哈哈……常老师啊，学生我瞎说了。不过喝尿确实有科学根据的，在日本，有七百万人经常喝尿。

“不过，他们都是小儿科。洋人，包括东洋人，他们看中的只是尿中间有雄性激素，有荷尔蒙，有所谓强身增欲的作用。我看中的是能治病，尤其是对肾病、高血压有特殊疗效，而且我是祖传的，常老师知道的，我父亲就是中医。”季叔叔见我们仿佛听出了门道，有点儿听进去的迹象，他的声音更大了。他的声音确实很响亮，看上去也相当健康，六十三岁了，面色红润，牙齿齐整，一颗不少。“哈哈哈……玩玩的，这一招我一般不示于人，这是在老师家里，说说也无妨。有时间我慢慢说，这里面的道道还真不少哩。最近有不少记者采访我，老实讲，我还真懒得跟他们说，他们纯粹是猎奇，为了报纸的发行量，好卖。那是糊弄读者，什么能治七十多种病，我什么时候说过这种话？我正要去找他们哩，哪有那么神啊？你别说啊，现在的报纸，有时候还真瞎说，你说一，到他们那里就变成二、变三了。我常喝‘肾水’不错，但我可没说过能治七十多种病，更没跟什么明星一同喝尿，这纯属胡编。哈哈哈……”

我爸爸和我都松了一口气，要真像报纸上说得那么神，季叔叔和那么大的一个明星有那么深的交情，我爸爸和我还真接待不起他，或曰承受不起。季叔叔笑着，并不把话题扯进喝尿里不拔出，他和我爸爸很快就又扯到从前二人的师生关系上去了，要知道那也是他们永远聊不完的话题。我爸爸只要一提到他当年在乡下当国文老师和校长的生活，马上就会精神抖擞，这也是他总是很欢迎季叔叔来的原因，也是他对季叔叔总是充满好感的原因。季叔叔总是在谈话即将趋于冷场或显得很乏味时，及时和我爸爸又谈起当年，这很讨人喜欢。

如果说前一天晚上我和我爸爸算是对季叔叔解除了一些戒备之心的话（至少，我们并没有从他身上闻出什么异味来），那么第二天早晨起码就我而言，简直就愤怒了。这喝尿的事情一旦让你碰到，果然令人惊心动魄。家里人都知道的，我每天早上必上一趟厕所，而由于我患有肠炎之类的毛病，上起厕所来，要么不上，要上总是急不可耐的。这一点我妻子和儿子都很明白，因此他们早上起来就是再急，也都照顾我，往往都是先把卫生间让给我。可偏偏就在那天早上，大概还没到五点，也许只有四点多钟，我就听到卫生间里有动静，起初我以为是马桶出了毛病（我家的马桶确实常出毛病），似乎听到水响，又听到仿佛有人连冲了几次。再后来当我听到一声略微带点儿女性化的咳嗽时，我基本断定是季叔叔起来上卫生间，而要命的是这时候我的肚子仿佛受到某种召唤，一阵叽里咕噜之后，我要上卫生间了。这可如何是好？更要命的是季叔叔他居然将卫生间的门关得死死的，在里面就是不出来，不知他在捣鼓什么，当然后来他还是把卫生间让给我了，冲着满脸愠色的我，一脸热情的笑容说："你先来，你先来。"他侧着身子出去，居然就在卫生间门口等着，看起来他既不像大便，也不太像小便，手里竟然拿着一个呈褐色的竹筒，就像一个老茶客早上起来沏茶似的。

这一来我反而不好意思了，不就为个上厕所嘛，怎么说季叔叔也是客人，我爸爸的学生。自然也因方便过了，内急消失了，心情自然也不一样。季叔叔看我不想离开，冲着他微笑，而且对他有点儿怪异的行为充满了兴趣。他好像也忍不住了，所以就很宽容地说："既然你想看，那你就进来看吧。按道理，我这一招是秘不示人的，而且我昨天说过，我出外一般是不那个的。但是没办法，不能断啊，从立冬到冬至，这四十五天是不能断的，断了就没效果，一年都没精神，说不定就要生毛病。"季叔叔说得很认真，让人觉得这是件关乎身心健康的大事，马虎不得。

真的，我看过人喝酒，喝世界上最难喝的饮料，仅听说上甘岭缺水没办法才喝尿，但的的确确不敢想象，人喝尿是什么滋味。平常尿尿要是弄了一丁点儿在裤子上都要不自在，沾了一丁点儿在手上都要在水龙头上洗半天，怎么能想象把自己的尿像喝茶似的灌下去呢？所以我就去披了件大衣站在季叔叔的旁边。我倒要看看发生在我身边的"奇迹"。在我看来，季叔叔如果真把自己的尿灌下去，那真是个世间少有的奇人，不管是否可以治病，是否可以强身，单是这股勇气就令人不是一般的佩服。季叔叔看我那副认真劲儿，尽量压住声音，但还是"哈哈哈"地笑了。他告诉我，其实人不敢喝尿那都是人的一种心理障碍，尿说穿了就是水，固然确实有些由肾脏过滤出来的毒素，但那些毒素再经由人喝下去并无妨害，相反尿液中还有二百多种人体不可或缺的元素，而这些元素在人所吃喝的食物和饮料中是没有的。比如说锌，少了它，人就容易得肾脏病。“我妈就是老肾脏病。”我及时告诉季叔叔。“知道知道。”季叔叔摆着手，这时候的他看起来更像一个经验丰富，而又有点儿傲气的大夫，“所以说到底是长期缺锌所致。”

“那……照你的意思，就是要我妈喝尿了?”我不免有些惊讶地说。

“啊啊，当然你不要这样说了，还有你妈的高血压，那也是可以以喝尿疗法来解决的。”季叔叔一点儿也不含糊地说，“不过你这样说了，老人家不一定能接受，你不要把她给吓着了。好了，不能再耽误了。”季叔叔告诉我，按照他们季家祖上喝尿的要求，通常是早晨被第一泡憋醒时，取这一泡尿，此时应是寅时。“不可过寅时的。”他强调说。同时，他把自己的那个玩意掏出来对准马桶滋了一段，立刻又刹住。他告诉我，寅时的这泡尿头尾是不能要的，若尿体整个儿混浊，也不能要。“你看这种尿，清彻透明。”季叔叔拿出先前那个竹筒，重新又滋了起来，不一会儿竹筒内就滋满了像啤酒似的尿液，最末那一段，季叔叔果然没要，滋进了马桶。

爸爸起来了，他看到我俩神神秘秘的，问了几句，就重又走开了。一个早上，他忙个不停，因为母亲总是病歪歪的，什么事也做不了，所以照顾母亲起居全都是他一人承担（母亲不习惯其他人照顾她）。季叔叔甚至朝我做了一个顽皮的眼神，意思这一切不必告知我父亲。他认为我尽管被他称之为小弟弟，但毕竟四十来岁的人还是愿意接受新的、另类一点儿的东西的。

“你……喝?”我瞪着季叔叔手里拿着的泛着泡沫的竹筒，期待着“奇迹”的发生。他笑了，说我有点儿傻，说即使是他，也是凡人、常人，也会有着对尿的与生俱来的抵触感。他把我领到他睡的房间，我才发现他睡的床头柜上仿佛开了药铺，不，开了饮料或甜品铺。他问我：“为什么你爸爸昨天那么劝我吃他烧的排骨，我却一块也没动?”我挺茫然，说不知道。他告诉我，喝尿前一晚是不能沾荤腥的，不仅不能沾荤腥，抗生素、消炎药什么的也要停用。

“我也会喝不下去的。”他像打开一瓶药似的打开一只纸盒包装的汇源果汁，盛尿的竹筒放在桌上，他往其中倾加了不少果汁，而后又小心地从一只小瓶子里用调羹舀了一小调羹什么。“是蜂蜜。”他见我疑惑，便告诉我。然后用一只仿佛是特制的不锈钢盖子盖在竹筒上，像一个地道的鸡尾酒调酒师似的，将竹筒上下左右摇晃了一阵子。摇晃定了，打开盖子，把竹筒送到我的鼻子面前：“你再来闻闻。”果然味儿不那么臊得慌了，起码不那么闻着叫人反感了。他见我紧皱的眉头渐渐舒展开来，有点儿得意了：“其实世上有许多好东西的味原本都很难闻，就说鱼吧，那腥味要叫你头一回闻，那还不够难闻的？可鱼烧好呢？有时候难闻的东西处理好了，那正是香之所在。比如臭豆腐。”正说着他已从我的眼前收回竹筒，屏住呼吸，一口气，将满满一竹筒被摇得白沫四溢的尿液喝了下去。顿时，房间里充斥着一种说臊不臊、说香不香的混合液体气味。季叔叔那种义无反顾和神闲气定的神态，真把一旁的我看得目瞪口呆，甚至连喘息都有点儿困难了。还没容我缓过神来，他放下竹筒，迅速将床头柜上早预备好的一粒红枣扔进嘴里，慢慢地嚼着，而后吐出枣核，冲着我笑了。整个过程娴熟无比，天衣无缝，如同是专为我进行的一场喝尿表演。“最后这一粒红枣是起香排臊的。”他笑着解释道，看我表情异样，又拍拍我让我别紧张。而后告诉我，他坚持每天清晨一竹筒尿，已有五十年了，他甚至连感冒也从未有过。他让我看他的牙床，说他的牙之所以这么好，就是因为尿中含有大量的活性钙。所以他才笑得这么快活，我想。

“你可别把你今天所看到的事告诉你爸爸。”季叔叔一边收拾器具，一边很认真地嘱咐我。他的意思，老年人可能对他所做的事并不理解，作为我爸爸的学生，他不可造次。可万万没想到，倒是我母亲在闲聊中听说喝尿可以治她的肾病，居然主动提出可以一试，也就是说，我的母亲，季叔叔老师的妻子，竟然鬼使神差，也要……喝尿！为此我爸爸和我母亲大吵了一场，要不是看在我母亲身体不好的分儿上，我爸爸真能吵到天上去，或者干脆不顾情面把他的学生季叔叔从家里赶走。可是我爸爸知道，我母亲这个人，历来一切以病为中心，为了治病，她什么都相信，而且不惜一切代价，不问所有顾忌。比如为治哮喘病，她甚至吃过“四脚蛇”和满身黏液的“鼻涕虫”，那些看看都叫人恶心半天的东西，她竟然也吃得下去。当我也来劝她还是别这么固执地试喝尿（在我看来，她的很多病，其实皆因心理太过敏感所致），她却板着脸对我说：“病不在你们身上，你们当然不能理解有病人的心情。”要再说下去，她可能就会有更难听的话出来了，说我们不关心她，存心让她死。她死了以后，我们好过些。这什么话？她是我的母亲，她死了，我们怎么就会好过些呢？怎么说呢，老年人了，又常年病歪歪的，心理也多少有些变态了。

季叔叔不这么看，他认为我母亲悟性挺高。他认为经由喝尿治疗疾病，关键要看病人自己是否愿意，或者说对喝尿无恐惧感，有那份自信，这往往是他是否向病人推荐喝尿治病的前提。他从不劝人喝尿，也从不无缘无故地向人吹嘘喝尿治病强身的功效。所以在他看来，我母亲本人对喝尿无心理障碍是难能可贵的，也是治病的基础。他十分同意我母亲的说法，认为病在谁身上谁最清楚，尤其是对老病号，他们甚至对选择什么方法来治疗也心知肚明，这往往是一般医生所难以达到的境界。像我母亲这种长期患病的老病号，有些决定往往就是一刹那间的事。季叔叔劝我爸爸不妨让我母亲一试，而不必把问题看得有多么严重，起码无害。“你看我就是例子，”季叔叔用一个指头指着自己说，“喝了五十年了，身体不是好好的？哈哈哈……”

我爸爸没话说了，看季叔叔满面红光，好像全是喝尿喝出来的。

虽然事情说给外人听实属荒唐，说家里来了个客人推荐喝尿，这家人居然还都信了，不仅信了还真准备一试。我知道我爸爸最终拗不过我母亲，会答应在季叔叔的指导下喝尿治肾脏病。母亲实在也常年被肾脏病折磨得够苦的，一年到头身上常常都那样浮肿着，不敢吃盐，害得我们一家吃菜永远都淡而无味。据季叔叔讲，喝尿对治肾脏病特别有效，他手上就有成功的范例。就在他们所，有一个老职工，害肾脏病二十年，什么药都吃过了，均无效。在季叔叔的劝说下，进行了喝尿治疗，每天早晨喝200cc自己的尿。开始家里也是反对，为了喝尿治病，老职工只好一个人租房在外面住。就这样坚持了两个月，肾脏病居然真好了，身上也不肿了。“哎呀，全家人那个感谢呀，”季叔叔瞪大了眼睛说，“给我送锦旗。喏，看到里面穿的这件羊绒衫了吗？这就那个患者家属送给我的，我不要，他们说什么也要给我，哈哈哈，没办法没办法。”

我们全都听得入了神，我想这样的故事恐怕不是编出来的。我爸爸听了将信将疑，我母亲当然是更有信心了，治好治不好，说到底，大不了就白喝了一场尿而已，既然……既然母亲自己都没这个心理障碍，那我们就只能同意了。

“选尿很重要！”季叔叔见我们的表情都舒展开来了，他反倒变得很认真了，他仿佛忽然进入了状态。他告诉我们，尿和尿是不一样的，就像同样是酒，五粮液和七八块一瓶的老白干是不一样的，也有个品质问题。“好尿，清澈透明，不含杂质，无病菌，富含各种有效元素，而差尿，混浊泛白，深黄，或过于清白，所以选尿好坏，选谁的尿，直接关系到喝尿的疗效和有害与否。”季叔叔显得对此相当有研究，大有讲究。说话间，他那顷刻变得异常锐利的目光在我们几个人身上扫视了一遍，让人觉得这事可不是件随随便便的玩笑事。我妻子碰到他的目光时，立刻吓得连连摆手，逃到另一个屋去了，而先前她一直是以一种事不关己高高挂起的态度，在看热闹，叫你看热闹！

我母亲显得急不可耐，恨不得立刻就要义无反顾地喝一大茶缸尿。季叔叔反倒冷静了，就在那天，他把手一摆，说：“你本身就有肾脏病，喝自己带病体的尿，只会加重病情，起码没什么好处。”那么作为家里人，站在母亲面前的就只有我爸爸和我了。我胃不好，正在服用“胃宁素”，那是一种抗生素，医生嘱咐得连服三个月，不能停，显然不宜为母亲提供尿体，而我爸爸肝不太好，也不是理想的尿供体。

“总不能喝季叔叔的尿吧？”我的心里飞快地闪过一个念头，这个念头太让人不安了。季叔叔大约也看出我的心思。“我嘛，当然是可以的，而且我是长期不沾荤腥的，尿体清澈，无呛人的味，不过……”他显得有点儿尴尬了，“……我在这儿多待几天当然是可以的，不过师母既然要……要喝，那就不是几天的事，得长期坚持，一个疗程少说也得四十天以上。嗯，当然，现在正是立冬后，时机倒是时机。”是啊，我和我爸爸都捏了一把汗，万一他要坚持让母亲喝他的尿，那……那像什么话嘛！就连我母亲也不免有些紧张地看着季叔叔，生怕真的要她喝他的尿。

“用超超的。”母亲忽然提议，“我孙子。”

“对呀!”季叔叔一拍手说，“我正想提哩!”

母亲的孙子，那就是我儿子了。“那是童子尿。绝对的好，就像海参中的上品参。”季叔叔兴奋得直搓手，像厨师选到了好料，“不过，小孩子是否愿意?”季叔叔把目光转向了我。

这种命题使我立刻想到了“忠不忠看行动”之类。奶奶也就是我母亲对超超一直疼爱有加，尽管她身体有病，但平常只要超超要个什么，甚至是想个什么，母亲也是有求必应，拦都拦不住，所以才养成了超超多少有些骄纵的习性。不过，相信奶奶跟他要样东西，而且是他每天所不要的、排泄掉的废物，想他不会吝惜，况且还是爱他的奶奶用来治病的。这孩子就是再骄纵，再不懂事，这点儿道理，他还是拎得清的。“超超应……应该愿意的。”我看到母亲盯着我看，知道我的表态将反映作为儿子的我是否有这一份孝心。别说要超超的尿，就是要身上的一块肉，我也得答应。

事情较为顺利，超超对早晨起来将一泡尿留给谁并不在乎，他只是急呼呼地尿完忙着吃饭上学。我听到他的尿落在事先预备的一只白色搪瓷大茶缸里，就像一串串铜豌豆依次落下，茶缸里不是茶水，而是童子尿。那尿新鲜，温热。还没等超超上学去，季叔叔就忍不住到卫生间将茶缸取出，放在光线亮的地方打量，那样子，好像要先尝一口才过瘾。大概这种境界也只有他这类喝惯了尿的人才能体会，就像喝茶一样，上好的明前碧螺春和一般炒青的区别是巨大的。同样是尿，尿和尿是不一样的，季叔叔捧着茶缸，嗅着，闻着，甚至还伸出一只指头，到茶缸里小心地蘸了一点儿尝了尝。他为超超尿液品质之好所折服，对凑过来的我说：“计我喝尿五十年，像你儿子这么好的尿体，我还是头一回看到，清澈泛橙色，微臊溢甘草香。太好了，看来这孩子是存心报答奶奶平日对他的关爱，存心尿出如此好的尿。讲玄了，其中所含，乃童子之精华，极其珍贵，极其珍贵，哈哈哈……”他像报喜似的把茶缸先送到我母亲面前，让我母亲察看。我母亲懵懂着连声夸赞，硬要说超超是有心的，有心，所以尿好。

季叔叔把茶缸拿到楼上他睡的房间，让我母亲什么药也别吃，更不能吃营养品，因为说不准哪一种营养品便是相克相悖逆的。他像一个厨师，更确切些地说，更像一个经验丰富的中医，他将茶缸放在床头柜上，忙乎了一早晨。他似乎还没来得及撒完自己的尿，做完自己每日喝尿的事宜。他显得爽朗而热心，觉得能为老师的妻子、他的师母推出积五十年之治病强身的方法，有一种抑制不住的兴奋。要知道大部分人对喝尿疗法是排斥的，并且存有偏见，这种偏见甚至影响到一个人的家庭生活，据说季叔叔后一个妻子就是因为无法忍受他每天早上一大茶缸尿而与他分手的。尽管如此，季叔叔并没有放弃喝尿，而是去把那个比他小十四岁的妻子追了回来。他认为这是一个原则，这个原则他坚持了几十年，不可能为了一个女人而顷刻间就改变。过去他靠这个原则，顶住了前一个妻子因车祸突然故去的打击。他不可能不考虑自己的身体与习惯，向任何偏见妥协。“如果妥协，我可能就垮了，也不可能整天这么笑哈哈的了。”他有一次来对我爸爸这么说。而我爸爸一辈子恰恰是妥协惯了，尤其是对我母亲，所以我爸爸这个人活得并不快活。

季叔叔在他认为罕见的童子尿里，放入蜂蜜、汇源果汁，并且额外地加了两片事先泡好的参片，告诉我和我爸爸今后应该如何照此一一进行。末了另外找了一个大号的不锈钢保温杯，将尿液倾入，盖上盖子，照几日前我所见的样子，上下左右摇晃了一番，用手捂着并不打开，又用棉白纸包了一粒饱满的红枣。他举着那杯子，我和我爸爸一同跟着他下楼去我母亲的房间，这一行人仿佛带着圣水，冲着我母亲浑身的疾病而去，似乎已听到那些病魔发出恐惧的哀号。

当季叔叔举着那只保温杯向我母亲走来时，已经饿了一早晨的我母亲忽然改了主意。她瞪大双眼，竭力摇摆双手，声音颤抖着，连声说："不不，快把它拿开，拿开！"好像季叔叔手里拿的不是保温杯，而是一颗炸弹，随时都有爆炸的危险。一直笑嘻嘻的季叔叔的脸上瞬间变了颜色，觉得情势的这种变化令人匪夷所思。他握着保温杯愣在那儿不动，半晌说不出话来，只是嘀咕似的说："为……为什么？没……没关系的。"

"不不，你快把它拿开，我……我不想喝！"我母亲仍在嚷着，她似乎还没喝尿，却已经被尿臊所包围了。

"没……没有味道的呀。"季叔叔嘟囔着。

"没味道也请你拿开！"我母亲几乎是在叫喊了。

我爸爸向我使了一个眼色，我只好把季叔叔拉出房间。我知道我母亲常年为疾病所缠绕，心理不健康常常会使她神经质，这一点我和我爸爸都领教过，季叔叔再待下去，局面将更加难堪。

季叔叔被我拉上楼以后脸色苍白，仿佛受到了莫大的污辱。他把保温杯重重地蹾在桌上，气咻咻地说："这真是岂有此理，好像我要害她似的，不是说好了吗？是她主动提出来的，并不是我非要她喝！"

我再三向他解释，说明我母亲的心理状况。还好，季叔叔也就理解了，认为很可能是我母亲对喝尿的心理障碍并未真正消除，先前提出要喝，只是一时冲动而已。"可以理解，很多人都这样。"季叔叔很快就转怒为笑，"发誓要喝，结果真正让他喝时，往往又不敢了，哈哈哈……"

我爸爸听到季叔叔多少有点儿怪异的笑声，小心地上楼来问，担心季叔叔别有什么事。见季叔叔还好，这才放下心来，他告诉季叔叔，我母亲只是一时觉得有点儿心慌，可能是心脏有点儿不好，故而才拒绝的。“没关系。会有个过程的。”季叔叔安慰我爸爸说，“还有人把尿体泼在我身上哪！不要紧，今天不想喝没关系，反正这两天我都把尿体准备好，配好，哪天师母想喝了，没有心理障碍了，再喝不迟，哈哈哈……”转而季叔叔又问我，我儿子这几天留尿是否有问题。我向季叔叔保证，应该没有问题，小孩子，又没什么损失，说不定他还觉得好玩呢！

一连三天，我都看着季叔叔耐心地把超超的尿留下来，看着他一丝不苟地加蜂蜜、果汁，放两片泡开的参片，然后盖上保温杯的盖子，摇晃保温杯，然后并不着急，等待着我母亲。可那两天尽管我母亲的腿脚仍因肾病而肿着，但她却始终没让把盛有童子尿的保温杯送给她。她坐在床上，思想斗争得很厉害，甚至憋出一身汗来。不知怎么搞的，只要季叔叔一拿着保温杯走近她的房间，她就觉得一股强烈的尿臊味让她受不了，就心慌意乱，更不用说让她喝了。

这天，过了七点半，季叔叔见我爸爸还没上楼来叫他，知道又没戏了，而他从早晨至此，一泡尿再也不能憋下去了，于是便跳起来，拿上竹筒直奔卫生间。

卫生间里传来哗哗的尿尿声，可以想象季叔叔一脸快意的样子。等到他从卫生间回来，竹筒空空如也，已用清水冲得干干净净，他没加蜂蜜什么的，在卫生间就将尿喝完了。

顿时他的脸上神清气爽，甚至放出红光。我知道为了我母亲喝尿，他在我家一待就是好几天，听说已经耽搁好多事（总好像有无数会和报告在等着他），更让他内心焦躁不安的则可能是每天的规律被打乱了，总在等待我母亲转瞬间产生变化。然而，我母亲却每天只要一起来，就坐在床上冒虚汗，思想斗争激烈。当然，是不能再等下去了，据说就在今天上午十点半，一个重要会议在等着季叔叔，他得发言，必须赶往省城。

他拿起放在桌上的保温杯，仔细观察杯中的液体，神态很像一个艺术家在欣赏一件艺术品。他本想将难得的“童子尿”一气喝下，但想想还是放下了。

果然，当他收拾好东西，下楼向我父母告别时，我母亲不知何因，思想豁然开朗，将他拦住了。说她不想再受病痛的折磨，无论如何也要试一试，上刀山下火海也要试。季叔叔兴奋得“哈哈哈”笑了，让我立刻上楼将保温杯拿来，他要亲自看着我母亲喝下才走。

我送季叔叔去车站时已八点多了，去省城得坐一个多小时的车。我母亲喝尿的样子又在我的眼前浮现，反正挺痛苦的：我爸爸替她捏着鼻子，她紧闭双目，像喝毒药似的。季叔叔在一旁笑眯眯的，一派欢乐祥和的样子，就像看到又一个囚徒皈依佛门。待到我母亲一口气喝完了之后，他从旁不失时机地打开绵白纸，把一颗又大又饱满的红枣递给我母亲。见我母亲将红枣吃下，他便放声大笑起来。

“这……这喝尿真有那么神？”在送季叔叔的路上，我犹豫了半天，忍不住还是问。

季叔叔停下来，瞪大了眼睛反问：“谁告诉你喝尿有那么神的？我吗？”

我困惑地摇摇头，印象中，季叔叔倒也并没过分吹嘘喝尿的功效。“那他为什么看到我母亲喝尿那么开心呢？”我想。

“你要知道。”他继续往前走，“你母亲能有勇气喝尿就不简单。说明她是一个可以控制自己意志、能够消除心理障碍的人，因此可以说她的身体没有大毛病，有毛病也可以通过积极配合医生而治愈，至少可以缓解，而不用整天忧心忡忡，凡事都缠着你爸爸。你爸爸给她缠得很苦啊!”

“这么说你是骗我母亲了?”我吃惊不小。

“怎么能说骗呢?”季叔叔很不同意我用这样的字眼来形容他的行为，“至少是无害的，不然我怎么会喝了五十年?我在法国召开的‘世界尿疗大会’的发言中，就曾以无数的例子证实了喝尿不仅可以健身，而且可以治疗多种疾病，其中就包括你妈妈所患的肾脏病。你不妨让她坚持下去，包括你说你患有严重的失眠症，也不妨试一下。”

我连忙摇手，说如果我喝尿，我妻子会吓得不敢跟我同床共枕的。季叔叔听了我的话很不以为然，他又瞪大了眼睛，说:“这其实都是一种偏见，如果人类从一开始就不把屎当臭的，把肉当香的，那说不定人也可以吃屎的。古代有过啊，名医扁鹊给皇帝治病，就尝过屎。关键是你不要把屎当屎。”

我有点儿晕晕乎乎的，又如醍醐灌顶，他却望着我哈哈大笑。正说着火车进站了，季叔叔还要赶去发言，他用力地拍了一下我的肩膀，说:“再见，小弟弟，有话我们下次再聊，哈哈哈……”

季叔叔匆匆进站去了，只见他的秃脑袋晃动着。

他曾经也是一名战士，可如今他是一个认真的神经病，时好时坏的病在折磨着他。

第四篇　苏州青

一

高纪明又来了。

傍晚时分，常老头儿常副政委听到敲门声。门外传来一个响亮略有点儿犹豫的声音，他连忙去开门。打开门果然是高纪明。见到常老头儿，多少显得有点儿落魄的高纪明稍稍退后半步，叭一声，向常副政委行了一个标准的军礼，好像他还是当年常副政委手下的一个营长。随后，他就搓着手，似乎不知该说什么或者说该干什么了。常老头儿注意到高纪明身后站着一个挺高大的女人，常老头儿见过，那是他的妻子，高纪明似乎得向妻子请示以后，他才知道下面该干什么。

“是红英吧。”常老头儿认出了他的妻子，知道他没生病的时候是听妻子的，生病以后还是听妻子的，尽管其妻听说也是个病人，而且居然和丈夫是一样的病。

过去，高纪明找过常老头儿，搬到 G 市以后，搞不清这人怎么在不知道地址、电话的情况下又摸到G市来了。头次来是半夜，下着雨，常老头儿已经睡了，高纪明进来以后浑身湿透了，见到老首长后便哇哇大哭。常老头儿耐心地坐在沙发做了一夜思想工作，直到天亮，他才止住哭。

“那快进来吧。”常老头儿把高纪明夫妇让进门。高纪明先还有点儿不知所措，他的妻子斜睇他一眼，高纪明便低下眼进了门。

常老头儿的老伴死了，几个子女都在外地，平常就一人住。通常吃了晚饭就看电视，直到看累了，看无聊了，便早早地睡。

虽然高纪明来过几次，或者说高纪明为他早年在部队的事曾经找过当年的常副政委好多次，但夫妇俩一道到G市来还是第一次。常老头儿打开厨房和餐厅的灯，张罗二人吃饭，高纪明的妻子也不见外，忙开了。高纪明就坐在凳子上和老首长谈。

谈来谈去，还是关于他在部队的那事。其实，按说老首长当年也不是高纪明的直接首长，够不上。那时常老头儿在沿海某军分区当副政委，他只是分区下面一个团的营长，他是后来才调到分区机关的。因为高纪明和常老头儿死去的老伴是老乡，所以老首长才认识了这么个部下。在常老头儿离休好几年以后，据说因为机关有一千多元服装费下落不明，怀疑上了高纪明，末了让高纪明转业回家。这事已经过去好多年了，高纪明总觉得受了冤屈，事实上那一千多元也找到了。不过就从那以后，高纪明的神经就显得不那么正常了。他已经到一个厂里工作好多年了，他老是设想如果他还留在部队，不会是现在这个样子。他找了很多人，想回到部队去，人家告诉他，这是不可能的。那分区的领导不知换了多少茬，人家连听他把话说完的耐心都没有了。可他还是一趟趟地往沿海跑，逢人就讲，讲到最后，人家觉得他不太正常，都躲得远远的。

只有他当年的老首长还听他讲讲，并且常老头儿也亲自打过不少电话，可人家说，高纪明得神经病和部队一点儿关系也没有，说到底还是他自己想不开。他坚信他能够回到部队，并且是可以享受因病退休的待遇的，而不是在地方就这么病退下来。所以他和妻子不管家里还有两个孩子，就这么到处跑，妻子跟着他一道跑，到最后就像传染一样，妻子神经也不太正常了。去跑的时候也还好，病的时候俩人就一道住医院。老伴在世时，常老头儿和老伴还去看过他俩几次，并且每次都给点儿钱资助，他们夫妇往往感激得痛哭不已。

二

饭菜做好了，高纪明的妻子端上桌来。高纪明的妻子如果不是有病，看上去和常人没什么两样，据说他们夫妻二人都是间歇性的，不发病时和常人一样，只是脾气暴躁一点儿，看事偏执一点儿而已。高纪明的妻子让常老头儿也吃一点儿，高纪明也在旁边劝，倒好像常老头儿是客人。

“别客气!”高纪明的嘴里塞了一块凤尾鱼，他瞪眼看着常老头儿，他大概觉得常老头儿也应该多少吃一点儿。常老头儿记起那凤尾鱼罐头是预备留给孙子的，不知他从哪儿找出来了。

“那我也不吃了。”高纪明放下筷子，嘴也不动了。常老头儿只好尝了一筷子韭菜炒蛋，咸得不得了，再尝其他几样菜，也是如此。但常老头儿忍住了，脸上露出勉强的笑意，说：“不错，红英手艺不错。”

高纪明夫妇也跟着露出满意的笑，重新动筷子。看到他们吃得香，常老头儿觉得奇怪，他们怎么就吃得那么香？也许最近又在外面跑，吃什么都觉得香，感觉不到咸淡。真不容易，为了那点儿不可能的事，吃多少苦啊！

早上起来，常老头儿忽然大吃一惊，他是起得很早的，大约是五点钟，想不到高纪明夫妇比他起得还早。院子里的一块菜地被翻得一塌糊涂，高纪明挽起裤腿抡着钉耙，他妻子正往地里下青菜种，四周横七竖八摆着大锹、水桶什么的（鬼才知道他们是从哪儿找出来的）。

“咦！你们这是在干什么？”常老头儿急忙跑过去，扯着高纪明的胳膊问。

高纪明的妻子代替丈夫回答了，说高纪明常来，给老首长添了不少麻烦，因为经济条件有限，也没东西带来给老首长，听说老首长喜欢吃青菜，所以这次高纪明去原部队时，特意去买了优质“苏州青”菜种，老首长这儿又有地，所以就种了。

“我想吃青菜可以去买呀！”常老头儿哭笑不得。

高纪明放下钉耙，认真地对常老头儿说：“千万别去农贸市场买，那儿的青菜上化肥，还打农药，吃不得的呀！”

常老头儿不知说什么好：“可种下去谁来管呀！”

“我，我们。”高纪明脱口而出。

红英也放下手里的活说：“我们种，我们就会负责管，老首长您请放心，我们一定会管到底的。”

“可你……你们会走的。走了怎么办呢？”常老头儿不解地道。

“我们可以不走呀！”红英接过话来，“就帮您管管菜，也省得您一个人寂寞。要不，就等菜收上来再走。”

“收上来再走？”常老头儿想，那得等到什么时候呀？

“老首长您放心，我们在这儿一天会付您一天饭钱的。”红英说。

“那倒无所谓，关键是谁来做饭呀？”常老头儿不由得暗暗叫苦。

“我，我们。”红英用和她丈夫一样的口气说。

“噢噢。”常老头儿不知该用什么话来回答。

高纪明夫妇也不再与常老头儿多话，重又埋头翻地、下种。

三

常老头儿有点儿后悔了。那时他住在L市，听说也在L市的高纪明生活比较困难，到处跑着找领导，没人理会，常老头儿就让人带信给高纪明，说可以和他谈谈，帮着疏导疏导。恰巧那时他刚退下来没事干，从前在部队，他就以善于做思想政治工作而闻名于军区。退下后，因为没了做思想政治工作的对象，心里空落落的，总想找谁谈谈，最好是开导别人的那一种。后来，高纪明来了，他四处申诉碰了壁，有怨无处说，正想着找老部队的老首长。常老头儿十分乐意接待他，一次又一次和他谈，从国际说到国内，从“大家”说到个人的小家，挺解怨气的，末了他眼泪也不淌了，常老头儿和老伴亲手给他做饭，还掏出三四百元给他。给高纪明做过思想工作以后，常老头儿往往睡得特别香，老伴说他夜里鼾声特别大，第二天起来乐呵呵的，不像平时起来，浑身不得劲。那一段时间，高纪明要不来了，常老头儿还会打电话去找他。不过老伴死了以后，常老头儿一下子变了许多，变沉默了，不太愿意和人多打交道，只想一个人安安静静地待着，他没想到后来高纪明还会找到G市来。他还接待高纪明，还和高纪明谈谈，他之所以还这么做，只是不想没个“连续性”，再说不管怎么说，他过去还是高纪明的老首长。

不过让高纪明把他这儿当家，在这儿种菜给他吃，他可担当不起。高纪明夫妇把苏州青种下去以后，好几天都没有走的意思，常老头儿从和高纪明的交谈中得知，最近半年多来，他们夫妇还是一直到处跑，希望老部队的领导能帮他实现了回部队退休的想法，可老部队的领导又换了好几任，人家几乎已不记得还有这么个人，不记得在这个人身上曾经发生过关于一千多元的事。不久前人家把他给赶出来了，让他有事直接去找地方去，再来就让当地公安局把他抓起来。而说这个话的人常老头儿认识，常老头儿在的时候，他还只是一个兵。

“这简直是岂有此理!”常老头儿听了高纪明的诉说，不由得有点儿愤怒。第二天他就拿起电话，要通了分区现任领导办公室，那个从前的兵虽然对他很客气，但也直言让常老头儿别管。常老头儿还想说对方几句，说起码高纪明夫妇去了得接待他们吃住。想不到对方说：“老首长你要接待他们吃住你接待，我们这儿接待不了。”把常老头儿给气得差点儿把电话给掼了。要在过去，他会立刻让这个兵回家种地，可现在他只是一个从前的副政委，人家可以什么都不听他的，能接他电话，听他把话说完就已经够给面子了。

放下电话，常老头儿像问自己，又像告诉一旁看着他打电话的高纪明夫妇：“我就接待不了了？你们就在这儿待着，就在这儿种青菜，有我吃的喝的，就有你们的。”

高纪明夫妇一时面面相觑，此时他们头脑清醒，完全不是病人思维。这天一整天，他们都没给已冒出星点绿芽的苏州青浇水。夫妇俩就那么在楼上面对面地坐着，这一天的饭全都是常老头儿烧的，常老头儿好像和谁憋气似的，还特意多烧了几个好菜。

四

一个月下来青菜已经长得好高了，绿油油的。常老头儿坚持了一个月，开始有点儿受不了了。

高纪明认定常老头儿是现在唯一能够帮助他解决问题的老领导，

让他去找其他人，他说所有该找的都找过了，所有的路似乎都堵死了。常老头儿出钱让他们夫妇去找，这中间夫妇俩也离开过，但仅过了一两天，夫妇俩就又相互搀扶着回来了，一脸的无奈和凄凉。常老头儿只好又让他们夫妇俩住下，住下种青菜。

住在这儿倒不要紧（有几回干休所的干部过来问这俩人是谁，常老头儿只得支吾着说是亲戚），关键高纪明每天早晨要站在院子里高声长啸，吼他过去在部队唱过的《智取威虎山》片段：“穿林海，跨雪原——”声音相当高亢，震得老年人头皮发麻，常老头儿几次跟他说过。高纪明停下说：“老首长，我心里不舒服，你就让我吼吧。”红英也提醒常老头儿，说不让他吼，恐怕他就会憋得犯病。常老头儿也就不敢多说了，任凭那略带沙哑的吼声在清晨的空气中冲撞。院里的老同志问常老头儿是否来了做演员的亲戚，常老头儿不置可否地“嗯啊哈”的，赶紧斜着身子走人，他知道人家有怨言不便明说。

那丁点儿青菜颇让高纪明费心，他从楼后化粪池把一担担粪担着去浇的时候，常老头儿想起部队里生产劳动的场景，但很快他的思绪就被扑鼻而来的臭味给截断了，粪泼在院子里怎么能不臭烘烘的呢？老伴在世时，院子里都是种花的，就是现在，其他人家也大都种花，唯独常家院子的上空日夜飘散着粪臭，早晨则夹着“穿林海，跨雪原——”一向生活秩序井然的常老头儿，觉得他的固有秩序被打乱了。

而高纪明却在妻子的陪伴下，在院子里浇粪，浇水，蹲下去看着青菜是否在一天天长大。他们似乎到了老首长这儿心定得很，觉得常老头儿是这冷漠世界最后一个可依靠的人，是最理解他们的人。他们没觉得有什么不安，甚至认为，老首长反正一个人住，而且心脏还不太好，他们在这儿既给老首长种了菜，又可顺便陪陪他，这一点连老首长的儿女都做不到呢！

高纪明高大的妻子常半扶着常老头儿说：“老首长，您就把我们当作您的亲生儿女吧，真的，您千万别客气。”

“不客气不客气。”常老头儿也不知自己在说什么。

五

几天后的清晨，常老头儿躺在床上，高纪明刚吼出“穿林海，跨雪原”那个“穿”时，常老头儿一惊，心脏病发了。他慌忙从枕头底下摸出几片硝酸甘油塞在舌头底下，几分钟过后，心里仍一阵阵绞痛，憋闷，并无缓解迹象。而今天高纪明的嗓子似乎同样也出了毛病，声声咳嗽，老在激昂的“穿”字上过不去。急得常老头儿终于忍不住敲窗子，等到高纪明觉得异常跑进屋来时，常老头儿已经一点儿气力也没了，话都说不出来，他手指着电话，示意高纪明赶快打所部。

高纪明搞不清内线该怎么打，拨了几次都没拨出去，他索性扔下电话跑步到所部请来医生，连鞋都跑脱了一只。他只是一个劲儿地抓住常老头儿的手，连声问：“老首长你怎么了，怎么了？”

医生来了以后知道常副政委的老毛病又犯了，奇怪的是为何已服超剂量硝酸甘油下去，竟没如往常一样缓解，却似乎反而加重了。事不宜迟，医生立刻给常老头儿输氧，再不行就要考虑送医院抢救了。还好，输了氧之后，常老头儿感觉好多了，脸色转了过来，手也能动了，并且点头向军医表示谢意。又过了一会儿，能开口说话了。医生似乎觉得常老头儿发病较往常不同，便追问究竟是怎么回事，是否家中发生了什么事，或者人受了什么刺激。再看高纪明夫妇表情木讷（他们给吓坏了），便问他们是常老头儿的什么人，平静的家中是否有什么不同往常的情况发生，或者隔夜吃了什么不好的东西，早晨起来受了什么惊吓。

高纪明摊开手说：“没有啊，什么也没有啊！他好好的突然就敲窗子，我还以为发生了什么事，原来是他的心脏病犯了。”

“常副政委，这些天来您有没有觉得有什么异常情况？”军医俯下身去，轻声询问常老头儿，“您可不要不说啊，不说对您自己不利啊！”

常老头儿此刻觉得好多了，他本想说这段时间住在他这儿的高纪明让他有点儿受不了，院子里整天飘散着大粪的气味，还有今天清晨那个激昂的“穿”字。但他没说，他知道说了军医也不太明白，或者说军医汇报上去，所里会出面干预，这样似乎对高纪明夫妇不利，要知道他们夫妇脑筋不好，受不了刺激的。

“没什么。”他咬紧牙关，摇摇头说，“可能是最近有点儿劳累了。”

“为什么劳累了？”军医继续追问。

“也……也没什么劳累。就……就为种了点儿青菜。”常老头儿闪烁其词地说。

“嗨！”军医一拍大腿说，“种什么青菜嘛！老首长不是我说您，种青菜干吗？上街买，两三毛钱一斤，快别种了。”

常老头儿支吾道：“不……不是说，自己种的没农药吗？”

“那倒是，不过您累着就不上算了。”军医说。

六

高纪明懋了几天，有一天终于拦住常老头儿说，青菜明明是他高纪明在种，老首长怎么可以说因为种菜而犯病呢？他想不通。常老头儿只好向他认错，说他不该那么说。那该怎么说呢？说因为高纪明在院子里吼？当然不能那么说，那样说不定高纪明更想不通。

正说着，所长带着管理员来了。所长先是很客气，先带着管理员到院子里看了一圈，看到那一片精心打理的青菜，不断点头“嗯啊”的，而后很客气地对常老头儿说，邻居们有反映，说常家种菜浇大粪，弄得四邻都臭烘烘的，说所里曾经有过规定，各家院里不得养鸡鸭种菜，实在要种，可以种花。

常老头儿刚要解释，高纪明却凑上来说：“种花管个屁用，自己种的菜没化肥农药。”

所长见一旁突然冒出来个汉子出言不逊，不禁有点儿恼火，连问：“你是谁？”

想不到高纪明并不直接回答对方，却反问所长是哪一年的兵，显然所长比高纪明年轻，高纪明入伍的时候可能所长还在家种地。所长觉得受到了污辱，气得只是一再追问高纪明是谁。高纪明偏不回答，末了还不屑地斥所长是“新兵蛋子”。把所长给气得，任常老头儿怎么解释也不听，称常家院里的这点儿菜必须在明天以前处理掉，否则就不能怪他不给常副政委面子了。他只能按规定，派战士来帮着处理了，说完便气呼呼地带着管理员走了。

常老头儿在职时就是个“原则干部”，对组织上的规定什么的向来都是不打折扣地执行。只是这种菜，先前他不好过于拦阻高纪明，他想不过就是种一茬菜，不会老这么种下去的，况且还是在自家院子里，他抱着侥幸心理，心想也许不会有人在意。现在既然所长已经上门了，而且他也实在很烦这事了，所以就跟高纪明说，还是听所长的，把菜给拔了。好在苏州青已长得挺高的，可以吃了，实在吃不了就扔了。

没料想高纪明瞪大了眼睛，问常老头儿是不是烦他了，是不是压根儿就不想帮他。

常老头儿说："反正不能再在这儿种菜了，说不定所长真派人来拔菜，那就被动了。"

高纪明二话不说，调头就向他和红英住的二楼奔去，奔到楼上一天没下来，第二天也是这样。这可把常老头儿吓得不轻，他以为高纪明又犯病了，如果在这儿犯病，他可有逃脱不了的责任，人家是来找他解决问题的，结果什么问题也没解决，反倒在这儿出事了。他和红英一起去劝高纪明，可高纪明却是一副想不通的样子，面朝里睡着，只是叽叽咕咕，不知他在说些什么。常老头儿说实在不行，他到所部去跟所长说，就说这边有特殊情况，这苏州青先留着，等到这一茬菜收上来再说。

红英将药给高纪明吃了，高纪明又开口说他没事，唯一觉得想不通的就是，他这些年走遍有关部门，最后唯一能收留并同情他的、能听他把话讲完的老首长也烦他了。常老头儿说主要是在院里种菜违反了所里的规定。至于他和红英留在这儿，如果他们愿意，可以就这么待下去，他不会烦的，实在不行，他还可以去外地儿女们那儿住几天。

高纪明这才起来吃饭。常老头儿也才稍稍松了一口气。

不过高纪明还不放心地里的菜，一连几个晚上，晚饭过后，他就拿张小凳坐在院子里抽烟，看着那一块比乒乓台大不了多少的菜地。高纪明不相信常老头儿去所里说了，就真的没人来拔菜了。夜里他不去睡，就那么坐着，生怕有人把菜给处理了。实话说，菜地不大，菜也并不多，可那是他和妻子一个多月来的一份辛劳。他和妻子整天看着苏州青一点点长高，菜长得之好，连常老头儿都说从未见过。青中泛绿，绿中映青，没一个虫眼，这可是没一点儿化肥农药的苏州青啊！现在要找这种蔬菜，可真是比登天还难。

常老头儿半夜起来解手，看到高纪明的妻子陪着高纪明在院子里守着。月光下，高纪明不时站起打量苏州青，甚至摸摸菜叶。常老头儿知道，高纪明从部队下来之后，有一回厂里搞消防救火演习，有几个小年轻知道他神经不大好，有意将水龙射歪了浇他，弄得他浑身湿淋淋的，从此精神病就总也好不了，每年只有有数的几个月像正常人。所幸这次在干休所没犯病，否则，常老头儿真不知道该怎么对付，不过看他这两天恍恍惚惚的样子，常老头儿还是有点儿担心。好在还有十来天，按高纪明的说法，苏州青就可完全长成，长到可以吃出苏州青特有的风味了。但愿能挨到那时，挨到将菜收完了。他已和所长亲自说过，他们不会派人来强行收菜。也就是说，没必要天天守着，可高纪明却偏要守着。唉，没办法，谁让高纪明和红英都是病人呢？而且是那种病人，既是那种病人，他们的行为就不可按正常人的行为来解释。常老头儿夜里看着这夫妇二人在月光下的背影，心里挺不是个滋味的。

七

但常老头儿夜里的同情心，到了白天就荡然无存了。尤其是十点钟以后，也就是高纪明早上吃了早饭，补了一觉之后。此时往往高纪明的精神特别好，不等穿好衣服就在院子里吼："穿林海，跨雪原——"气尤其足，调门尤其高亢，高亢得超过平常好多倍，让人担心他千万别唱破了。不仅如此，就连一向总是护在他左右的红英也跟着有点儿行为异常，她先是给他不停地送水什么的（并且不时地和他嘀咕着什么），后来不知缘何，连她也细声细气地唱起了阿庆嫂，什么"刁德一，搞的什么鬼名堂……我须要，察言观色将他防——"然后高纪明接胡传葵的唱："这小刁，一点面子也不讲！"夫妇二人一唱一和，就像开戏园子了。好在是上午十点以后，离休干部们该起来的也起来了，该出去买菜的也出去买菜了。否则不知别人又该说什么了。

常老头儿总觉得有某种令人不安的东西在周围打转，闹得他睡不好，真担心出点儿什么事，而白天其他时间，高纪明夫妇似乎又好好的，只是在那一块菜地旁显得格外勤快了，浇水啊捉虫啊，眼瞅着苏州青，恨不得苏州青立马就是一株株成菜，可以炒了端上桌。而季节确实也到了春天，天越来越暖和，人也越来越烦躁，明显的例子，夜里猫叫春的声音格外凄厉。高纪明和红英夫妇俩仍然夜夜坐在月夜下，看着那一小块苏州青。

常老头儿总觉得那夫妇俩夜里坐在那儿不是个事（他也劝过，但无效），是一块心病，感觉像一只气球随时会破裂爆炸。这天夜里，他思之再三，决定天亮后一定要去一趟所部，把高纪明夫妇守着菜地不睡、早上起来夫妇二人唱得怪怪的事与医生谈一谈，并把二人的病况坦诚地告诉医生。

不过天亮以后，他在厨房没见到红英的影子（往常她都会在那儿帮着准备早饭），再一转身，却看到餐厅的大桌上整整齐齐地码了一桌子青菜。走近细看，竟是苏州青！他连忙去院子里，见菜地光秃秃的，连一片菜叶也没有了。他不禁有点儿着急，高纪明不是说过，还有四五天苏州青就可以收了，怎么还有几天就等不得了呢？更让常老头儿迷惑的是，夜里把这么多菜收上来，他竟然一点儿动静都没听到。

他站在院子里喊高纪明，没有应答。来到楼上，却发现床上被子叠得整整齐齐，有棱有角，就像部队里叠的一样。床头柜上压了一张纸条，纸条下面有三张百元钞票，纸条上的字歪歪扭扭，是红英的笔迹：

敬爱的老首长：

我们走了，本来还想再等几天，等青菜长好了再走。不过实在是等不及了，大概您也看到了，这两天他已经有点儿不正常了，连我也心里伤心、害怕，也像有点儿那个。反正我挺害怕呀，乘着昨夜里，我和他还比较稳定，就把菜收了，好在这菜也可吃了。本来早就想走，只是想把这一茬菜种完，我和高纪明好多次麻烦您，也没什么好报答您的，就是想到给您种一点儿没化肥农药的青菜，老人多吃蔬菜有好处。可惜不能坚持到最后了，天越来越暖，春天是发病的季节，我怕纪明真在您这儿发病，也怕我受刺激跟着发病。所以我也没向您告别，就带着他先回家了。留下三百块钱，真不好意思，老在外面跑，身上就剩下三百四十元了，四十元买回家的票，三百元就算我俩这一个多月的饭钱，我知道这不够，但没办法，别见笑，就请一定收下吧。您对我们的恩情，我们永远永远都忘不了，真的。

高纪明的事，过了春天，等我们身体情况稳定了，还要出去跑的。不过再要碰到像您这样的好人、好领导，恐怕没有可能了。

不多写了，我们的事，请您放心。

最后敬祝您老人家健康长寿！快快乐乐！

红英和纪明

今天凌晨二点

老干部黑夜遭遇小偷。小偷怎样被感动了？一场劫财不成的凶杀没有发生。

第五篇　有一个瘦高的黑影

常老去医院给老伴送饭的时候，有一个瘦高的黑影径直从一扇既没装锁扣也没装金属栅杆的窗户闯入室内。黑影觉得非常意外，人们早都用各种铁、钢、合金的栅栏把自己和家人动物似的关锁起来，很少还有连锁扣也不装，可以直接推开的窗户了。

说也奇怪，干休所旁边的公寓楼无一幸免，均被盗贼光顾过，而防范稀松的干休所大院若干年来竟然没发生过一起被盗案。盗贼们似乎抱有某种禁忌。

黑影原本是准备在干休所外面的公寓楼下手的，可下午踩点看好的一户人家晚上忽然来了一帮人打麻将，并且丝毫没有离去的迹象。于是黑影转身跃入显得静悄悄的干休所，一般说来那些活动于城市夜晚里的黑影们既出来了，通常就没有空手而返的道理。只不过今晚闯入原某部政委常老家的黑影从技术上讲是冒了风险的：他在没有完全弄清下手地点的房屋结构及居住人活动规律的情况下就贸然闯入，无疑带了盲目性。

所以尽管入室之容易令黑影好一番惊喜，但在黑黝黝迷宫似的房间与走道逡巡却使他倍感恐惧。

这是一幢带院子的独立二层小楼，尽管房间很多但大部分都空荡荡的没有人住，家具陈旧，散发出阵阵霉味。黑影从楼上搜寻下来，很快断定楼下靠西侧的房间是主房间——这是这幢不太大的小楼里唯一上了锁的房间。房间里估计不会有人，因为整幢楼一直就没亮过灯。傍黑时分，黑影在围墙外面亲眼看见常老提着几个塑料饭盒走了。

在黑影不长的偷盗生涯里大概再没碰到这么容易打开的房门和抽屉了。它们基本上完全是老式的，没有任何保险、防撬机件，以至于黑影只用一根三十公分的钢尺条就撬开了主房间的房门，继而打开了一张旧式军用办公桌上的所有抽屉，根本没动用近年来同行间普遍使用的带隔音套的微型电钻。

黑影不急于动手翻找，他在房间里转了两圈，又撬开了三门橱的橱门和一只床头柜的抽屉。在黑影看来，所有橱门与抽屉洞开就像一个褪尽了衣衫的女人。一番欣赏过后，他先从看上去不重要的抽屉开始翻找，就像先从女人的脚趾开始：三门橱里堆满各季的衣物，借着窗外的月光，黑影发现这些衣物中不少是军用品，在厚厚的棉罩衣上他甚至摸到了几块补丁，一件夏天穿的背心上满是窟窿，两根吊带已碎成了细条条。

黑影低声骂了一句，把背心扔飞了。

床头柜的下层是一大捆粗糙的卫生纸。黑影原指望床头柜的上层多少会有些他所需要的东西，结果却摸到了一把各式各样从旧衣服上拆下来的揿钮、纽扣及别针之类的什物。他又低声咒骂了一句，但没把手里的东西扔出去，而是让那些什物从张开的指缝间慢慢地落回抽屉里。

办公桌靠窗摆在两张单人床之间，样式老旧却很敦实，桌沿下方用白漆喷着“营具”之类的字样。黑影双手合十做了一个“上帝保佑”的姿势，也许这张桌子便是黑影今晚进入这幢小楼的最后希望了。他依旧从桌子最下面的一只抽屉动手，他把翻出来的书籍和学习笔记一一放在桌面上，借着月光与笔型手电光一本本、一页页地翻过去，通常人们会把现金、债券、存折夹在那些看似不相干的书籍或杂志里。

桌上堆满了包括《毛选》《邓选》《江选》等在内的书籍及学习辅导材料，但黑影仍未发现任何对他来说有价值的东西。当他打开桌子中间最大的抽屉时，他不禁已经有些沉不住气了，拉开抽屉时所发出的咯吱一声大响，他也全然没有在意，而此刻这幢房子的主人常老则已在回来的路上了。老伴今天早早地吃了安眠药睡去了，常老觉得有些疲倦，便提前从医院回来了。他个头不高，七十来岁，虽约略有些佝偻，但看上去只有六十五岁左右，走起路来还挺精神的。

黑影打开办公桌中间的抽屉，只见里面整整齐齐摆放着一排织绵盒子，黑影的心开始怦怦地剧烈跳动起来。通常偷盗行为往往既可满足偷盗者的物欲，亦会给偷盗者带来精神上的快感。黑影感到他仿佛向某个女人的最隐蔽处靠上去。

他打开一只盒子，听到“吱扭”一声，他摸到一只沉甸甸的多角金属物，借助手机光，他发现这是一枚铜质纪念勋章。他反复敲打，嗅闻，发现勋章至多是镀了一层金，而且已经暗淡，另外几只盒子里也分别躺着几枚大致相同的勋章。黑影开始揣度这幢房子主人的身份，这一带他基本上是第一次来，以往他一般活动在市中心的某个小区。事实上，在那些地段困难的是打开住户的重重关锁，而一旦进入室内要想获得他所需要的现金及黄金首饰之类并不困难，他进入过个体户、包工头、企业家们的家，进入过处长、局长，甚至一位副市长的家，在那里他轻而易举地就可获得他想要的一切，那时他体会到一种“劫富”的快意。他原本在一家厂里当钳工，厂里效益不好，他只好回家。这么多年他也曾试着摆过小摊，当过搬运工、推销员什么的，但都因长期懒散惯了，吃不了那苦而放弃了。而摆弄一点儿小玩意、开一把锁什么的又恰恰是他的专长，于是他后来索性做起了梁上君子，况且一直以来那些富得可疑的人是他心目中嫉恨的对象。

然而，今天他多少有些后悔了，虽然常老家房屋面积之大甚至超过他所常见的富有者，但却空荡荡的几乎就找不出一件值钱的东西。

勋章盒的旁边有一本软面抄，黑影像洗牌似的飞快翻过去，没发现什么从中飘飞下来。他仔细打量本子上的文字，原来是一本记载家庭日常开支的本子，上面连买一小块生姜的钱也记得清清楚楚，每月的费用就没有超过二百元的。

“啬刻鬼！”黑影把软面抄放回抽屉，又拿起一本红皮的荣誉证，上面写着：常××，男，19××年生，原某部政委，享受待遇：正师职。干部级别：十一级。

原来是一位部队的离休干部，黑影把荣誉证看了半天嘀咕道：“十一级干部，应该有点儿‘老板油’啊。不过……”黑影开始有点儿迟疑了，同行间约定俗成有几不下手，其中之一就是对离退休的老干部不下手。老干部们的形象永远是清廉的，而且还是一位解放军的老干部，黑影从小就对解放军有一种崇敬的心理。“他们只拿那么多工资，没人给他们送礼，改革开放他们压根儿就没沾上什么光。”黑影怔怔的，“怪不得屋里空荡荡的哩。”

黑影放下荣誉证，心想恐怕今晚得自认倒霉了，既然犯了忌，也只好两手空空地回去睡觉了。他又用手机照了照，忽然一本旧布面的“庆祝建军节纪念册”吸引了他。

纪念册里的字迹已经发黄，黑影又像洗牌那样把纪念册翻动了一遍，十几张纸片顿时散落在黑影的面前。黑影的心再次怦怦地跳了起来。的确，若是其中有一张存单之类的东西落在他的面前，他不知道是该拿走还是不拿走。窃走老干部的钱，他怕出门就遭天雷轰。

所幸十几张绿晃晃的纸片全是汇款存根。“敬请贵民政局领导将此款用于兴建希望小学或某某有绝症患者的家庭……”黑影轻声念道，汇款留言栏上都有一段内容相似的文字。不过字写得不怎么样。

常老在门外寻找钥匙时，黑影轻声惊叫起来，他被夹在纪念册中的一张纸片吓了一跳。那张纸片汇总了十几张汇款单上的数目：五十五万三千七百六十元，地点包括云南、贵州、四川、广西等省市。

常老寻找钥匙开门的响动被听力敏捷的黑影忽略了，而黑影的一声惊叫却被正在掏钥匙并且多少有些耳背的常老听到了。

常老虽然有些耳背，虽然干休所院内从未发生过偷盗事件，但军人出身的他却天然保持着某种警觉性，晚上躺在床上，仍常常竭力捕捉各种异样的响动。常老轻轻打开门时，黑影放下了抽屉里报纸下面的两千元，那上面夹着一张纸条，又是一份即将寄给四川某地希望小学的款子。

常老顺着黑黝黝的走廊向卧室摸过去，他后悔没把一直放在枕头底下的那把侦察兵用的匕首带在身边。不知是由于夜晚的宁静，还是由于亢奋的缘故，他的耳鼓顿开，分明听到走道深处传来窸窸窣窣的声音。他难以相信各种媒体铺天盖地报道的偷盗案就发生在他的面前。

黑影把两千元点了又点，二十张“老人头”，没错。他的手心沁出汗来，放下又拿起，拿起又放下，末了终于还是用回形针别好，重新塞到垫抽屉的报纸底下了。他抬头望了一眼天，生怕有谁在注视这一切。他觉得他自己毕竟和一般的偷盗分子有所不同，他们天生就是干那个的，而他不同，他原先是正规国营厂的一名职工，要在多年前，还被人称作“工人阶级”。当然，今天没落到这一步，那叫没法子，他要吃饭，老婆孩子要吃饭，而从前的公家厂偏又养成了他这副懒散的样子。尽管如此，他仍觉得他和解放军是“自己人”，解放军的老干部把那么多钱汇给那些穷地方和身陷绝境的人，他要是再动手偷窃老干部，怕是连他的同行们也会耻笑、指责他的。他又打量了一下常老夫妇的床头，发现上面的枕巾连绒头都磨没了。

“谁?”常老在走道那边低声喝问。

黑影猛然一惊，常老的喝问在他听来如同一声大吼，吓得他浑身一哆嗦，刚想“妈呀”大叫一声，撒腿逃窜，但他还是很职业地镇定了下来。他回忆刚才传到耳鼓的声响，从频率和声音的厚度上判断，那是一位老人，很可能就是卧室的主人回来了。这判断使他的心略略平定下来：一位老者，很好对付的。他甚至有些从容地把抽屉里的勋章、证件、记账本什么的一一顺好，放在原来的位置，把卧室里所有打开的抽屉和橱门分别推上、关好，以至于这吱吱嘎嘎的响动让外面的常老听得一清二楚。至此，常老相信绝不是他本来就有毛病的耳朵听岔了，而是卧室里确确实实闯入了小偷之类的坏人。于是他提高声音，再次大声喝道：“谁?”

黑影这才轻轻带上卧室的门出来，不过这时他发现走道里有个略有些佝偻的身影摸索过来，挡住了他的去路。黑影有点儿紧张起来，这要在平常，主人突然返回并挡住去路，唯一的办法便是及时而果断地夺路而逃，谁若阻拦那就怨不得人了，轻者拳脚交加将其冲撞在地，重者就要请对方吃刀子了。不过黑影还是迟疑着向楼上退去。走道上的光亮使常老清晰地看到一个黑影映在楼道的墙上。

“站住！干什么的?”常老站定，指着黑影叫道。

黑影见已被发现便转身飞快向楼上蹿去。

“你跑不了！”常老气呼呼地欲打开走道里的电灯，可拉了几下开关灯都没亮。他不知道盗贼入室首先要做的就是将总空气开关断开，他们是些属于黑暗的人。

等到常老摸黑上了二楼，什么声响也没有了。常老重又下楼从枕旁拿来了手电，而后一个房间一个房间地照过去。房间里有床，有桌子，那是他和老伴为分布于各地的儿女们来看望他们时准备的。连床下常老也照过了，剩下唯一可能的藏匿处就只有储藏室了。从二楼再上去几级台阶，只有五个平方，没窗户，像个阁楼，那就是储藏室了，里面层层叠叠堆放着被褥、大衣什么的。常老一步一步登上台阶，他听到自己的足音咚咚作响，回声竟令他这位曾经与敌人咫尺内拼过刺刀的老军人也有些紧张，离储藏室还剩一级台阶，他停住了：

“出来！”

……

“出来！”

……

仍没有应答，常老刚想喝道：“我们优待……”即觉得不妥。储藏室的门没关，黑洞洞的，令人觉得危险而不可测，似乎会随时蹿出一匹狼来，将人扑倒在地。

常老感到自己好像有些莽撞了，他应当不作声，不作气，先去叫起隔壁的老干部邻居，或干脆去所部，那里有年轻人。但他觉得在离储藏室还有一步之遥时退缩是他难以接受的耻辱，而且黑影很可能就在他退缩犹豫之时乘机逃走。

“出来！”他大叫一声登上最后一级台阶。

仍没有回答，他用手电自下往上照，只见在一层层被褥的顶上躲着一个人。那人瘦瘦的缩成一团，手臂圈起遮掩住脸。

盗贼蓦然出现在眼前，反而让常老惊得后退了半步。他这辈子在战场上见过许多操真刀真枪的人，但却从未见过入室行窃的盗贼。“这就是贼？”常老心想，那盗贼的头快碰到天花板了。

“下来！”常老冲那被手电照住的黑影说。

黑影知道躲不过去了，便突然从被褥顶层纵身跃下，试图夺门而逃，不料却被常老干瘦的手死死地勾住了。黑影甩了几次没甩掉，其实他只消照常老的身体踹一脚，或者用手卡住常老的脖子，那样的话，常老不松手也得松手。可他并没这样做，他只是狠命地掰常老的手，刚要逃脱，又被常老拽回，几次三番，他只好退回储藏室，重又蹿上了被褥顶层。说实在的，他从未碰到过如此执着的主人，他也从未像今天这样面对挡道者如此手软过。

常老歪斜着立稳了，不过这回他没再用手电去照黑影。他已意识到自己绝不是那个身高足有一米八的盗贼的对手。他觉得这时候最好的办法是攻心，首先得稳住对方，所以他虽然离黑影很近，甚至听得见对方的喘息声，但却不再向前一步了。

“你别……别想跑。”常老喘着气说，“你跑……跑不掉！”常老将手脚像栅栏那样伸展开，挡住储藏室的门。

“你……你放我走。”黑影在顶上发出低低的声音。

“不行。”

“你放我走，我不伤害你。”

“这办不到。”

“老同志，我看你怪可怜的。”

“我一点儿都不可怜，可怜的是你。什么不好干，干这个？”常老气愤地说。

“我也是没办法。”

“什么没办法？这是借口！”

“我……我是下岗的。”黑影嗫嚅道。

“下岗的？谁信你这一套？”常老说。

“我要是说谎让雷劈了我！”黑影赌咒道。

常老没作声。

“老人家，您放了我吧，我家里还有老婆孩子。”黑影低声恳求道。

“下岗的？”常老问。

“是，真的是。”黑影有些发急，“您要是不信，我这儿还有下岗证。”黑影很有心计，多少年了，还总把原厂发的下岗证搁在贴胸的衣袋里，以备万一被逮住时，求得被盗者或警方的同情，今天果然用上了。

常老将信将疑，他见对方态度诚恳，似乎已暂无逃跑的企图，便拧亮了手电。他看到一个四十来岁的人（也许快五十岁了）手上真的捏着一个塑料皮的小红本。

常老警惕地接过对方小心递过来的小红本，见上面还有照片，他用手电照了一下黑影，发现黑影只是比照片上的形象多了一些胡须。

“什么不好干，为什么要干这个？”常老捏着那个小红本。

黑影把身体缩得更紧了，像一只大蝙蝠似的挂在天花板上。

“不错，你暂时可能还有些困难。”常老说，“但为人不能丢了志气。不管你是不是真的下岗工人，总之我看你年纪还不是特别大，什么不好干呢？”

“干好了又怎么样呢？”黑影声音怯怯地冒出一句，“那些贪官一贪污就是几千万、几个亿。”

“放屁！”常老火了，“照你这么说大家不要做好人了？大家都去跟贪官比去？”

黑影不作声了。

“贪官自有人来收拾他们，先把自己的事做好，人活着总要像个人吧！”

“这我信。”黑影说。

“信为什么还干这个？”常老说。

“我……我原来在厂里就有这坏毛病，改不了了。”黑影说。

“看来还是得把你送到厂里去，这事得让你厂里知道。”常老说，“我看你连下岗工人都不配当。”常老说。

“别别，那样我就全完了。”黑影叫道。

“还知道羞耻。”常老说，他觉得政治工作就是做人的工作，对此他还不陌生，“就怕连这都不知道了。”

一阵沉默。

过了一会儿黑影迟迟疑疑地伸出手来：“老人家，我下次再不干了，请把本本还给我吧。”

“还给你？”常老说，“我把本本还给你，然后你溜之大吉？”

“老人家，您放心，我绝对不跑。”黑影发誓道，“您就是把本本还给我，我也不跑，随便您把我带到哪儿。说真的，我打心眼里……”他想说他很敬佩常老，但没说出来，怕引起常老的反感。

常老心想本本在自己手里，而且这个自称下岗工人的贼也许尚属“可以教育好的”之列，于是便让黑影先从储藏室出来。即便黑影想跑，只消跑出去大声呼喊隔壁邻居或立即用内线电话通知所部值班人员，想必这贼也跑不掉。

常老手持电筒先从储藏室出来，黑影顺从地从储藏室被褥的顶上跳下，跟着常老进了一间靠阳台的房间。

“坐下！”常老指着一张空床对黑影说。

黑影在床沿上坐了下来，常老把亮着的手电筒放在床边的一张三抽桌上，他拿过一张方凳打算坐下来与这位进入他的住宅进行偷盗的贼好好谈谈。刚要坐下来，借手电的亮光，他发现黑影满是胡须的面颊上有一大块擦伤，也许是先前黑影从储藏室的被褥顶上跃下准备逃窜时擦到哪儿了。血珠正从伤口渗出来，常老想起楼上的另一个房间里有双氧水和碘伏，于是重又站起来，去找药水与棉球，而黑影则仍坐在床沿上喘息着。

不知是常老记错了地方还是药水本来就没放在五斗橱里，常老在一只旧五斗橱里翻找了多半会儿也没找到双氧水和碘伏，最后还是在门背后的一个小壁柜里找到了。此刻已过去将近五分钟了，他连忙转身回到靠阳台的房间，不料一眼看去，床沿上已空荡荡，黑影不见了踪影。常老这才想起刚才去找药水的时候，忘了把放在桌上的小红本带走，再看看桌上，什么也没有。常老气得一跺脚，深悔自己怎么就这么麻痹，对一个贼（哪怕他确为从前的下岗职工）实在不该怜悯，不该期望他什么良知未泯。

常老赶紧来到楼下，令他感到奇怪的是卧室里并没出现他想象中的一片狼藉的景象，橱门关得好好的，抽屉也合着。常老走过去慢慢拉开办公桌中间的抽屉，他不指望里面还剩下什么，因为在拉开抽屉的同时他发现明显有撬过的痕迹。

不过当抽屉完全暴露在他的面前时，他不由得有些惊讶，只见里面的勋章、证件及本子之类摆放齐整，几乎不像有人翻动过。常老又急切地掀开垫抽屉的报纸，使他倍感惊奇的是钱还在。他拿起来数了数，不多不少，二十张。

常老把两千元人民币重新放入垫抽屉的报纸底下，合上抽屉，打开通往院子的门朝外张望，只见外面黑沉沉的，什么也看不见。

可怜的哑巴，他是常老的亲外甥呀！干休所容不下他，后来才知道他回了乡下老家，一个人住在一间没人住的房子里，那儿离他妈妈的坟不远，只隔了一条小河沟。

第六篇　没错，他是个哑巴

哑巴每次来都很突然，不管我家搬到哪儿，也不管地方有多难找，拐弯拐角他竟都能找到。八十年代的时候我还在苏北工作，有一回他忽然出现在我住的小院，说是找他舅舅也就是我父亲，我和我那新婚不久的妻子都吓了一大跳。我明确告诉他（当然是用笔一字一句在一张纸上写着告诉他），他的舅舅也就是我的父亲已离休回苏南了，正在某干休所安度晚年。他看完我写给他的话脸上现出一副恍然的神情，尽管如此他还是以亲戚的身份在我那儿住了三天。我和我妻子见他孤身一人，还是个哑巴，就天天张罗着给他弄饭弄菜。他呢，也不怎么客气，像家里人似的吃喝了三天，而后在纸条上写下“谢谢”两个字，就拎上一只印有上海外滩景色的人造革包走了。听说后来他还真又在苏南某干休所找到了我父亲，在那儿不多不少，也住了三天。

说是他舅舅，其实我父亲与他妈妈只是同父异母的姐弟，而且因为哑巴的妈妈曾经嫁给上海的一小资本家（哑巴本人实际为资本家小老婆的儿子），社会关系比较复杂，所以作为革命干部的我父亲以及我们一家一直不怎么跟他妈妈来往。只是到了改革开放以后，我父亲因为工作的关系经常去上海，才和他妈妈有了一些来往，而那时候作为他妈妈的独生子，他早已在“文化大革命”中随一家小搪瓷厂从上海外迁到江西南昌去了。哑巴原本是有老婆的，老婆不仅不聋不哑，而且据说长得还挺漂亮，二人生有一个虎头虎脑的儿子。不过自从哑巴去江西以后，他的老婆就跟别的男人跑了，只剩下他早已死了丈夫的妈妈和长得虎头虎脑的儿子，挤在老城隍庙附近的一间仅九个平方的小亭子间里。尽管只有九个平方，从街道小厂退休的他妈妈每月也只有几十元的收入，但每次我父亲去了以后，他妈妈作为我父亲的同父异母的姐姐，总是要倾其所有弄上好多菜招待我父亲。对周围邻居说到我父亲时一口一个阿弟，带着炫耀的口吻，再加上当时我有一个哥哥在上海郊区当兵，每逢星期天都要到他妈妈那儿去打牙祭，所以说实在也是麻烦他妈妈不少，甚至我在多年前和一个同事出差路过上海，没地方住，竟然也是挤在他妈妈那九个平方里的。

虽说去过哑巴妈妈家几次，但基本没怎么见过哑巴，那时他在江西，只在过春节时才回来看看妈妈和儿子。他妈妈最舍不得的也就是这个哑巴儿子，一人独自在她所称的“乡下”（哪怕只是住在上海多年的人也同样认为几乎所有的外地都是乡下），调又调不回上海，人又哑巴（小时候打针打的，原先并不哑）。听我父亲讲，他妈妈九十年代直到临死时还在惦念哑巴，为他今后的生活担忧。哑巴长大了的儿子很为有个哑巴父亲而觉得羞愧，一点儿也不想哑巴父亲回上海，因为哑巴一旦回上海，已有对象的儿子就没地方住了，所以哑巴就一直待在江西。哑巴的妈妈死后，哑巴有一年回上海过春节，结果为了一件什么事，他竟被已结婚的儿子用扫帚赶了出来。那一年哑巴是一路号哭着回江西的。

我调到苏南以后，哑巴来过几次，有时是去上海路过本市，有时是去本市郊县乡下去祭扫从小把他拉扯大的妈妈（他妈妈和我父亲都是本市郊县人，他妈妈死后从上海归葬乡下）。每次哑巴来都很突然，不说话，突然就出现在我家的大桌边，让下班回来的我和我妻子吓一跳（我调动后和父母一起住在干休所）。这时候，他往往突然站起来冲着我父亲嘴里呜里哇啦地指戳着我，似乎他已不知我是谁了。我妻子进门，他也是如此指戳一番，而后释然，好像弄清了我们的身份。再后来，晚上心安理得地坐桌边和我们一起吃晚饭。他很少提江西的事，我们也不知道他所在的那个厂怎么样了，或者说他在那个厂里怎么样了。夜里我父母安排他睡在靠门口的小房间里，那儿一般是保姆住的，不用保姆的时候就用来让一些不太重要的客人留宿。哑巴抽烟，夜里常常抽得满屋子劣质烟的味道。

后来，我们已经搬出去了，忽然有一天母亲打电话让我去干休所。刚进后院，见哑巴坐在大桌边，时光飞逝，一晃几年，想必这人也快到退休年龄了。哑巴果然看上去比以前老了许多，脸上密布皱纹，呜里哇啦的声音也比以前更沙哑，他仍然嗖地站起，冲着我父亲指戳着我，他好像又忘了我是谁了。直到父亲比画着解释了半天，他才恍然且释然地重又坐下，而后就埋头吃我母亲给他现下的挂面，热气撩得他的眉毛像起了霜。我母亲一边看着哑巴在吃面条一边在犯嘀咕，不知哑巴这一来仅是短暂停留，还是要像从前一样一住又是几天。倒不是在乎在这儿吃点儿喝点儿，实在是两个近八十岁的老人照顾自己都成问题，何来精力照顾一个不会说话的？

哑巴当然听不到我母亲在嘀咕些什么，他只顾埋头吃面条。刚下火车，看来他在车上也没好好地吃过什么。吃完面条，他又弯腰从放在地上的人造革包里拿出了一个搪瓷缸茶杯，向我母亲示意询问有没有开水。我母亲刚要转身去厨房拿水瓶，哑巴已经看到水瓶在哪儿，立刻抢着自己站起来去倒水，差点儿撞到立在一边的我父亲。喝完水，哑巴又依次从那只印有上海外滩景色的旧人造革包里拿出牙刷、牙膏放在搪瓷茶杯里，而后询问毛巾应当挂在哪里，仿佛他这就住下了。我父亲把他的毛巾接过去，挂到卫生间的面盆旁，回转时，哑巴已从一件军大衣的口袋里掏出江西南昌的什么烟抽了起来。他把烟盒朝我伸伸，我摇手表示不会，他也不多客气。忽然他像想起了什么，放下正抽着的香烟，弯腰到那只绑了几道绳子的人造革包里去翻什么东西。翻了半天也没翻出什么，急得他布满皱纹的额上渗出汗来，过了一会儿他终于在随身的一只手提袋里翻出一本书很认真地递给我。书已经翻看过了，想必是在火车上买的，但还算新，是《钢铁是怎样炼成的》。我不明白哑巴是什么意思，哑巴连忙向我比画，意思是送给我的，我想来想去觉得没什么道理，这书很多年前我就早已读过，现在再送我算什么？我做出不解的样子，他更急了，将一只手掌朝下平展着，蓦然水平上升到眉鼻间，表情是很了得的样子，另一只手指指那本书，意思是送给忽然长大的什么人的。我还是不太明白，他索性掏出笔来，在纸上写道：这本书是送给你儿子的！我这才明白，他还记得我有个儿子。好几年过去，该是已经长高长大了。他又握紧手臂做了一很有力的姿势，不知是夸奖我有个儿子还是以此书作为对我儿子的期待和鼓励。我有点儿哭笑不得，但又不便拂了他的好意，只好笑着收下了。

哑巴重又坐下来抽烟，丝毫没有要走的样子，并且示意我们可以自便。我母亲见这情形便悄悄把我拉到一边，让我问问哑巴有什么打算，是去上海他儿子那里，还是去乡下。我在纸上写了几行字问哑巴，哑巴飞快地拿起我刚放下的笔在同一张纸片上回答我，写道：我暂时不走，想到处看看。我问他看什么。他说就是考察一下。真搞不明白，我父母这儿要他考察什么？他却很肯定，用眼神和手势很肯定地表示他要在这儿好好看看。他这么一说不要紧（准确讲是这么一写），我母亲包括我父亲可就着急了。就是说哑巴一时半会儿是走不了了，至少当天下午他是不会走了。而这一段时间以来，我母亲频发气管炎，我父亲因为忙于照顾我母亲也搞得相当疲倦。我和妻子因为工作特忙，更是很难分身来照顾。哑巴要不走立刻就多了一个负担，哪怕是暂时的，更不用说要再弄出点儿什么事来，干休所也会说话的。虽然我父母已离休，但人在干休所，就总还算属于一个单位。

我母亲让我直截了当地告诉哑巴，说没人照顾他。哑巴立刻在纸上写道他不需要人照顾，不仅不需要人照顾他，他还可以照顾我父母，说着就站起身来要去洗他刚才吃面的碗筷，被我母亲拦住了。这时候我父亲过来说，他要住就先让他住下来吧。我也觉得现在就让他走有点儿太薄情。所以我不再说什么，到一边帮着我母亲弄中午饭。平常二位老人吃得简单，但既是来人了，怎么说也得弄两个菜。我和我母亲在厨房里忙活，我父亲就和哑巴坐在桌边以笔交谈。父亲和哑巴谈起生前一直惦记、照顾哑巴的哑巴妈妈时，哑巴的眼圈红了，抽动着鼻子，笔拿在手里写不下去。父亲问起江西的生活，哑巴告诉父亲他还是一个人在单身宿舍住，吃大食堂，一月工资只有一千多一点儿。问他今后怎么办，他茫然地摇摇头，似乎有话要说，但又说不出口（确切说是写不出手，笔停在半空不动）。父亲问他是不是缺钱，过去他每来一次，临走时我父母多少总要塞五十、一百元不等给他，或者花钱给他买好他要去的地方的车票。他在纸上写道不是。再写着追问他，他只是含含糊糊地在纸上写道厂里的搪瓷产品没人要，干部们还是整天吃喝。他用手做了一个好像要把无数美味往嘴里填塞的动作，眼里流露出愤怒的表情。说到他的小名叫毛头的儿子时，他眼里流露出既胆怯又温情的神情。他告诉我父亲毛头仍住在上海老城隍庙方浜中路他妈妈留下来的房子里，并且已经有一个女孩，也就是说他有了一个孙女了。写完“孙女”二字，哑巴又用笔在下面重重地画了两道横线，而后看着我父亲开心地笑了。

等到饭菜弄好了，桌上的几张白纸已经被哑巴和我父亲你一句我一句写得满满的了。尽管哑巴刚刚吃过面条，但胃口仍然很好，还和我父亲喝了一杯。而后他好像早就想好了似的，不用人领，自己就到小房间盖上大衣呼呼大睡。

我父亲一向比较听我母亲的，这主要是因为母亲身体一直不好。尽管来的是我父亲同父异母的姐姐的儿子，尽管我父亲及我在上海的哥哥曾经多次麻烦过哑巴的妈妈，但父亲喝完酒后仍坐在一边喝茶，并不发表意见。我翻弄着哑巴写过的纸片，发现哑巴写的字还真叫不错，居然还有点儿魏碑的味道。父亲说哑巴在上海上过正规的“特教”学校，说他当初要是没点儿道道也不会娶了一个长相漂亮的老婆，而且在厂里他也曾多次获得过先进生产能手的称号。那只人造革包就是当先进奖的，虽说已破得缠了几道绳子。

“他要是不走怎么办？”我母亲不无担忧地说。

“不会不走的。”我父亲说，“你没听他说只是暂时？”

“暂时是多长时间？”母亲说，“三两天也是暂时，十天半月也是暂时，我可伺候不了，我自己还没人照顾呢。”

“不会的，不会的。”父亲有点儿不耐烦，“他不还有工作吗？怎么可能待很长时间？现在又不是过节放假。”

“我看他那样好像要留下来。还‘想到处看看’，搞得跟个大首长似的。”母亲的语调里多含不满。

“他也是个人。”我父亲有点儿动情地说，大约也因为喝了点儿酒，“小时候等于没爹，老婆跟人跑了，儿子又不孝，唯一疼他的老娘又死了。”

“可我这儿又不是收容所。”我母亲也很情绪化，说着说着又急促地喘了起来，父亲只好不作声了。

“就先让他住着吧。”我打圆场道，“他又没说不走。等他真不走了再说。”

母亲见我这么说也就不再作声了，我让二老注意看哑巴下午有什么打算，也许一觉睡醒了，起来他就拍屁股走了。那就没什么可担心的了。最好如此，因为不管怎么说两个老人偌大的住所里待着个外来者，让人不太放心，况且还是个哑巴，出了事，说都说不清。总之吃完饭，我又对父母嘱咐再三，而后便匆匆上班去了。

据父母讲，我走之后，果然哑巴起来后开始“考察”起来，楼上楼下四处转。这使我父母不由得又紧张起来，因为常有报道说，谋财害命的事常常就是那些沾亲带故的人干的，尽管来者是一个哑巴，但往往越是残疾人越是胆大妄为。哑巴起来以后夹着一支烟，这个房间看到那个房间，末了居然看中了楼上废置的卫生间。自从我搬走以后，楼上的卫生间就一直弃置不用了，我父母在旧浴缸上放了一张床板，用来堆放些杂物。哑巴在卫生间门口朝里打量了一番后，眼里流露出一丝温暖的神色，他把双手合在一起放在耳侧，向一直跟着的我父母做了一个睡觉的姿势。我父母告诉他这是放杂物的，不是睡觉的地方，他却反复指指自己，然后又指指那张床板。这令人非常不解，既是暂住，怎么又要睡在楼上这间逼仄而且还有些气味的卫生间呢？我下班以后，哑巴在纸上写给我看，说是楼下小房间得供来往客人住，同时还写了“保姆”字样，指指我父母，脸上显出忧虑的样子，意思大概是指我父母年纪大了，早晚还是得用保姆。联系起来，可能是说小房间得给保姆留着。我想留不留着跟他有什么关系？他这话的意思该不会是打算蜷到楼上卫生间不走了？这怎么行？干休所不能长住，他得走！不过我没直说，怕刺激他，只是婉转地问：“你什么时候去上海？”他写道：“儿子嫌弃我，不去上海。”我又写着问他：“什么时候去乡下？”他写道：“乡下一个亲人也没，不去。”

“那你准备到哪儿去？”我有点儿急，“你准备什么时候走？”

哑巴看了我的话忽然有点儿火了，指着我冲着我父亲哇哇乱叫，比画着，意思是我这样的口气是把他当坏人了，笔一扔，一个人躲到小房间抽烟去了。

过了一会儿，我父亲小心地推开房门，哑巴坐在床上，怔怔的。父亲讪讪地想找出一两句话来安慰他，但又实在想不出什么可以安慰他。正要转身离开，哑巴忽然起身拉住父亲，让父亲看着他掏出自己衣袋上挂着的钢笔，一笔一画地写道：妈妈待你们一家不错。

我父亲看了哑巴写在报纸边上的话，一言不发，转身走了。

我父亲把哑巴写在纸上的话告诉我和母亲。我们听了以后半晌都没说话，哑巴和我们几乎可以说算不上什么亲戚，但他妈妈却对我们一直很好也是事实，她是把我父亲当作革命干部来看待的，并一直看作她的骄傲。如今她去世了，他的儿子来了，我们却害怕他的儿子赖着不走。这算什么呢？我好像又看到了那个被人称之为“大块头”的哑巴妈妈在逼仄的亭子间给我们一家忙饭的身影。如果我们真要撵她儿子走，又如何忍心避开她那双好像在一边看着的眼睛呢？

到晚上，哑巴仍坐在小房间里不出来，叫他吃饭也不吃。后来他又提出要睡到那个废置的卫生间，我们没阻拦他，母亲则忙上楼替他铺床。

果然哑巴一住就是一个星期，并且一点儿也没有要离开的意思，虽然他倒也积极地要帮着我父母做事，可一个哑巴总是让人不放心，偶尔让他去买菜，他一去就是半天，直到中午才回来，篮子里除了两根黄瓜啥也没有。他吃食堂吃了一辈子，什么事也不会干。

父母的住处从此总是充斥劣质烟的味道。要知道，我父母包括我和几个哥哥都是从来不抽烟的。我们搞不清他怎么可以长时间在外地而不用回江西的厂里去。他含糊其词地说不用去上班，又说是休长假什么的。可能要一年，或者两年，甚至更长，总之你和一个已五十五六的哑巴是很难把什么都搞清楚的。弄得不好，他也许会像一头狮子似的发起火来。本来我父母俩人吃饭是很简单的，有时中午下碗面也能混过去，可哑巴毕竟还是客人，一个很能吃（甚至显得好吃）的客人，再加上他说过“妈妈待你们一家不错”那话，所以我父母，尤其是我母亲觉得不便怠慢他，每天中午非要让我赶回来做几个菜，或者头天晚上做好。而父亲则要上下几个大坡到干休所山下的农贸市场去买菜，常累得气喘吁吁。一周下来我和父母都搞得精疲力竭，单位的头头也几次对我的工作状况表示诧异和不满，更要命的是，我母亲严重的哮喘病发了，这与哑巴在室内抽烟有很大关系。哑巴几次把烟扔了，但忍不了半天，就又冲到山下买烟回来。见母亲病在床上，我忍不住要对哑巴发火，父亲却说：“算了，他不会说话闷得慌，让他不抽是不可能的。”我只好在纸上写道：“家里有病人，请你少抽烟。”哑巴看了以后连连点头，可烟还是照抽的。

又好几天过去了，哑巴还没一点儿要走的迹象，而母亲的情况还是不怎么好。上班族的我和已年近八旬的父亲等于既要照顾一个残疾人又要照顾一个病人。有天吃过晚饭，父亲低声对我说：“得想想办法了。”我也觉得再不想想办法我和父亲都会受不了的。我去找干休所王所长，我把哑巴的事告诉他，问怎么办。无论如何干休所是一级组织，算得上是老干部们的后援和依靠。王所长说，干休所对来访的老干部亲属滞留没硬性规定，没说哪些可留下来，哪些不可以留下来，具体视情况而定。但有一点却是肯定的，那就是要保证老干部绝对安全和不受侵扰。“现在的问题是我父母的生活已经受到侵扰了。”我说。所长想了下，让我先回去。

第二天，所长带了一个协理员到我家来察看。哑巴很敏感，立刻跳起来对我比画着，问我他们是不是警察。我在纸上写着告诉他，来人不是警察是干休所领导，又怕哑巴感觉不到威慑，又告诉他说所长是现役军人，相当于团长。干休所属军事管理区，也就是说属于营区。王所长果然很威严，板着脸和协理员一起四处察看，并且特地到哑巴睡的楼上卫生间看了看，同时很严肃地让哑巴拿出身份证，而后坐下来再三询问哑巴是干什么的，从哪儿来到哪儿去，和我父母是什么关系，打算什么时候走。哑巴表情紧张地一一在纸上写着回答。末了王所长很坚决地在纸上告知哑巴，不可以在此居住十天以上，除非是直系亲属，更不可以长期居住。哑巴急切地想强调他和我父亲是很近的亲属，但这个意思在纸上只写了一半就被所长接过笔来写了三个字：不可以。后面还加了两个惊叹号。哑巴惊愕地看着所长，所长很坚定地点点头，表示十分肯定的态度。哑巴似乎缩小了许多，几乎要缩进他那件破旧的军大衣里。好像所有哑巴这类人，多少都有点儿畏惧穿制服的，我家来的这个江西哑巴也不例外。哑巴畏缩的身形与惊恐的眼神使人顿生怜悯。父亲瞪着我，意思是不该把所长叫来，看把哑巴吓着了。我有苦说不出，心想我只是把情况通报了下，并没让他们来吓唬谁，更没让他们来撵人。

而此刻也不便再解释什么，觉得既然所长把话都说出来了，那就让他说出来吧。而且不管怎么说，他说出来比我们说出来好。他要是明白是我们想让他走，那么他会到上海，到乡下，到一切与我家有关的亲戚和乡亲面前写给人看，这会造成非常不好的影响。一个哑巴走到哪里都是受人同情的，更何况他还和我父亲有血缘关系，我父母还是老干部。

末了王所长在纸上写下："三天内必须离开。"又对哑巴点点纸条，而后带着协理员就这么走了。他们刚一出门，我父亲就开始指责我。父亲显得有点儿激动，他挥着手说："我那老姐姐会在九泉之下骂我的！"

我理解老父亲的心情：既不堪多个累赘，又割舍不下那一份亲情加乡情。我首先向他表明并不是我叫所长他们来的，我只是向他们反映反映情况，作为儿子、老干部的子女，我也有这个责任，这么做并没错。"错在哪儿？"我也提高了声调。父亲见我也火了，就平静了下来，他在饭厅里转了转，就又到里屋去照应我母亲去了。反倒是哑巴被我们的争吵吓得不轻，他虽然不太听得见我们的声音，但从我们的表情上看得出来。而且似乎他还在因刚才两名军人的突然到来而感到惴惴不安，挺大块头的他缩在那儿，像一只无路可逃的老鼠。情绪激动的我每移动一步都会使他产生些微悚动，我稍稍平息一下自己的情绪，觉得自己大小也算是个文化人，对老人，对算是远亲的哑巴也该耐心一点儿，有点儿同情心。于是我在哑巴面前坐下来，在纸上写着，让他不要在意，尽可在此多住几天。哑巴不太信，连着在纸上问，那两个穿制服的是不是我叫来的。我表示，干休所是一级单位，他们属于正常管理。他又问我他们是怎么知道他在这儿的。"是不是你告诉的？"他在纸上写道，盯着我。我避开哑巴的目光，闪烁其词地写道："是他们自己来的。"

他似乎释然，向我伸伸大拇指，好像是夸我蛮够义气的。而后又表情紧张地写道："会不会来抓我?"我写了"不会"二字，哑巴摇头不信，我又在"不会"下面重重地画了一条横线。哑巴还是将信将疑。我拍拍他的肩膀表示没错，他这才放松了，咧开嘴笑。

那天晚上哑巴睡得很早，临睡前又到我父母的房间看望了一下，一定要把他随身带的一罐已打开的麦乳精送给我母亲，算是对我发病的母亲的慰问。我母亲吃力地摆手。他也不勉强，唯唯诺诺地点头退出，上楼去了。我因照顾母亲，也为照顾哑巴，这些天来也睡在楼上。以往几天晚上都会听到哑巴几次动静很大地起来上卫生间，可这天晚上却一次也没听见。当然许是这几天我疲倦了，睡得沉，什么也没听见。早上我因有个采访任务，所以起得特别早，大约六点不到。起来后感觉隔壁没声音，往常这时哑巴已经早早起来锻炼了——只穿一件单衣在阳台上做一种看上去挺古怪的健身操，跟抽风差不多，常常弄得楼下我父母也被吵醒。

我推开楼上那卫生间的门，发现哑巴竟不见了，临时搭的木板床上的薄被叠得齐齐整整，地上的烟头也扫干净了。我赶忙跑到楼下，楼下院子里也不见哑巴的影子，再到饭厅一看，见大桌上压了好几张手掌大小的纸片，正反面写得满满的，字工工整整，带点儿魏碑的味道：

尊敬的舅舅、舅母大人及贤弟：

早上起来你们一定很奇怪吧。为什么你们的外甥、愚兄我不辞而别呢？请你们原谅我吧！我知道你们已经烦我了，怕我赖着不走，还请穿制服的军官来让我走。贤弟你不要瞒我，我看得出来。我知道你们很难，家里没有人照顾，再要留我一个残疾人更难上加难。我理解你们。

老实告诉你们，我本来确实有这个想法，想留在你们这儿。你们大概不知道吧，你们的外甥、愚兄我已经于二十天前内退下来，因为搪瓷厂早就效益不好，这次五十五岁以上的人一刀切，拿百分之四十的工资。舅舅、舅母、贤弟，外甥、愚兄我不是因为工作表现不好而下来的。几十年来无论是在繁华的大上海还是在比较落后的内地，我都是听国家的话，兢兢业业为国家工作，为国家的建设事业添砖加瓦。我虽是聋哑人，但拿过很多奖状，现在国家有困难，我也体谅。百分之四十的工资，一千一百多工资我一个人也够了。可是我一个人多少年在内地，身边一个亲人也没，现在人还不那么老，还能动，可将来很老了，一个人还住在单身宿舍怎么办？就是死了也没人理啊。我想回上海，可我儿子，不，其实我知道是媳妇不要我，嫌我是残废人，是哑巴，会丢他们的面子，会给他们增加想不到的麻烦。而且确实他们住的房子很小，只九个平方，他们都是打工的，也买不起外面的房子。

我不知道怎么办，母亲活着的时候，遇到大事她都会替我拿主张，可是她老人家故去了，我找谁去商量呢？她老人家要是在，就是睡大马路，她老人家也不会让在外面漂泊了几十年的儿子回上海没地方住啊！所以我就想到了你们，你们都是革命老干部，我看到你们离休的房子还比较大，舅舅还是我血脉联系的亲人。所以我想过留在你们这里，想在你们这里度过晚年。可是我居然没想到舅母的身体不好，贤弟的工作这么忙，就只想自己，这是很不对的！而且干休所是给老革命安度晚年的，不是什么人都可以随便住的。所以我决定还是走了，其实你们的外甥、愚兄弟我是多么想和舅舅、和你们生活在一起啊！

不多写了。舅母你身体不好，我一个残疾人就不留下来照顾你了，请你务必原谅我！外甥我祝福你老早日恢复健康，与舅舅大人一起寿比南山。还有盼贤弟事业发达，全家幸福。另留下这几天的生活费五十元，不多，请笑纳。

你们的愚甥、愚兄

季永俊

常益玉在干休所给儿子讲过的一个诡异故事。

第七篇　江南长着一双大眼睛

一

平静的江面上，有一条小船向江南驶去，没有风，只听到船尾摇橹“吱吱嘎嘎”的声音。中午江面上看不到船的影子，船舱里只有一个戴线帽的客人，他不时地站起来向江南眺望，觉得这船走得特别慢，而他的心似乎早已飞到了江南。江南的一条汊江边是他的家乡，他这个江南人离开家乡有半年了，此前他从未离开过家乡，所以一晃他觉得仿佛离开好多年了。而且从教书生活一下变成整日跟着大部队风餐露宿，整日动荡不安，他的老胃病又犯了。这时候组织上好像很了解他的心思，在一条田埂上找他谈话。找他谈话的是家乡所在的山北区区长，他也有胃病，也从未离开过江南的山北那一片，不过他似乎没法回江南了，作为中共的区长他暴露了，在山北那一片谁都知道他是共产党，也就是所谓“红脸”。这样的“红脸”在1945年中共大规模北撤时，一律随部队撤到了江北，由于情况紧急，有些不是“红脸”的地下党员也撤到江北。桑维华就是其中的一个，他甚至没来得及和老母亲告别就匆匆上了江边北撤的船，腋下还夹着刚刚上课用的课本。因为不清楚当地人是否真的不知道他是以教书为掩护的中共党员，万一有人知道，国民党回来他就可能掉脑袋。所以上着课他心里一害怕，就决定走了。事后到了江北，才从留下的地下党员传过来的消息得知，并没人知道他是党员，他的老娘正到处找他呢。

区长找桑维华的目的是让他回去接替他的位子，继续在江南国统区开展工作。桑维华在江南时是区委委员，这一来算是提升了，不过这种提升似乎是一种危险的提升。山北区委在江南的组织遭到了破坏，一名副区长被杀，一名委员被抓，否则也不会把桑维华派回江南开展工作，换句话说也不会让他担当区长的重任，因为组织上认为他太斯文了些，急躁又不那么果断，怕他出什么岔，但排来排去，在江南不是“红脸”的也就只有他了。不过一切组织关系并没让他带，只是让他回去以后继续教书，由江南组织上派人来和他联系，由江南的地下组织来与他建立组织关系。这一点桑维华心里没底。船在江中，他就感觉像断了线的风筝，一直向江南飘过去。他不知道江南那边等着他的是祸还是福。

二

王瞎子虽然眼睛看不见，但他喜欢没事到处去瞎转。桑维华后面跟着个女的经过他身边时，他大声问：“哪一个?”桑维华明明认识他，却不作声，“嗯啊哈”地从田埂上挤过瞎子的身边。王瞎子伸手一捞，差一点儿抓住杨春哎的衣角，杨春哎“呀”的一声像鱼儿似的滑了过去。王瞎子虽然没有抓住桑维华后面跟着的女的，但是他却闻到了一种特殊的香味。他常在山北区的乡村市镇上拄着竹竿走来走去，女的身上的味道他闻得出来，瞎子的灵性就在这儿。眼睛看不见，可嗅觉和听觉好得惊人。他站在那儿不动，听着一男一女两个人的脚步由近而远，最后消失在东沟方向。

桑维华下船以后就沿着江堤一直往南走，他戴着一顶线帽，低着头，不想碰到任何人，没料到居然还是碰到了在县城上初中时的同班同学杨春哎。杨春哎从独轮车上跳下来主动和桑维华打招呼。要在过去，桑维华说不定会立刻心花怒放，好多年不见，听说杨春哎嫁到常州去了，想不到四乡八镇公认的美人胎会主动和他打招呼。其实杨春哎的情况和桑维华差不多，一个多月前也从苏北回来了，只不过北撤后她和桑维华不在一个部队，她所在的部队更苦，她穿上军装在营里当卫生员，晚上和男人们睡在一条通长的地铺上，满身害的疖子，痒得受不了。她开了小差，套上老百姓的衣服，挎上一个小包袱过了长江。不料她前脚到家，后脚就被带到了县保安大队，天很冷，剥光上衣让她站在院子里受冻。后来杨春哎抗不住只好招了，把北撤前留下来的一个联络员交代了出来。那人被捕时拒捕逃跑，被保安队员一枪掀去脑壳，死了，等于杨春哎白交代了一个人。县党部的人让她还得再找一个才能放过她，否则还要把她捉到保安大队剥光衣服，不管她长得有多漂亮。

杨春哎出嫁后不久丈夫就因肺结核死了，她成了闲人。杨春哎出身本地小地主，参加地下党原以为好玩、时髦，想不到跟共产党走这么苦，还要担这么大的风险，人还遭受凌辱，闹得吃不下、睡不着。想再逃回江北，可保安队的人说过了，她要走了，就让她父母去县里顶罪坐牢。所以美人胎杨春哎就整天在山北区转悠不停，希望能碰上哪个和地下党有瓜葛的人。除了那个被掀掉脑壳的联络员之外，其他人好像全都躲了起来。无巧不巧，这天中午过后，正巧碰到刚刚下船的老同学桑维华。桑维华正缩着脑袋走路，但杨春哎还是一眼把他给认出来了。当年在班上，桑维华成绩不错，可没多少人瞧得起桑维华，因为桑维华的爸爸只是一个走乡串镇的小裁缝，而班上其他同学的家里至少是个小财主、小店主。更不用说杨春哎了，她长得好看，眼里当然更是没有小裁缝的儿子。那时候杨春哎就像一朵花似的在山北区飘来荡去，好像四乡八镇的人都闻得到她身上的香气。王瞎子也闻得到，王瞎子听人一遍又一遍地说过关于杨春哎长得如何水灵好看的传说。杨春哎像仙女一样，来一阵风，去一阵雾。

王瞎子站在田埂上半天没动弹，他熟悉的香气好像沾着一个人由近而远，飘啊荡地向东沟方向去了。桑维华的家就在东沟，他的父亲是裁缝，母亲在家种田养蚕，小村子四周有水，只有三户人家。桑维华心里有事，不想带杨春哎走，杨春哎嘴里还啃着一个紫萝卜。回来时部队敌工科的同志专门和他谈了，让他提高警惕。他桑维华心里想着回来是当山北区长的，他急着回去等江南的人来跟他联系，接上关系，好开展工作。不过杨春哎嘴甜甜的，不是喊他“桑维华同学”，而是喊他“桑维华大哥”。

“你不是嫁到常州去了吗?”桑维华迟疑地问。杨春哎告诉他丈夫死了快一年了，她又从常州回娘家来了。桑维华说他有事，杨春哎坚持要和桑维华回家嬉嬉（玩玩)，顺便看看桑维华的娘。摆到别人，桑维华会扭头就走，可是因为是杨春哎，怎么说也不忍心回绝她。过去在学校谁能和她说句话都要炫耀半天，她吃谁半块烧饼也是赏脸给谁。哪有她杨春哎要跟谁回家嬉嬉，还要拒绝的傻子？传开去还不知道要给人家怎么笑呢？所以桑维华一边心里犯嘀咕，一边让杨春哎就那么跟着他回到东沟，一路上不知被多少在田里下秧种的人看到了。回到家，老娘一把抱住儿子老泪纵横，再三追问这半年多他跑到哪儿去了，恨不得找根绳子立马把儿子锁在堂屋的长桌腿上。桑维华没法回答老娘，急中生智，脱口而出：“到常州去看同学去的。”说着就指指杨春哎，“后来被抓了夫，才跑出来的。”桑维华的娘是明白人，知道儿子说谎，估计桑维华这半年是跟北撤的人走了，想想反正儿子也回来了，就不再追问了。连忙招呼儿子和杨春哎坐，她去灶下烧茶（即煮鸡蛋，江南一带民俗）。

桑维华把随身带的一个小包袱放到厢房里，出来和杨春哎坐在高敞的堂屋里说话。杨春哎追问桑维华为什么要说是到常州去看她的，桑维华支支吾吾地答不上来，只说是被人拉到常州去赌钱，赌输了钱不好意思回来。杨春哎抿嘴一笑，也不戳穿他。从时间上看，怎么说桑维华也是跟新四军去了江北。杨春哎心想桑维华既然回来，要么就是吃不了苦，也开小差了，要么，就是装“灰脸”，回来发展地下党，和县党部过不去的那种。后者是杨春哎最想知道的，她知道她不找出一个地下党，保安大队是不会放过她的。一个年轻女人，本来死了丈夫还可以找个人过安生日子的，现在倒整天没个安生日子过了。不过杨春哎觉得也不能太急，她和桑维华随便说着话儿，后来又到外间去帮着桑维华的娘去烧了一会儿火，并且和桑维华一起吃蛋茶直到天黑。桑维华把杨春哎送到河沟那一边，河沟那一边是桑维华家的桑园，穿过桑园是一条沙石路，沙石路通西沟杨春哎家。桑园里空气很好，清新得很，一弯新月挂在桑枝条上方。杨春哎有点儿陶醉的样子，刚想劝桑维华还是过安稳日子好，顺带试探着点明桑维华半年多前不是去赌钱的，而是去了江北。她想告诉他，他要是不自首是要掉脑袋的，江南留下来的也都是死的死，逃的逃，够惨的。正想开口，脚下一崴，“呀”的一声，杨春哎踩着了一个土疙瘩，差点儿摔倒。

“哪一个啊?”桑园尽头有人喊了。两人吓得不轻，桑维华慌乱中碰到了杨春哎的乳。再听听，听到竹竿刮打桑枝的响动，从那苍老的咳嗽声，听出是王瞎子的声音。那声音一直追出来，非要问出是“哪一个”来不可，否则要喊人了。

桑维华没办法，一边低声问杨春哎有没摔着，一边嚷道：“是我啊！叫你个魂啊！”

“啊啊，是桑先生啊。”王瞎子不走，站在沙石路上等桑维华和杨春哎。杨春哎不开口，躲着。王瞎子的鼻子好得很，他闻到一股女人的香气，他不响了。

“像个鬼，吓死我了。”桑维华把杨春哎送到西沟边，杨春哎对桑维华说。

“你心里没鬼，怕他做什么。”桑维华说。

杨春哎心里一惊，没作声。

回去的路上，桑维华呼吸着凉而清爽的空气，嘀咕道：“江南好啊！”

这个晚上没人来找他，他想他才回来，组织上不可能知道得这么快。他想了一会儿将来的区委会该怎么开展工作，而后就睡着了。

三

桑维华在家待了四天，等人来和他联系，可等来等去就是没人来，倒是杨春哎天天来，他不禁有点儿嫌烦。第五天他实在待不住了，就夹着一个小包袱到闸口的小学校去找校长，说他已经回来了，要求恢复上课。校长把他从上到下看了又看，怎么也不相信他半年不来，只是因为去常州看同学了。闸口小学还有几个教员半年前也不见了，但是大家都知道是北撤到江北去了。虽然桑维华的算术和国文都教得非常好，闸口小学教员中没一个能和他比，但校长还是叫他先回去，什么时候需要了会去叫他。从校长怀疑的目光里，桑维华感觉到校长是怕惹麻烦，怕他是地下党，会把学校搅乱，或者县党部的人来会把学校搞乱。他只好离开学校，临走的时候还到教员办公室去看了几个同事，同事们再三问他到哪儿去了，是不是也到北边去了，去了怎么又回来呢。几个教员把校长大骂了一通，薪水已有好几月没有发了。有一个年轻一点儿的不知避讳，说真不如一块儿到江北去投共产党，至少还会有顿饱饭吃。他心里慨叹小年轻想得简单，不知多少人去了吃不了苦又跑回来，就连他本人也非常想回来。只是因为他既已加入共产党，总不好随便脱离，更何况共产党是不会轻易放过脱党分子的。到时候两边不是人，他不想成为那种人。而且他也是相信党所描绘的中国之未来的，人人平等，没有人压迫人。他这人信什么就信到底，不会半道上改主意。仿佛他上国文课跟学生讲的，做人要讲信义，不讲信义最让人看不起。而信义也是他的家风，父亲做裁缝，每年年关总是最忙的时候，他亲眼看到父亲凡答应的活，年三十前就是忙得吐血也要做完，不仅做完，还要冒着鹅毛大雪给主家送去。

现在他得付出代价，无缘无故地不见了半年，对学校来讲就是一种擅离，也是不讲信义。所以不让回来，他也只好服从。讲信义有时候也蛮难的，信这个往往就不能信那个，更要命的是有时候信甲就得背叛乙，至少是向乙撒谎，或刻意隐瞒，这一点让生性耿直甚至有点儿执拗的他觉得有点儿别扭，虽然他同时还有点儿优柔寡断，有点儿国文教员的那种情调。他听了那个年轻教员的话，反而劝道：“好了好了，莫谈国事。大家能保住饭碗就不错了。”他很谨慎，生怕这些教员中有一个是县党部背景的人，他乱说，马上就会有人去报告。尽管他没乱说话，但他走了以后，还是有人向国民党的一个区长报告，说桑维华这个人回到学校没讲什么，对学校没让他再回来教书也没什么怨言。

当然换句话说桑维华的饭碗等于是丢了，起码他回来想用于掩护真实身份的职业丢了。他从学校出来，好像身上没了遮挡，回江南的那一层表层化的稳定生活没有了，也就是说他的基本生活没了依靠。那么又能去依靠谁去呢，想来想去，心想恐怕也只有依靠组织了。以前他还不怎么理解，说受苦人没饭吃，要跟共产党“造反”，现在想想即使在江南日子过得还可以的人，也会因这样那样的原因最后铁了心搞地下党。铁心就铁心，桑维华想想反正也脱不了干系了，况且自己还是江北那边任命的区长，换句话说，自己的家乡，包括闸口小学，从某种意义上都属自己管，一旦革命胜利，这一切就不再是地下的、虚拟的，会变成公开的现实。

四

从学校出来他不由自主地踅到江边，那里每天都有从苏北过来的人。他想也许来和他联系的人会从江北派过来，而从江北派过来的人恐怕会派认识他的人。他在渡船码头那儿转来转去，装作接什么人的样子，但是很快他就发现，下船的人都要经过保安大队的盘查，有两个人说话支支吾吾的，立刻被保安队员连推带搡地绑走了。从情况看，形势是越来越吃紧了，江北再派人过来的可能性并不大。桑维华觉得就连码头也不宜多停留，保安队的人见他总也接不到人的样子，难保不怀疑上他。于是他乘人不注意，跳上一辆接送客人的独轮车，淹没在下船的客人中走了。在回东沟途中他下了车，他看到王瞎子坐在路边的一块石头上抽烟，心想王瞎子走村串店，可能知道的事比较多。王瞎子没什么生活来源，有时候就担点儿麦芽糖卖卖，或者捡点儿破烂去卖，属于基本群众。

“是维华啊?”王瞎子主动跟桑维华打招呼。

“你怎么晓得是我的?”桑维华觉得奇怪。

王瞎子喉咙里咕了一下，他抽一种非常差的烟卷，好像是把人家抽剩下的烟屁股撕开，取出烟丝，再用发黄的报纸卷了的那种："我看得到的。我什么都看得很清楚。他们说我是瞎子，他们才是瞎子，我哪样看不到？你戴个礼帽，穿的短布褂，手上拿本旧书。"

桑维华吓了一大跳，王瞎子说得一点儿也不错，人家都说王瞎子是瞎子，王瞎子自己从来不承认，人家这么说他还追着骂。可是他经常走着走着，看不到路上横着木桩，摔得鼻青脸肿，自己也连声骂"瞎子瞎子"，等于又承认是瞎子。有人估摸着有的事情他之所以知道，不是有谁告诉他，就是他自己瞎猜估的。

"杨家的那个丫头又到你家去了，我才看到的。"王瞎子说。

"不要瞎说。"桑维华有点儿来火。

"是真的，你回来这些天她不是经常到你家去吗？"王瞎子继续说。

"没……没有。"桑维华否认，"你眼睛不好，看错了。"

"这个女人不好，人家都这么说。这是和你老乡邻了，我才告诉你。"王瞎子用忠告的口吻对桑维华说。

"怎么不好？"桑维华追问。

"人说她骨头轻。"王瞎子说。

"怎么轻？"桑维华问。

再说下去，王瞎子好像又说不出什么，只说："可能是今天跟你明天跟他。"

"她跟人睡觉？"桑维华问。

"反正长眼睛的都看见了。"王瞎子说。

桑维华想说瞎子的眼睛等于是摆设，但没说出口，只是用不以为然的口吻说："你眼睛不好，只落得听人说。"

"不要以为眼睛不好就看不见。"王瞎子敲着担子说，"你的一举一动人都看得清清楚楚，不要以为人不知道。常言说得好‘要得人不知，除非己莫为’。”

“不要胡说八道。”桑维华见王瞎子越说越像个无赖了。“好了好了，我买你两块糖总好了。”桑维华掏出钱来扔在麦芽糖担子上。

王瞎子照把糖敲给桑维华，但钱不要。

五

桑维华回到家，刚进门，就看到杨春哎坐在天井里帮着母亲捡蚕豆种。杨春哎看到他回来了，立刻丢下手里的活迎上来。他有意避开她，一个人往厢房里去，想不到杨春哎竟跟了进来：“你到江边码头去了？”

“没……没有。”他心里有点儿慌。

杨春哎盯着他看：“你去了，你去等人吧？”

“不要瞎说。”他更慌了，但脸上还是尽量保持镇静，不留痕迹，“我有什么人好等？”

“等江北的人来。”杨春哎说。

“我等江北来的人干什么？”他矢口否认，“我去看看有没有新鲜鱼卖，想吃鱼了。”

“不要骗人了。这一带的江早封了，哪儿来鱼卖？”杨春哎说。

“我是想去，后来没去。”他说。

“不要说谎了，已经有人告诉我了。”杨春哎说。

“哪个告诉你的？”他追问。

“王瞎子。”杨春哎说。

“这个死瞎子，他瞎说什么。他又没长眼睛，怎么看见的？”他愤怒道。

“哪个也逃不过他的眼睛。”杨春哎说，“鬼才知道他是不是真瞎子。”

“他好像什么都看到似的。”他说。

“是啊，我来的时候，他大老远地就和我打招呼。”杨春哎说，“还让我防着你一点儿，说你说不定是江北派回来的新四军。”

“这个王瞎子，看我不把他的眼睛给挖出来！”他格外愤愤然地说，“看他还瞎说不！”

“是啊是啊。”杨春哎似乎很相信他的话，“这种话也好瞎说的呀？要掉脑袋的呀！”

他没再作声，转身到厨房去喝水。杨春哎留在厢房里，等杨春哎再到厨房去时，后门开着，他不见了。

六

桑维华失踪了，就是说他日日不归家，谁来找他也别想找到他，可是有人在其他地方又明明看到他在那儿荡来荡去，好像是在找什么东西。他不咸不淡地和人搭讪，不是问你有没有看到这个人，就是问他有没有看到那个人，别人见他问这个人问那个人，反过来问他：“你不是东沟的桑先生吗？不是说你跑了吗？人到处找你，你倒到处找人。”他听了这话赶忙压低了声音：“别作声，难为情哩，欠人赌钱哩。”说着说着便抬脚走了，人家再掉脸看时，已见不到他人影子了。

他去的那些地方都出过事，或者后来都出过事。出事的有的是茶馆小伙计，或者饭店老板娘，还有的是肉店买肉的，都说他们通共。有的抓了去再没见回来，有的抓去关了两天又放回来了。有一段时间在家里谁也找不到桑维华，他却神神秘秘地到茶馆、小饭馆这些人来人往的地方去，去了以后问你问他，后来发现有人注意他，他就干脆不作声，常常是坐在那儿注意听人家说些什么。不过有人看得出来，他的内心好像非常焦躁不安。

其实，每天晚上他都回来，除了他的老娘之外，谁也不知道他晚上回来。天很黑的时候，田埂上空无一人，只有他一个人拖着疲惫的身子往东沟村里去，看到人他就躲，跳在墒沟里屏住呼吸一动不动，长袍上蹭的全是土，鞋子崴得开了线。碰上车坏了的那一种，车上装的粮食杂货，人家在那儿守一夜等人来，他只好在墒沟里猫一夜，下半身全都冻僵了。天麻麻亮的时候，才偷个冷空溜走。

他回家也不是回屋去，而是从沟边上绕到他家屋后的桑园里，桑园足有四亩，冬天望去全是白枝条。桑园中间有一个冬天用于积畜肥的大坑，桑维华家没人积肥，畜肥坑空了好几年了，桑维华每天从外面回来，掀开盖在上面的芦席纵身跳下去。坑里有席子和被子，席子上有老娘每天偷偷送来的摊饼可充饥。天没亮他就从坑里爬出来，趁着没人又出去了。

王瞎子基本上是在桑维华走后没多久就过来了。他就住在前面的坝上，起得早，四野里老早就可以听到他的竹竿捣捣戳戳的声音，以及他停在路中央大声问“你是哪一个”的叫喊。他天天来询问桑维华有没有回来。不过这天他不知什么原因早上没来，到晚上很晚的时候才来，他晚来不要紧，却和每晚必定也要来一趟的杨春哎碰上了。杨春哎把王瞎子拉到一边，低声问：“那天你说桑维华可能是江北派来的，你怎么就不怕牵连上？你来干什么？”

王瞎子被杨春哎拉住了探路的竹竿，动不了了。他矢口抵赖：“我……我不曾说，这种话好随便瞎说呀？”

杨春哎不放过他：“你说过就是说过的。你怎么晓得他是新四军的？”

王瞎子有点儿急了，死拽竹竿，掉脸往门外走：“我一个瞎子晓得什么新四军不新四军的?”

“装什么呢?你什么都晓得。”杨春哎追到门外，拦住不放。王瞎子猛然间抽回竹竿，胡乱挥舞起来。正好桑维华从外面回来，他到余山脚下从前的一个联络站去打听消息，不料听人说，北撤以后那个联络员就逃走了。联络员的老婆看到他来，不仅不理他，还放出狗来咬他，幸亏他跑得快。可就这样，他的棉袍下摆还是被撕了一个大口子，走起路来被风一吹，一掀一掀的露出棉花。所以这么晚回来，他没先躲到桑园里去，打算先回屋来换件袍子。老远就听到吵嚷声，悄悄走近，见王瞎子乱抡竹竿，就过去一下子抓住了竹竿，而杨春哎已经被竹竿梢划了好几下，脸上的血洇出来。

王瞎子忽然被人抱住，大叫:“哪一个啊?”

桑维华告诉王瞎子说他是桑维华，又说:“你不是还告诉我说杨春哎跟人睡觉?”

“我不曾这样说!”王瞎子在黑暗中大声否认。

“那你怎么说的?”桑维华说。

“反正我不曾这样说过。”王瞎子的声音低了一些。

“那你怎么说?”桑维华追问。

“我……我只说她骨头轻。”王瞎子支支吾吾的。

“你才骨头轻呢!”杨春哎捂着脸上的血，冲过来抽了王瞎子一个耳光，抽过以后还不罢休，揪住王瞎子不放。

维华娘听到动静，起身披着衣服出来，见杨春哎披头散发哭得像个鬼，便劝道:“他一个瞎子瞎说，不好当真的呀!”

劝过杨春哎，又问儿子为何要和王瞎子计较，桑维华也不知躲避了，索性说开:“他说我是新四军，个王八蛋!”

维华娘听了这话，对王瞎子正色道:“喔哟，瞎子大大，这种话怎么也好瞎说?”

王瞎子被维华娘一顿数落，不作声了，紧捂着火辣辣的嘴巴，收起竹竿逃走了。

这晚天光很亮，什么都看得清清楚楚，桑园白花花的好像被天光镀了一层银。王瞎子跑了后，杨春哎被维华娘拖进屋里烧水把脸上洗干净，衣襟也收拾收拾。桑维华回里屋换了件袍子，他听到杨春哎在堂屋谢过娘之后说要走了，也没问桑维华在哪儿。过了一会儿，他想想还是不能在屋里待，刚才那一阵吵嚷，难保没有邻居听到。虽说这村上没几户人家，而且住得零散，可夜晚的声音是可以传得很远的。所以他让娘冲了一个暖脚的汤婆子，还是出了后门往桑园去了。

桑园里有点儿潮，桑维华正待掀起盖在大坑上面的芦席，忽然听到大坑里面有窸窸窣窣的声音，他吓了一大跳。桑园下面的河坎上有一片坟场，他一向胆大，不过还是给吓得不轻，心想别真是遇见鬼了。他举起马灯大声喝道："谁？不说砸死你！"

过了片刻，才听到有一个细溜溜的声音从坑底传来："是我，杨春哎。"

桑维华更诧异吃惊了，心想自己避出去，就是怕这个小女人不可靠，整天盯着他，没想到这胆大包天的东西，刚才在那边和王瞎子打架，这会儿竟然又跑这儿来了。他转身想跑，但一想杨春哎既然敢跑到桑园里来，而且知道他藏在大坑里，其中必定有文章的。往好了说，她老是像个影子一样地跟着他，而且胆子这么大，说不定就是这边组织上派来和他联络的人；往坏里说，那就是保安队派来跟踪他的，这会儿她躲在坑里等他，或许桑园四周已经布满了保安队的人，他如果跑，也许刚出桑园边，正好被逮个正着。不如跳下大坑，形势不对，怎么说也有个小女人垫背。

不过他怎么也没想到，当他一不做二不休掀起芦席跳下畜肥坑时，人还没站稳，杨春哎一把就抓住了他的那个东西。他闻到了女人的气息，不知什么原因他一下子就被这种带点儿兰花味的香气给软化了。他也就不再问杨春哎是怎么藏到坑里来的，她藏在这儿究竟想干什么。杨春哎像蛇一样地缠住了他，二人倚着潮湿的坑壁滑坐下去，杨春哎正好坐在他的身上。这时候的桑维华已经变得急不可耐，可杨春哎偏偏在他情急之中挡住了他的手，问他是不是江北派回来做区长的，说她早就知道了。这些天来，因为四处找寻和等待令他焦躁不安，莫名其妙地欲火中烧，本就急欲宣泄，此刻碰上一女的抓住他的那东西滑坐在身上，顿时什么都抛到九霄云外，以至于话都说不囫囵。他先否认是江北派回来的，装着不懂杨春哎在说什么，而手却在拉扯杨春哎的裤带。

杨春哎作娇嗔状扭过身去，他只好点头承认，什么都承认。杨春哎见他什么都承认了，打算起身挣脱，他哪里会放过，翻身将女人压在下面。女人挣扎了几下，也就不再动弹了。

完事以后两人躺在坑底看天，杨春哎再追问他回来和谁联络，他都知道哪些人是北撤时留下来的，他又不承认了。杨春哎没法子，忽然抱着他哭了起来。离桑园不远的村口，守着两个县保安大队的便衣，这俩人天天跟着杨春哎，杨春哎一天探不出消息来，一天就不放过她。这会儿那俩人正倚在村口的土墙上抽烟。杨春哎告诉桑维华她也曾随北撤的队伍过了江，后来吃不了苦跑回来，而后熬不住打和羞辱，供出了她所知道的人，那人怎么逃跑，怎么被盒子枪子弹掀掉了脑壳，直听得桑维华毛骨悚然。在这阴森的畜肥坑底，他觉得他和身边的这个女人像两具即将朽腐的骷髅。尽管如此，他仍未承认确有江北派他回来这档子事，他已经厌倦做区长这件事，觉得没什么好的。他问杨春哎还能找到那些地下党的人不，杨春哎说要是能找到的话，那她还来找他干什么。他说那就赶快走吧，说不定走晚了村口倚着的那俩人就会寻过来了。

桑维华知道他再在这个大坑里待下去绝对不安全，他先爬出大坑，问杨春哎愿不愿意跟他走，否则他不打算把仍在坑下面的杨春哎拉上来了，杨春哎说就是走到天边也愿意跟他走，说留下来就是死。桑维华想了一下，伸手把杨春哎拉了上来，那边狗叫了起来，村口倚着的两个保安队员已经等得不耐烦，正寻过来。桑维华拉着杨春哎的小手在桑园白花花的枝条间飞奔起来。

桑园的下面是一条结着冰碴的小河沟。杨春哎过不去，桑维华也不知哪儿来那么大的劲，一下就把杨春哎抱起，硬托着过了小河沟。过了小河沟一直向南，两人逃到了常州。

七

桑维华和杨春哎逃到常州后隐姓埋名，在常州城南一条小街上开了个小杂货店，俩人一起过起了小日子。一年多后，杨春哎不听桑维华的劝说，一定要回山北娘家一趟，结果还没进家门就被人绑走了，他们要杨春哎说出桑维华的下落，杨春哎怎么也不说，后来被吊死在桑园里，临吊死她前跟她说得很清楚，这是让她抵那个联络员的命，她就是说出桑维华在哪儿也一样要死。当时王瞎子在场，手上还拄着下端开裂的竹竿，他好像看得见杨春哎被吊上一棵不高的桑树的树丫，然后舌头慢慢拖挂下来，美女变成了吊死鬼。

解放后，王瞎子当了山北区的区长（虽然他的眼睛仍然不那么好）。几十年来桑维华一直到处申诉，说即使后来他和一个女叛徒生活在一起一年多，但他同样什么也没说。既没说他当年是受组织委派回来当区长的，更没说出其他同志的名字，更何况当时他一直以为组织上会派一个人来跟他联络，结果偏偏怎么等也没人来。在众多听过桑维华申诉的人当中，王瞎子也是其中的一个，他那时已不拄一根坏竹竿了，而是拄一个梨木的拐棍，衣服较齐整。

“你跟那个叛徒、逃兵在一起，组织上怎么会来人找你呢？”王瞎子冷冷地说。

“她要来找我，我有什么办法呢？”桑维华一副急于辩解、开脱的样子。解放后他仍然很瘦，一激动脖子上的青筋就凸出。

“那你怎么又带着她去了常州呢？”王瞎子说，“没追究你脱党就不错了。”

桑维华没话可说了。他不知道当年江南地下党就是派王瞎子来跟他联络的，王瞎子发现他和杨春哎接触密切，就没联络他。否则桑维华 1946 年就是地下党山北区的区长，解放后的职位、待遇不会比王瞎子差，而不至于始终只是一个无依无靠、没有劳保等一切待遇的城市贫民。

当然桑维华作为常家的舅舅，常家人还是很同情他的。他一生无儿无女，一个人住在常州的一间只有八个平方的破屋里。常家人不懂，那年他从江北回来刚下船，怎么别人没遇上，偏偏就遇上了杨春哎这个女人呢？

直到捧着常家舅舅的骨灰，从常州带他归葬山北，常家人也没搞明白。

老一辈为了子孙把什么都献出来了，最后还要再献出什么？天理何在？

第八篇　牙的魔咒

一

常家是个幸福的大家庭，尽管比常老头儿小三岁的老伴桑老太整天病歪歪的，但常老头儿的身体却出奇的好。八十六岁了，看上去却像七十来岁的人，走路呼呼生风，说话声音响亮，天天从小区的山坡上下山去买菜，时不时还和卖菜的小贩为菜价争起来，结果当然是人家让着他，把什么青菜、土豆价格让个三毛两毛的卖给他。尤其值得一提的是，常老头儿不仅腿脚好，而且令人惊讶的是，八十六岁了，居然一颗牙不掉，虽然牙口长得说不上多么齐整（前面两颗门牙略有些突出），但齿根不动不摇，颗颗坚固瓷实，吃起蚕豆来，那叫一个嘎嘣脆，跟粉碎机似的。

不过今年春节前常家出了两件事，说大不大，说小不小；说坏事是坏事，说好事是好事。总之事情挺让常老头儿烦心的。

春节前的一天，那天天气很好，一向不太起床活动的桑老太起来开窗透气（二媳杨丽说是拉窗帘），也不知怎么搞的，窗子关着，窗帘没拉开，老太太人却倒了下去。这一倒下去就躺在那儿哼哼，站不起来了，拉到医院里去一拍片，居然是大腿股骨骨折。就这么躺在医院一动也不能动，常老头儿又要送饭，又要看护，两头跑，搞得焦头烂额，虽说晚上守护让几个儿子、媳妇轮流包了，但常老头儿还是挺揪心的。

常老头儿有三个儿子、一个女儿。这天晚上，常老头儿照例去医院看望老太，他忽然发现守护在老太床边的大媳神色有点儿不对。这种不对不是那种仿佛有了什么祸事的不对，而是一种看来有了什么喜不自禁的好事的不对。作为公公的常老头儿知道，当护士出身的大媳祝芬素来与坐机关的二媳杨丽不和，不和不为别的，竟然都是为了自己孩子的事。老大家姑娘和老二家姑娘前后相差一岁，两个孙女从小都挺要好的，而且到了二十来岁基本上也是前后脚结婚成了家。大孙女小兰从小身体弱些，故而结婚两年了，一直还没怀上孩子。

“你……你是不是有什么事?”常老头儿瞅着因为兴奋而面色略微潮红的祝芬问。

“不，不。”祝芬把什么纸片塞进了口袋，“就是……”

“就是什么?”常老头儿追问道，“你说嘛!”

祝芬给常老头儿追着问，无奈之下，只好开口道：“小兰有点儿不舒服，不知杨丽今天能不能来代我一下。”

给老太守护值班是几个儿子、媳妇轮着来的，儿子有事就媳妇来顶，媳妇有事就儿子来顶。这几天老大在单位主持加班，搞什么汇报材料，无法替代祝芬，而平常刀子嘴豆腐心的老二媳妇杨丽刚连着守护了三天。祝芬有点儿话到嘴边说不出口。

“小兰怎么了?”常老头儿有点儿急，他平常对几个孙子辈男孩女孩都挺关心的。因为不管怎么说，他身体再好，到了这岁数，一不留神，那是说走就走。人活着长寿固然好，死后总希望生命能在第二代、第三代身上得到延续，仿佛自己仍然活在世上，仍能看到生前死后的一切。

祝芬先不肯说，后来又说丈夫关照了不要说，最后被常老头儿追问得没办法，便支吾道："小兰，那个了。"

"怎么了?"常老头儿额上的青筋一跳一跳的。

"怀孕了。"祝芬终于说，说着还从口袋里拿出纸片，那是一张化验单，上面有尿检结果。"怪不得这两天她老不想吃饭哩。今晚上也没吃，所以我想……"

祝芬的话没说完，常老头儿发现她脸上的表情变了，话说了半句停在那儿不动了，原来是杨丽来了。本来不该杨丽来轮班，因为正好去单位去取东西，顺路过来看看。她虽然嘴不饶人，心眼小一点儿，但对老太太还是挺关心的。

常老头儿听说小兰怀上孩子了，猛一激灵，心里顿时挺豁亮的。一是老大家老为小兰没怀上孩子而折腾得够呛，大小医院跑了不少，就是不见小兰的肚子鼓起来。再则，常家第四代出现，这对年已八十六的他，无论如何也是个好消息。因此不等大媳妇开口把刚才留在嘴里的半句话说出，常老头儿就替大媳妇开口了。他对杨丽说，让她留下来顶替祝芬值班。杨丽先是不愿意，觉得很奇怪，她刚连着值了三个晚上的班，为何常老头儿又让她来顶替祝芬值班。常老头儿也不解释为什么，只是说："你要是不愿意，不不，你要是有事不能来，那就我来顶。"

"这……"杨丽犹豫着，末了还是答应留下来顶替。她不忍心让恁大年纪的老公公留下来熬夜。

二

桑老太一连在医院躺了十来天，一侧股骨开刀换上了人工的，腿倒是没事了，但就在杨丽顶替祝芬值夜的这天夜里，因肺部感染突发高烧，人变得神志不清，满嘴胡话。杨丽和几个护士按都按不住，她不时地将手戳向半空，嚷道："不不，我不走，我……我不会让你的。"

当晚祝芬走后，杨丽见公公神色有点儿诡秘，便追问小兰是不是真的如祝芬所说，因未及时注意添加衣服着凉感冒了。

常老头儿吞吞吐吐不想说，他知道老大家的和老二家的有矛盾，他怕说出小兰怀孕了，会刺激老二家的。老二家的小惠元旦结的婚，杨丽一心想女儿早点儿怀孕，老二家的女婿是个普通工人（小惠不顾老二夫妇反对，执意要嫁）；老大家的女婿是个副局长，地位有差异。杨丽想女儿找的对象在地位上不如老大家，但至少在生育这件事上不能再不如老大家。她对老大家的小兰一直未怀孕，嘴上不说，心里面多少有那么点儿庆幸的意思。她很想小惠在这方面能超到小兰前面去。

"小兰怀上了。"突然，躺在病床上没吱声的老太太冒了一句。从傍晚开始，她就一直闭着眼睛仿佛在睡觉，谁知她竟把常老头儿和祝芬的谈话给偷听了去。老太太极瘦，整天喊病啊疼的，有时候糊涂得连自己是谁都记不得了，有时候却记得小时候逢年过节吃过几颗豆子、几粒花生。几个媳妇在一起议论时，都说老太太有点儿妖怪。

"怀上了？"杨丽听了这话将信将疑，她不敢确定此刻躺在那儿的老太太说的话是真还是假。

常老头儿不开口，他从口袋里摸出一颗蚕豆（他尴尬时常以嚼豆做掩饰）扔进嘴里：“也……也许吧。”

“什么也许？还有化验单。”老太太闭着眼睛又冒出一句，她什么都听了去啊！

“是……是吧。”常老头儿只好说。

杨丽确信老太太说的不是瞎话了，她立刻情绪不好，闷在那儿半天不说话。过了一会儿，她到走廊上打电话给丈夫，说什么也不愿意晚上留下来值班，似乎小兰怀上孕，全是常家老头儿和老太太合谋给老大家整出来的，存心欺负老二家。老二正在外面因工作上的事应酬，听说小兰怀上了，也稍稍愣了一下，后来还是答应妻子晚上由他来值夜，怎么说呢，躺在病床上的毕竟是自己的妈妈，而不是妻子的妈妈。老三老四两家都在外地工作，老头儿老太的事，反正不是老大家多负责一点儿，就是老二家多负责一点儿。

老二来了，心里也不开心，外地来了重要客人。他是某企业经理，客人听说他母亲在医院，当然不好拦着他不让离开，但老二知道，客人嘴上不说，心里总归会有点儿不爽。老二来了就怪老太，不该把小兰怀孩子的事说给心眼小的他妻子听，害得他半途离席不能陪客人。

“我死了你才来？”老太闭着眼从嘴缝里冒出一句。

老二憋不住了，冲着老太提高声调说：“死、死、死，你整天吓唬谁？”

的确，桑老太退休这么多年来，天天喊心脏不好，动不动就拉着老头儿往医院跑，但次次都是虚惊一场。这次腿是真断了，但毕竟还没到危及生命的地步。

老头儿平常老抱怨老太说话太绝，但此刻又见不得儿子对老太声音过高，他反过来冲着老二提高了声音：“你怎么可以用这种口气对付你妈呢?”

父子两个为了对待老太的态度吵了起来，一边的桑老太闭着眼睛一言不发，继而呼吸越来越重。到了夜里，竟真的发起高烧来了，快天亮的时候达到了前所未有的四十度，医院的病危通知书都开出来。

一家人，包括老大和祝芬、老二媳妇杨丽，全都赶来了，老太嘴里念念有词，仿佛发出什么咒语，两只手轮番向空中扒拉着什么，好像和谁在争抢着什么，或者说，她竭力想要赶走什么。半空中或冥冥中，好像谁正扯着她干瘦的脖子，要将她从病床上拎起，抛向什么遥远的地方。

三

还好，最后病危通知书并没有变为一纸死亡通知书，医院一直忙活到次日中午，才把桑老太从死亡线上拉回来。清醒后的老太对老头儿说的第一句便是：“我把它赶走了。”

常老头儿连连点头，他以为老太是说，她将靠近她的死神赶走了。随后老太便看着老头儿说：“你的牙齿真好。”没头没脑的又来这么一句，老头儿不知道老太这话是什么意思，老太刚醒来又不便追问什么，便露出满口白花花的牙齿（他一天要刷三到四次牙），冲着老太咧嘴笑了。

“谢谢你。”老太说，就好像是老头儿的满口好牙配合她干瘦如爪的双手，一同将死神撵走了。

“谢什么?”常老头儿真不知道老太谢他什么，难道老太能从死亡线挺过来，真和他的牙有什么关系?他不禁抹了一把嘴，双唇掩合上了，那一口好牙便藏在里面。他不想在老太垂危的时候再刺激她的神经。老太一向很羡慕老头儿有一口好牙，而她只能靠满口假牙来咀嚼食物。

老太见老头儿不理解，便将头一撇，又冒了一句："你不懂！"说完她又闭上了眼睛。老大见状与媳妇到一边去了，老大不知为什么，心里忽然有点儿不安起来了，不过他并没对媳妇祝芬明说什么，只是说老太太这人命挺硬的。据说从前有一次老太骑车上班，突遇车祸，她连人带车都滚到汽车肚子底下了，但却毫发未伤，而那开车的司机当天却因惊吓，于出事当晚突发心脏病死了。

老大的不安在老太出院后的第二天便灵验了，小兰那天去上班，忽然下身洇红，继而有种下坠感，她不敢大意，立刻打电话给做护士的祝芬。祝芬也跟着紧张起来，她马上叫来了女婿，硬是把还在上班的小兰拉到自己所在的医院做检查。这一查不要紧，结果把她和小兰都吓了一大跳，小兰腹中的胎儿已听不到胎音了，换句话说，小兰腹中的胎儿已经胎死腹中了。这可让小兰夫妇俩太伤心了，费了老鼻子劲，结果是空忙一场。对大媳祝芬来说，更是让她在那杨丽面前气短，似乎给杨丽说中了，小兰虽然找的对象比小惠强，可生孩子却不行，怀上了还胎死腹中呢。

尽管老大家"封锁消息"，但在小兰去医院做手术拿掉孩子以后，消息还是传到了常老头儿的耳朵里。常老头儿听到这消息以后，愣在那儿半天没吭声，整整一天没怎么说话，晚上也没照例看着电视吃蚕豆，他吃不下，也不想听自己的牙齿嚼豆所发出来的声音。更主要的，听到小兰拿掉已胎死腹中的孩子以后（据说那小肉球除了心脏不跳之外，其余都很健康），这天晚上他保持了几十年的刷牙习惯中止了，没刷牙就直接上了床。

"小兰的孩子没了？"关了灯以后，老太在黑暗中说。

“你怎么知道的?”常老头儿很惊讶。

“你没刷牙。”老太语气平稳地说。

“没刷牙和小兰的孩子没了有什么关系?”

“你一辈子刷牙比吃饭都要命，你今儿不刷牙，说明出事了。”老太念念叨叨地说，“要出事肯定就是小兰出事了。小兰出事就是怀的孩子出事了。”

“那……那是。”常老头儿说，他不由得暗暗吃惊。他知道此刻是老太一时清醒一时糊涂的脑子最清醒的状态，这种时候，老太就是神，就是人精。少时在农村常听人说，人活到很老很老的时候，往往就成了人中之精，具体就体现在常能通晓他人所未知之事。常老头儿说起来身体比老太好，可从精神层面讲，与老太相比，他不得不自愧不如。尽管常老头儿退休前是一集体小厂的副厂长，而老太仅是厂里的一名普通女工。

四

小兰的孩子没了以后，她的妈妈祝芬也就是常家大媳妇一直犯嘀咕，按说她是医院的老护士了，应该相信并懂得科学。可不知为什么，她和所在医院病区的几个中老年护士凑在一块儿叨叨一番以后，传到她的丈夫和常老头儿耳朵里的话就是另外一种看似有点儿悬、有点儿残酷的说法了。原先常家人在小兰出事之后，大家都相信并得出结论：小兰这孩子身体太弱，她自己生下来差点儿就活不了，在保温箱里待了一个多月才把命保住。她平常就这病那病的，怀孩子不易，保孩子更难。换句话说，小兰因为身体弱，保不住孩子也正常。但有一天祝芬从医院回来以后，在丈夫面前提了一个在本市普通市民中流传甚广的说法，说是如果一个大家族中有太长寿的老人，那么对后代的生育是不利的。好像这人世间如同一个大舞台，只能按人头规定，上台几人，就要下台几人，老天爷不会让一个家庭的人在舞台上永远表演下去，人头越来越多。前面的不走，后面的肯定不让登台。

也说是，小兰的那个孩子之所以没了，盖因常家名额已满，老天不发出生证。还有更让常老头儿听了觉得怪异的，说是老辈人中的牙齿千万不能太好，太好了会把小辈人的孩子给咬伤了，咬没了。常老头儿听了这话，不禁捂着自己的嘴，就像牙疼似的倒抽了好一口凉气。

“放屁的话!”杨丽到公婆这儿来的时候听说如上说法后，第一个表达了公开的愤慨。在她看来，老大家的相关言论无非是不会睡觉怪床歪的歪论。但此话话音未落，她的声音就低了下去。很快，她就得知女儿小惠也怀孕了。听到这个消息，她激动得心都发颤。她觉得好像跑在前面的老大家的小兰被人一扒拉摔倒了，而在后面的小惠突然蹿到了前面。

怀上孩子是小惠自己到医院去查 B 超查出来的。居然已经两个月了，胎儿快有鸽子蛋那么大了。

杨丽得知小惠怀上孩子后，她做的第一件事就让小惠请病假，不让她整天坐在单位的电脑前，以防流产之类的事发生。第二件事便是把消息告诉了半躺在床上的婆婆。

老太听说小惠也怀了孕之后，一愣，过了一会儿才说：“那快让小惠别来。”

“那……那恐怕不行吧?”杨丽试探着说，“小惠和爷爷最亲了，老爷子有两天不见小惠就心里憋得慌。”

“没事。”老太语气坚决地说，“我来和他说。我们老辈不能影响小辈。”

“那……那就太谢谢妈了。”杨丽的脸上露出感激的神色说。

其实常老头儿不仅和小惠亲。和小兰以及老三老四家的小舒、小涌都亲，小兰的孩子没了，他难过了好几天，更让他难过的是小兰在孩子没了以后的半个月里，居然没到二老住的小区来过一次。常老头儿打过几次电话，小兰均支支吾吾以各种理由推说不能来。

至于小惠，从小就跟着二老长大，小惠认的第一个字不是跟她妈学的，而是跟常老头儿学的，便是爷爷的“爷”字。小惠平常有几天不来，常老头儿还会特地烧一两样小惠喜欢吃的菜给她送去。

杨丽来过的第二天中午，常老头儿打算把小惠喜欢吃的螺蛳头炒韭菜给小惠送去，都装在一只铝饭盒里了。他与老太打招呼，说他要到老二家去一下。老太半倚在沙发扶手上微闭着眼睛，冷冷地冒出一句：“别送了。”

“为什么？”常老头儿颇觉诧异。

“不要问为什么。”老太仍半闭着眼睛，“反正不要送了。”

无论常老头儿如何追问原因，老太始终半闭着眼睛不说明白。老太不松口，常老头儿是怎么也不会离开家一步（历来如此）。常老头儿问不出原因，不敢真的不顾老太的感受拎着盒子就走，他只好将饭盒朝桌上一蹾，坐在那儿生闷气。

晚上关灯上了床，常老头儿终于憋不住，还是开了腔，说：“韭菜隔了夜就不好吃了。”

“坏就坏了吧。”老太在另一侧的床上说。

“你倒大方起来了。”常老头儿愤然道，平常老太总舍不得这个，舍不得那个。

“你那两颗龇牙就别到处乱跑了。”桑老太说。

“我怎么到处乱跑了？”常老头儿说，“我跑我儿子家，我去看我孙女小惠。怎么啦，不行？”

“当然不行。”老太说。

“怎么不行？你倒说说看。”常老头儿追问。

老太被老头儿追急了，抛出一句：“杨丽来过了。”

“她来过又怎么样？”老头儿还不解。

老太闭上嘴不言语。老头儿知道再和老太这么缠下去，老太又该喊心里难受，莫名其妙地发心脏病了，那样的话，俩人一个也别想睡了。

常老头儿望着黑暗中的虚空，似乎明白了什么。过了一会儿，他估计老太已经睡着了，便蹑手蹑脚地翻身下了床。他披着衣服摸索着来到厨房，借着小窗的亮光，打开糖罐，用小匙挖了好几匙做菜用的红糖放进嘴里，他将红糖含在嘴里，有意不咽下去，而后转身离开。可还没等他到卧室门口，红糖就化了。化了的红糖黏黏地从口腔蔓延到咽喉，他被糖的甜甘味呛得止不住咳嗽，怕吵醒老太，他连忙用手捂住嘴，转身又回到厨房。摸到放调料的灶台，打开糖罐又连挖了几匙红糖放进嘴里，而后捂着嘴离开，但很快，糖又化了，绵软的红糖在人嘴里根本就含不住。常老头儿也想不到自己年已八十有六了，可嘴里口水还这么多，融化能力还这么强。睡到床上，他才想起床头桌子的抽屉里还有老家人带来的薄荷糖。他轻轻打开抽屉，从一只塑料袋里摸出四五块薄荷糖塞进嘴里。

他就那样一直含着糖块，迷迷糊糊地直到天亮。

老太早上起来说：“深更半夜你磨什么牙哪，还嫌牙不够快？”

“有……有点儿牙疼。”常老头儿捂着嘴说。

当天，他的胃泛了一天胃酸，他知道那是吞咽下去的糖稀在作怪。

五

一连二十多天，常老头儿不仅不刷牙，而且天天晚上上床前都含两块糖在嘴里。奇怪的是，数日下来，他除了胃有点儿不舒服之外，牙齿依然很好，不仅不动不摇，甚至酸疼感都全无。

这天早上他起了个大早，起来以后，他照例没刷牙。他来到厨房，不过并没有用小匙挖糖吃，而是打开醋瓶子，喝了一口醋，说喝，却并没有喝下去，只是含在嘴里。随后他就出了家门，在小区门口乘上了公共汽车，往江边一个叫九里沟的农贸市场去了。那儿离城有十来里路，他听人说那儿有市郊西山的草鸡卖，他想赶早去买一只真正的草鸡回来炖汤。

公共汽车上，一个上学的中学生主动给他让了座。他刚坐下来，那个中学生就发现了常老头儿嘴角有一缕褐色的液体涌流出来，由于光线的关系，或者那个中学生太过敏锐，他以为常老头儿的嘴角涌出的不是褐色的普通液体，而是褐色的近于紫色的血。于是中学生指着常老头儿惊叫起来：“老伯伯，你……你流血了。”

这一叫不打紧，常老头儿本能地吓了一跳，嘴一张，一路含着的醋随着“哇”的一声全都吐了出来。还好除了溅了星点在那个中学生裤子上之外，没吐到其他乘客身上，不过却有些弄到了自己的羽绒服上了。他来不及擦拭羽绒服上的醋汁，连连向中学生打招呼：“对不起啊，不是血，是醋。”

车上人闻到了散发开来的醋味。中学生不解地问：“老伯伯，您嘴里含醋干吗？”

常老头儿嗫嚅道：“没什么。是……是喜欢。”

的确，这个城市产醋，有不少中老年人都喜欢喝醋。常老头儿支吾着别过脸去，眼看着车窗外不再说话。他生怕再有其他乘客搭腔管闲事，非要从他这儿问出个究竟来。

九里沟农贸市场果然有红冠小个的西山草鸡买。这种草鸡是散养在西山上的，由于吃的是活食，所以炖汤、红烧味道都特别鲜美，不像洋种鸡，鸡肉松而木。常老头儿挑三拣四，一连转了七八个草鸡摊子，末了挑中了一只四五斤左右、脖子上带黑点的鸡。大概由于货真，小贩几乎就不肯还价，一斤六块五，足足比市里卖的洋种鸡贵了三块多，比那些自称是草鸡的假草鸡也贵了两块多。不过常老头儿没有多想，付了钱，拎了鸡便走。他不能在外面耽搁太长时间，他怕老太一人在家万一有什么事找他，甚至一不留神，鼓捣什么再摔倒，没好利索的腿再要摔断了就麻烦了。所以他拎了西山鸡，都没怎么敢耽搁，就又乘车回到市里。车上售票员按规定不让他拎着鸡上车，他只好脱下衣服蒙罩住鸡头，人家才勉强没为难他。

他一路抱着鸡，到家才发现鸡在他身上拉了一泡屎，弄得浑身臭烘烘的。到家后，他来不及把衣服换了，也来不及和老太多说话，便将那只挣扎的西山草鸡杀了。他自己动手开膛破肚，找来一只老砂锅，搁了生姜、葱放在炉子上炖了。

等到他换了衣服洗了手，再到房间里来看老太。老太微闭着眼睛正在闭目养神，她又冒了一句："炉子上炖鸡汤了？"

常老头儿嘀咕着，未置可否。他不知地道的鸡汤好了是否应该先给老太来一碗。

"是西山草鸡。有四五斤重吧？"老太仍微闭着眼睛。

常老头儿心里一惊，觉得怪不得有人说人老了会成精，会知人所不知。

"放心。"老太睁开眼说，"我一口也不会喝，不作兴的。你早早炖了，早点儿给小惠送去。”

常老头儿心中释然，他知道老太一向很会无端地向他提出许多匪夷所思的要求，自打她摔断腿之后，更是如此。比如三九寒天要吃西瓜，西瓜买来了，她一口不吃，却又让他去买瓶橙汁来，等等。老头儿常被她搞得无所适从。此番她倒是理解老头儿的用心，主动不喝鸡汤。是啊，老人动了的食物，晚辈通常会嫌弃的。小兰已不怎么来了，常老头儿不想再让小惠因为什么而对二老有啥嫌弃。

六

常老头儿怎么也想不到，小惠见到他后向后退了好几步，倒好像来的不是她的亲爷爷，而是乘家中无人闯进来的歹徒。

“这是爷爷特地到九里沟买来的西山草鸡。”常老头儿捧着装满鸡汤的砂钵对他最喜欢的孙女小惠说。他怕小惠她妈杨丽见了他不乐意，特意先往老二家打了电话，确认老二夫妇都不在家之后才赶到城东老二家来。小惠今天向单位请了假，正好在家休息。

“不不，不要。”小惠向后退着，以至于碰到一把椅子，身子一斜，便跌坐在椅子里。常老头儿吓得不敢再向前去了，他怕吓着小惠，那就得不偿失了，杨丽知道了，更会说不清楚。此前的好几天里，他打过几次电话，说要来看看小惠，但都被杨丽拒绝了。理由是小惠不太舒服，又说怕老人年龄大了，万一路上磕着碰着了，不好向常家其他人交代。

但常老头儿还是来了，不仅来了，还带来了孕妇需要的草鸡汤。不过他真没想到孙女见他像见到瘟神似的直往后退，他若再向前一步，孙女大有尖叫喊人的可能。知道的是做爷爷的给孙女送鸡汤，不知道的，还以为这家出事了呢。

常老头儿的手悬在那儿好半天，直到小惠慢慢从椅子上站起来，他才提着装着鸡汤的砂钵向门边走去。小惠眼看着爷爷离开，紧咬着嘴唇一声没吭。

晚上吃饭的时候，常老头儿自己先喝了一大碗鸡汤，他怕老太看出鸡汤并没送出去，他不愿在老太面前提及小惠见到他一直向后退去的样子。他拿了一只鸡腿，却怎么也吃不下去。末了只好将只吃了一两口的鸡腿扔到旁边盘子里。

他想等到小惠打来电话，像从前那样亲热地叫他一声“爷爷”，和他说说为何她见到他像见到一个坏人直向后退。甚至孙女会回心转意，让他即刻将鸡汤送去，对他直说她怀上孩子了，怀上了常家的第四代，老人的曾孙或曾孙女就要诞生，老辈的生命已在男孩或女孩的身上延伸，就像老藤长出了新枝，那新枝一直伸向生命的远方。

可他没等到，他一人郁郁寡欢地吃了晚饭，而后从砂钵里盛了一碗鸡汤给老太端去。还没等他把碗端到老太的床前，老太看也不看他便说：“鸡汤没送掉吧？”

常老头儿听了这话，惊得差点儿把碗掉地上。他定睛细看向老太，老太半闭着眼睛，就像一个通晓前后五百年、掌管人前世今生的妖精似的。他心想小惠还是不要再打电话来的好，他还是不要再想孙女为何一直向后退去，不要想着孙女会回心转意，让爷爷将鸡汤再送去。或许小惠真的应该和小兰一样，为了平安生下下一代，离常家两位老祖宗越远越好，尤其是离满口好牙的常老头儿越远越好。

七

谁也想不到，一向身体很好的小惠，就在常老头儿去给她送鸡汤的第二天，忽然在单位肚子就疼了起来，疼得忍不住。连忙到医院一查，发现竟然是宫外孕，胎儿已将输卵管撑得变了形。很严重，弄不好大出血危及生命，于是立刻手术。孩子——没了。

大媳妇祝芬来看常老头儿和老太，不知她是出于一个月前与二媳妇杨丽同样的幸灾乐祸的心理，还是出于其他什么心理，反正她在小惠的孩子也没了两天后来看公婆时，把这事告诉了二老。桑老太听了祝芬的话以后，一言不发，过了会儿，半闭上眼说："怪不得前儿晚上我浑身疼，就像有人把我从床上拎了起来。"

"那后来呢?"祝芬紧张地问。

"后来就觉得有人扑上来死命地咬住捆我的绳子，后来绳子一下子断了，我才……才重回人间。"老太脸部肌肉抽搐着说。

"那人是谁呢，是谁咬断了绳子呢?"祝芬追问。

老太睁开眼睛，目光扫向常老头儿。常老头儿畏缩着，仿佛觉得自己十分渺小，恨不得像小惠前天见他一样也往后退，不过他的身后不是椅子，而是他睡觉的床。

"好像……好像是老头儿。"老太眼盯着常老头儿说，"是他咬断了绳子，我才没被人拽走。我才活了下来。"

"瞎扯什么呀!"常老头儿提高了声调说，"这可太扯了。"不过说归说，他还是下意识地抿了下嘴，他听见嘴里牙齿撞击，发出一串脆实的声音。他连忙用手捂住嘴，生怕让祝芬听到。

"我还听到有人在天上说'完了完了'。所以我就知道又要出事了。"老太太补充说。

常老头儿格外不满，说："你老糊涂了吧。什么完了完了? 小惠的孩子没了和我们有什么关系?"说完，他离开卧室，到外面去了。

不知是老太的话触动了大媳妇祝芬什么，还是老头儿的话让祝芬觉得挺伤心的。总之她的眼里蓦然便充盈了泪水，她想起小兰的那个孩子拿出来的时候红红肉肉的，也有一个鸽子蛋那么大了。小兰身体不好，不知今后还能不能再怀上了，也许就永远怀不上了。

祝芬掩饰着不让泪水落在老太面前，她也快步离开卧室出去了。

快到吃中午饭的时候，杨丽和老二来了。老二来了以后一言不发，杨丽却一直追到常老头儿平常写写画画的书房，追问常老头儿前天是不是到她家去了。常老头儿支吾着，好像是点头承认去过，又好像是摇头否认。点头承认，好像是说小惠出事与他送鸡汤有关；摇头否认，好像是说，送鸡汤丝毫不会影响到人肚子里的孩子。或者说，所谓他牙齿太好，与老太一个月前的大病未愈，与常家第四代是否降临人世一点儿关系也没有，纯属封建迷信思想作怪。

“爸，你说小惠待你怎么样？而且小惠也是在你们二老身边长大的。”见常老头儿态度暧昧，杨丽心中明白了八九不离十，老人家十有八九前天去过老二家，不仅去过，而且还见到了小惠，“你总不能……”

常老头儿忽然火了，索性挑明了：“去过又怎么样，难道我真的是丧门星？牙好怎么了，她的孩子难道是被我的牙咬掉的？挨得上吗？”

老二见公媳二人嗓门高了，拉着杨丽便走。杨丽却仍然气不打一处来：“祝芬她是真信那些说法，我是不信，可你老也不能一点儿面子不给我呀！孩子没了，难道你们二老就真能赖在这世上不走了？”

“放他妈什么屁哪？”老二见妻子已经说离谱了，甩手就给了她一巴掌。这一巴掌可不轻，杨丽差点儿没被打倒在地，声音响得连刚进门的老大都给吓了一跳。

杨丽愣盯着丈夫好一会儿，他们夫妻打从结婚以来就没红过脸，更别说动手了，莫非没了孩子，老二心里也很烦躁？

杨丽捂着火辣辣的脸大哭起来。听到二媳的哭声，老太不知什么时候也拄着拐杖进了书房，劝道："没了就没了，小惠还有小兰还可以再怀嘛。我们老的恨不得现在就走，让小辈出来。只是老头子那一口好牙，恐怕确实真的对小辈不好，不过……"老太话说到这儿才发现常老头儿不知什么时候不见了。

书房外的卫生间里有动静，似有哗哗的流水声。

书房内，老大怔怔的，像是对自己说，又像是告诉大家似的："刚才苏州老三打电话来，怪了，前天下午，小涌下楼去取快件，平地走得好好的，忽然脚下一崴，人立刻就倒在地上动不了了。"

"啊?"老太这可吓得不轻，小涌是二老唯一的孙子，怎么也出事了？如果说小兰、小惠的孩子没了，事情还没真正往老太心里去，那么孙子脚崴了绝对入了她的心。一向最将孙子放在心里、骨子里重男轻女的她顿时觉得事情大了，谣言也好，民间说法也好，转瞬间都成了事实，不是也是了！她的神志开始恍惚了，甚至还想到老四家远在加拿大留学的女儿，一个女孩家，异国他乡会不会也出事?而这一切的一切可能皆因这常家二老太过长寿，尤其是老头子，都八十有六了，走路居然还呼呼生风，看上去像七十来岁的样子，特别是他那一副让人想想都觉得恐怖甚至瘆人的牙。就在此刻，众人甚至觉得都听得到那牙所发出的嘎嘣脆的响声，脑海里浮现出一幅令人惊悚的画面：常老头儿坚利的牙齿正在咬着婴儿的头颅或腿胫骨，毫不留情地噬咬着，咀嚼着……

"老头子！老头子！"老太太喊道。向来如老巫一般屏息少动的她丢开拐杖，勉力快步出了书房。儿子儿媳们这才想起刚才卫生间里的动静，他们跟着老太来到卫生间门口。

卫生间的门紧闭着，老太伸出两只干瘦的手，抡起小拳咚咚敲打着卫生间的门。

没有动静，过了好一会儿，门终于打开了。

常老头儿从里面出来了。他不搭话，却突然伸出一只手，只见掌心竟然是两颗白生生的门牙。再看老头儿，他虽竭力抿着嘴，但上嘴唇已明显瘪下去一块，嘴角还在往外渗着鲜血。他呜噜着："喏，两……两个娃。这下没……没事了！"他的手上是一柄小锤，不知他是一气之下用小锤砸掉了牙，还是地太滑不小心摔倒了，摔掉了他的牙。

生前他们是“敌人”，死后他们将做邻居，难道还要吵吵闹闹到另一个世界？

第九篇 人不分贵贱，死没有高低

大病一场以后桑英坚持要到板栗山去一趟，桑英的老头儿的意思等她再恢复恢复，好利索了再去也不迟。桑英不肯，她有点儿蛮不讲理似的说：“我要是好不了呢？”老头儿拗不过她，只好到干休所所部去要了个车，挑了个好天，上午等太阳出来了，便搀扶着桑英上车往城市北郊板栗山公墓去了。

去年秋大，也是这个时候，老太和老头儿在板栗山花四万五千元买了一块六个平方的墓位。起初儿女们是反对的，他们认为人活得好好的买什么墓穴？这……这不是诅咒自己，或者说催促自己早走吗？老头儿也不以为然，他虽然比老太婆还要年长六岁，但他似乎一向对生死看得比较豁达。比起那些早年出生入死死在战场上的战友，比起那些天下太平却患种种疾病早死的人，他觉得自己活这么长是赚来的。人死了，烧成灰了，撒在哪儿都一样。老太不这么想，她在这方面没老头儿想得那么开。她总想身后自己得有个地方待，至少逢年过节儿孙们有个地方来看看，那么九泉之下她说不定会笑的。因此坚持要买一块像模像样的墓位，而且要双穴的，将来和老头儿合在一块儿，历风沐雨，他们在冥界也要待在一起，就像在世这几十年一样，再怎么磕磕碰碰，也还是在一块儿。儿女以及老头儿拗不过老太，只好同意在板栗山购买一块墓穴，想想也是，随着城市的不断发展和扩大，这种像模像样的墓穴的价格只会越来越贵，真正等到二老去的那一天，说不定花八万五、十万五也不一定能买到六个平方的墓穴。因此老大四处去张罗了一下，还找了一个在民政局的老同学给便宜了三千元，五个儿女一人出四千，两万，二老自己拿两万五，正好四万五。不过末了老太和老头儿一合计，还是把其中的两万块钱又还给儿女们。几个儿女并不是个个都过得很宽裕，儿女们只要有这份孝心就行了。

车到板栗山公墓，落叶纷纷，地上绛黄色一片，抬头望去，只见山上一排排白花花的墓碑，俨然一座亡者的城市。驾驶员坐在车里等，老头儿搀着老伴缓缓地沿着坡道往上走，寻找三区九排他们去年买下的墓位。坡道并不陡，二老走起来还算不太吃力，墓区扩大了不少，密密麻麻的墓碑几乎已伸展到了山顶，不过作为干部区的三区似乎并没有扩大多少。的确，有资格进入这个区的人并不多，哪怕再有钱，只要不是1949年前参加工作的老同志，那是无论如何也进不来的。换句话说，来买墓位时，公墓管理处是只认离休证而不认人的。那些有钱、有关系的尽可以在三区以外买豪华宽大的墓位，立超过两米高的墓碑，但老干部的这点儿“特权”是享受不到的。老太对有关部门坚持这一项尚未破例的规定很满意，她一向对那些有钱的暴发户很反感，认为他们没有资格跻身到老同志们身后的这一块纯洁地，搅得满是铜臭味。老头儿则对自八十年代以来就设立的干部区不以为然，认为这把人分成了三六九等，不少原本和老干部是一家人的老工人、老职员，以及各行各业和老干部们关系挺好的人都被排斥在外，人为地在冥界还设立了等级观念，这不好。“什么不好?”老太反诘道，“省得人色太杂，老同志待在一起有感情，有共同语言!”“好好，有共同语言，有共同语言。”老头儿一向不太和老太争论，一辈子了，总是让着她。

最下面的一区、二区规模最大，都是一般市民什么的，每个区足有四五百个穴位，去年来时还有不少穴位是空的，今年却有许多都已对号入座嵌上了亡者照片。老头儿和老太一边往上走一边不时地弯下腰打量这些亡者城市里新来的居民，发现有不少还没有他俩的年龄大，也不过就是七十左右的样子，超过八十的并不是特别多。老太一边看一边心不由得一阵阵有些收紧：“不是说现在人的寿命延长了吗？怎么……”“再怎么延长，到这个年龄来这儿报到也都是正常的。”更让老太觉得不安的是看来看去没看到一张熟悉的面孔、一个熟悉的名字。老头儿提醒她道：“这儿又不是干部区，当然你熟悉的人少。”老太这才恍然，于是他们互相搀扶着继续往上走。走着走着，不知不觉已进入三区的地界，果然，发现了熟悉的面孔：“李北坡同志，李处长……王英，赵部长爱人，她也来了，我记得她还不太大啊……时明，市委统战部……贾进军，啊呀，多少年见不到他了，还记得吗？那年他结婚时我们俩还去给他收拾新房……”老太边看边感叹着，边回忆着，不知是惋惜还是对有这么些熟悉的老同志作为他们未来的邻居而感到庆幸。老头儿也觉得挺意外的，仅仅一年，又有多少老同志与他们身处阴阳两界了，真是人生无常啊！不由得丝缕悲凉的情绪掠过老头儿的心头。走着看着，走走看看，也没怎么费神找，就找到了三区九排，从第一位往东走，没走几步，远远地就看到了第二十六位前他们请人种下的两棵桧柏，不过待走到近旁，发现其中的一棵已经死了，只剩下枯干立在那儿。老太开始显得不高兴起来，连声抱怨管理处。桧柏是二老向他们花钱买的，按理说他们就有责任把树养护好。“算啦!”老头儿息事宁人，“当时人家又没说包活，树长在哪儿也保不定不死，来年补种一棵不就完了吗?”

老太经老头儿这么一说，只好作罢，再看六平米的墓位扫得干干净净的，连一片枯叶、一点儿泥污也没，心里才又舒坦了些。

说是一个六平米的墓位，其实也就比一个井台大不了多少，四周用花岗石围了一圈护栏，中央用水泥砌了两个墓穴。到时候人去了，火化之后的骨灰盒就放在穴洞中，然后覆上水泥盖封好，再把墓穴前的碑石上嵌上亡者的照片，刻上姓名和生卒年月，干部区的不少人还刻上参加革命的经历和担任过的大大小小的职务。一般说来，墓位都是考虑夫妻合葬两个穴位，往往一个去世了，先行安放进来，而另一个也许要过很多年才会安放进来。老太和老头儿两位老人还健在，所以墓穴前的汉白玉碑石还是一块没字的石板。老太在墓穴周围转了几个圈，反复查看护栏、墓穴有没有什么损坏。的确，一旦再发个什么病抢救不过来，这儿也许就是她的安息地了。老太掏出一块打褶的手绢儿，自上而下、从左到右细心地擦拭那块光洁无瑕的碑石，有时候还用嘴去吹一吹，用满是皱纹的手去抚摩一下。老头儿站在一边看着，间或向远处看一眼，城市的南边就是他们住的干休所，从这儿可以看到宅院前的水塔。当初老太执意要选这个位置，就是为了可以看到院子前的水塔，水塔下面就是他们最后居住的地方，那里有他们晚年的生活，还有儿孙，将来就是他们走了，儿孙仍会在那里长久地生活着，他们的目光会始终注视着那儿……

老太擦完了碑石，退后几步再看看，又弯下腰来把长在石缝里的几棵细小的杂草拔掉。“行了，走吧!”老头儿催道，看时间也快中午了，驾驶员还在等着呢。“急什么?”老太低头答道，又向左移过去，替隔壁一个墓把碑前的几棵小草拔去。隔壁的墓主人他们也是老熟人，是原省军区后勤部的一位老处长，老夫妻俩分别于去年和前年去世了，墓位前的碑石上赫然刻着他们的名字。二人生前都是相当和蔼可亲的人。“记得吗?”老太有点儿兴奋地说，“那时候他俩讲卫生是出了名的，大夏天都戴着个口罩，碗筷都、都……”老太一面站起来，一面向老处长左侧最边上的墓位看，不知怎么的，看着看着声音就低了下去，末了干脆立在那墓位前不动了，眼盯着墓碑看，嘴里嗫嚅着。最边上的那个墓位去年还是空着的，今年倒有了主人，而且看来至少已安放了一位墓主人的骨灰进来，否则不会有碑石立在墓位前。“走吧!”老头儿有点儿不耐烦，又催促道，他也从那边移过来，看看老太究竟为何立在那儿不走了。

“江素。”老头儿从老太的身后看过去，不由得读出了墓碑上的名字。老头儿怕自己看错了又凑近了端详位于名字上方的亡者照片，果然是江素，没错，是她。听说她去年因患心脏病去世了，不过他和老太都没去参加追悼会，没想到她的墓位竟买到这儿来了。“她、她怎么有资格到这儿来?”老太显然由于激动而言语不连贯。老头儿知道事情可能要有麻烦了，但他却仍故意做出漫不经心的样子。他直起身子冷冷地说：“她怎么就没资格？她老伴是老干部，她本人也是1949年10月1日以前参加革命的。她把墓安在这儿不是挺正常的?”

老太想想也是，那时候江北解放以后，还是她到南通去把江素招到干训班来的，她是女学员队的队长，江素是学员。“她、她是资本家的小姐。”情急中，老太不知为何冒出了这么一句既不合时宜也不通情理的话来。老头儿知道她是想说江素这个人出身于资本家家庭，身上有资产阶级小姐的味道，这在过去是一个很严重的毛病。老太本人也一直对江素看不惯，不过后来因为江素同样也嫁了个进城的军官，解放军军官的光环罩在军官太太的身上，因此在单位里人家即使有什么想法，也不便多说了。尽管如此，当年老太以做过汪素的队长的身份还是不时地指出汪素身上那种带小姐情调的问题，比如一年四季，哪怕是下乡搞调查也总要抹雪花膏，从人前走过便飘来一阵叫人闻不惯的香风。生活上太过讲究，饭后一定要吃一只水果，裤脚永远是那么窄小，臀部那一把总是包得紧紧的。这二人转业后一直共同在地区机关工作，家也同在一个大院。

“你也不要老记着人家的毛病。”老头儿排解道。“我什么时候老记着她的毛病啦？明明是她记恨我的嘛！”老太提高了声调回应老头儿说。的确，汪素也不是好惹的，那时的老太看不惯她，她还看不惯那时的老太呢！嫌老太是农村出来的，文化水平没她高，穿着打扮也土。有一次苏联专家给了一块巧克力，老太不知是啥玩意儿，竟用开水泡了吃，足让汪素嘲笑得可以。这也就罢了，想不到的是到了“文化大革命”后期两家之间发生了一件事，从此让老太和汪素以至于汪素这一家人再不来往了。那时，老太的大儿子不知是出了什么鬼，偏偏喜欢上了汪素的大女儿。起初老太是坚决不答应的，理由是汪素的家庭出身不好，后来儿子死磨硬缠，加上老头儿也松口了，于是只好答应了。想不到反过来女方那一头汪素却不同意了，也不说为什么，就是不让女儿与老太的儿子来往，后来隐隐约约传过话来，说儿子本人倒还不错，就是女儿未来的婆婆是个土包子，文化低。所以这段姻缘终究没成。

“她有水平，她是大家闺秀，咱家生前就不配她家，死后当然也不配和她做邻居！”老太气呼呼的。

“这什么话？人都死了，谁还知道谁呀？这么认真干吗呢？”老头儿说。

“不行！”老太语气果决地说，“走，我们这就到管理处去办迁移去，反正我们人还没死，墓穴又没用过。”说着抬脚便要走。

“你这又何必这又何必呢？”老头儿连忙上来搀着老太，老太的病刚好，他生怕她又气着哪儿了，“你现在迁哪儿去？谁给你迁？四万五你到哪儿再去买六个平方？”

老太仍很坚决：“要加钱照加钱，反正我不愿意和她待在一起。”说着已转身走开，似乎迟走一步，汪素就会从坟墓里爬出来把她拽走似的。

老头儿跟在老太后面边走边后悔，今天真不该到这儿来。猛然间他刹住了脚步，眼睛的余光鬼使神差地看到一张熟悉的脸，于是连声喊老太站住。老太不听，还在气呼呼地往前走，直到老头儿大声喝道：“是陈克因，陈克因喊你呢！”老太吓了一大跳，立刻站住了。没有声音，只听到风刮过松柏的呼哨声，听来让人觉得恐怖。老太再打量四周，没有一个人影，莫非见到鬼了？陈克因喊她？陈克因不是两个多月前已经死了吗？老太还和老头儿一起去参加过追悼会。死人怎么会喊她呢？

老头儿却立在那儿不动了，他似乎在有意回避什么，目光显得游移不定。老太则像被施了什么魔法，给一声喊镇住了。“你发什么神经？”老太迟疑地回转来，慢慢移到老头儿的近旁，她也被一张熟悉的面孔刺得一晃眼。那张面孔笑嘻嘻的，好像永远没有忧愁，没有烦恼，只有快乐，快乐。

“他在这儿？”老太一边看着墓碑上的照片，一边喃喃地说。

这个陈克因以前一直和二老在一个部队，彼此间非常熟。几十年来，老头儿也搞不懂老太为什么总是和这个陈克因关系很好。在部队时老太和陈克因一个处，关系好也就罢了，后来老太和陈克因都转业到地方了，二人的关系还是很好。以至于后来陈克因老想把他几个女儿中的一个给老太做儿媳妇，而老太也老想把几个儿子中的一个给陈克因当女婿，但后来不知是何原因，不知是陈克因的女儿看不中老太的儿子，还是老太的儿子看不中陈克因的女儿，总之各自的儿女一个也没和对方配上对，为这事老太和陈克因都觉得挺遗憾的。可是他们有所不知，老头儿心里倒松了一口气，从他本人的意愿来讲，他并不情愿两家结姻，似乎那样一来陈克因格外有理由往他家跑了。那样不仅老头儿不好说什么，外人看了也不好说什么，亲家间常走动不是很正常的事吗？

“这回你们可以常在一起说话了。”老头儿在一旁冷冷地说，“路都不要跑，就在边上。”

老太一听这话味不对，随即斗气似的说：“是啊，我愿意。”

老头儿一笑：“那你不迁了？”

“不，不迁了？”老太像是在问自己，又像是在问别人，但立刻又说，“谁说不迁了？”

老头儿乐了：“还要迁？”

“……迁。”老太的语气不那么坚决了。

“我看就算了吧。”老头儿乘势说，“兴师动众挺烦的。”

“这……倒也是。”老太开始找台阶了。

“那么……”老头儿故意再征求意见。

“随你吧。”老太说。

“怎么随我呢？不是你要迁的吗？”老头儿说。

“我……是说了。”老太含糊道，“我说了我也可以不迁的。”她的语气又戗了起来。是的，一辈子了，虽说她总是在家里占上风（尽管老头儿在位时担任的职务比她高一大截），但真正可以体己、那么合缝合榫地说到话的，好像还就是眼前的这个已化为一小撮灰屑钻入地下的陈克因。过去他们都叫他小机灵——他常会说个俏皮话讨个巧什么的，办个事利索得很，跟丈夫的刻板，万事要看看有没有什么规定，从不多走、错走一步路正好相反；挺滑稽，挺讨人喜欢的。老太想，若是身后有这么个人陪着，也算不寂寞了。虽然说几步之外有个让人不舒服的人，但似乎可以两相抵消了。

“你当然可以不迁。”老头儿的语调忽然有点儿酸酸地说，“你当然可以想干什么就干什么。这有多好啊，生前就有人陪你说话，帮你跑个腿什么的，百年之后还有人陪你。我呢，我什么也没有。”老头儿有点儿怨气了。

“你不是说不在乎的吗？”老太说，“连骨灰也不想要，撒掉拉倒。”

“我不在这儿便罢。”老头儿说，“我看不到也就拉倒了。”

“那你就当没看见。”老太说，“反正人死了眼睛是闭的。”

“我这不是眼睛还睁着吗？”老头儿突然发火了，很少见他这么大火气，“你葬在这儿，反正我不在这儿，我的骨灰就是喂狗也不在这儿。走！到管理处去，你不迁，我迁！”老头儿迈步走开了。

老太慌了，连声喊着“老头子老头儿”，一个趔趄，“哎呀！”差点儿摔倒。老头儿急回头，只见老太像棵老树晃了几晃，还是立住了没倒。老头儿连忙过来扶着老太靠在一截护栏上。过了会儿，老头儿才小声说：“你看看，我说不要买什么墓，这不，烦恼出来了。”

老太靠在护栏上喘息着：“这跟买墓没关系，是你气量太小！”

老头儿不跟老太争，至少现在不想争：“是我气量太小，行吧？”

老太不放过，又揭老底道：“还不是气量小。那一年人家来外调，你说了些什么？”

老太这句话一下子戳到了老头儿的痛处，说老实话老头儿参加工作几十年，可以说从没说过假话，更没借组织的名义整过谁、害过谁，唯独有一次……“文化大革命”中有一次陈克因所在单位来找老头儿了解有关情况，其中问到“三反”“五反”中身为军需员的陈克因是否收受过一个资本家的英纳格表。人家告诉他，说是陈克因说的：他的老科长知道这块表是他上海的一个表哥送的。老头儿知道这个事，而且他也曾见过陈克因的表哥。但老头儿当时稍作思索之后却对外调人员说不太清楚这件事，没听说过。人家又问他那块表是否可能是资本家送给陈克因的，老头儿想了想，含糊其词地说：“也有这个可能吧。”就是作为老科长的这一段外调证词，陈克因此被多关了两个月。事实上，那一次外调人员刚走老头儿就有点儿后悔，觉得自己说话没实事求是，而且……而且多多少少是带了私心的。

虽说事情已经过去了许多年，陈克因也还经常到二老家来，来了以后陈克因还是和他们有说有笑，但就是不提这件事，他好像已全然忘了这事。不过老太却好像没忘，一有机会，通常是在老两口儿拌嘴，而又恰恰是老太理亏的情况下，老太就会不失时机地搬出这一段。这一段成了老头儿的“污点”，就像他曾经自首变节似的，只要老太一提起来，老头儿就觉得格外难堪。有些时候他还要用些似是而非的话来搪塞：“他表哥是资本家嘛！”或者说：“况且我是要打电话去说明的。”

“那你为什么不打呢？”老太往往接住说，“还是气量小。”

“是气量小。”末了老头儿只好以再次承认气量小做争辩的尾声。只不过今天老头儿最后又加了一句：“都这么多年了，这话莫非你还要带到坟墓里去说？”语多凄婉。

老太一愣，也就打住了。风吹过墓群，飒飒作响。

“那……那就随你，你要迁就迁吧。”老太嗫嚅地说。

老头儿不作声。

“你说。”老太催道。

过了一会儿老头儿说："随你吧。只要你有个人说说话，不孤单就行。"

"那你呢?"老太有点儿不安。

"我就听你们说说，以前他来，我不也是听你们说的多?"老头儿说。

老太一时不知拿什么话来安慰老头儿："那……那你也可以和汪素说说，她也是热闹人哩!"

"人死了就不会说话了。"老头儿提醒老太说。

"是啊，人死了还说什么话呢?"老太怔怔地看着满山的碑石说。

两位老人又在墓位间来回走动察看了一番，秋日近午的阳光照在他们的身上。末了老头儿说："走吧?"

老太又回头看了一眼他们买下的三区儿排二十六号那个墓位，喃喃自语似的说："走，走。"

老头儿拽着老太的胳膊，老太紧抓住老头儿的手，二人相互搀扶着，嘴里还在絮絮叨叨着往山下走去。

这时候，等在山下的驾驶员已经有点儿着急了。

故事发生在干休所内的一座小楼。一次家教引起了一场感情的涟漪。

第十篇　家教有温度

小姚是从新华书店门口的台阶上找来的。这倒不是我们的儿子真的就那么需要一个家教，实在是我和我的妻子都不是有耐心去辅导子女功课的人，找个人来不过是陪陪已快小学毕业的儿子读书而已，否则只要一有空他就总是和他妈妈一起看电视看个没完，间或也打游戏。

小姚的个子在一米七八以上，皮肤白白的，生着一张讨人喜欢的娃娃脸，当时他正和一帮大学生站在那儿等人来雇他。他已经大四了，没什么课，所以可以出来做家教。我听人说大学生搞家教效果并不好，因为他们没有什么授课经验，可妻子却在小姚面前停了下来，她听小姚操一口好听的北方普通话，马上就舍不得走了。再一问，每一课时只要五十元，比学校老师做家教的一百元少了一半，于是几乎不等我同意就让这个还很腼腆的大学生到我家来。我在一边虽多少有点儿尴尬，想想给儿子搞家教也不是什么坏事，况且费用又比较便宜，因此也就没表示反对意见。不过看妻子那副太过积极的样子，心里似乎觉得有点儿诧异。是的，何必那么着急呢？大学生多的是，书店门口站了一大溜。

小姚第一次来家教是周六的晚上，因为单位没房子，我暂住在干休所一座小楼的楼上，地方比较小，一间是我的书房兼卧室，一间是妻子和儿子冬冬的卧室，吃饭和冬冬做作业就只好挤在紧挨厨房的八平米小客厅里。通常饭还没吃好，冬冬就嚷着让他妈妈赶快收拾大桌让他做作业。毋庸置疑，我的妻子是一个贤妻良母型的女人，至今我仍在为当初从好几位女性中选择她而觉得幸运，那几位虽比之俏丽而善于交际许多，但若选择她们，恐怕如今我的稍偏小康的家庭就不会这么平静了，说不定已然离婚一次以上。不过普通职员出身的妻子，朴实则朴实矣，但见识少了一点儿。她就像一池水从没人搅动过。另外她还一个毛病，那就是做事手脚很慢，洗个菜、涮个碗不干净到那种程度绝不罢手，往往不顾我和儿子饿到嗷嗷叫。不过小姚来家教的第一个晚上，我吃完饭刚刚到里屋看了一会儿电视，大桌就收拾好了，而且桌子比平常抹得格外干净，紧挨小客厅的厨房也收拾得干干净净。这多少让我有点儿意外，她的手脚慢，做事太过讲究，这在以前是说过无数次也无效的。我看她露出喜悦之色的样子，心想人还是会改变的吧，尽管她已三十五岁了，女性诱人的色泽正一点点、一点点从她的脸上消失。

首先听到楼道门响的是妻子，通常吃过晚饭儿子做作业，妻子唯一可做的事就是在她和儿子的房间里看电视，可这个晚上她没有看电视，而是静静地坐在厨房的一张圆凳上。她第一个听到了门响，她没有去开门，却急急地跑来让我去开门。我什么也没听见，多少有点儿狐疑地去开楼道门，门开处，果然是那姓姚的大学生来了，他好像还有点儿羞涩，冲着我微微一笑。那边儿子和妻子已经迎在房门口了，未待小姚坐下来，凳子已拉出放好了，而且大桌上不知何时放上了一盘新上市的蟠桃。我正待询问几句这个初次上门的家教老师，妻子却拉拉我的手肘，暗示先让人家吃水果。小姚有点儿腼腆地推让再三，直到妻子忍不住亲手递过一只蟠桃才接过来放在手心。我简单和小姚聊了几句，知道他是河北张家口人，父母都是一家大厂医院的医生，出来搞家教并不是因为家里困难，而是快毕业了没事干出来见识见识，对自己也是个锻炼。再说从小在北方长大，到南方快四年，还真没深入过当地人的家庭，不知道当地普通人的家里到底是什么样。当然，我们这个三人世界的家庭，对蓦然到来的一个北方小伙子，同样也觉得很新鲜。所以妻子的举止有点儿反常也许本不足为奇，不过妻子似乎又很知分寸，觉得我再问下去太像查户口的，她拉拉我，示意离开，好早点儿让小姚开始辅导我们那个学习上没什么上进心的儿子。退出来的时候，妻子还特意带上了门，防止我们在外面干扰他们。事实上那一个晚上，妻子既没来回走动，也没看电视，只是一个人在房间里翻看一本时装杂志。

九点多一点的时候，同样是妻子首先听到动静。她急忙放下手里的杂志，果然是小姚打开小客厅的门要走了。妻子连忙喊我，意思让我动员小姚吃了消夜再走，原来妻子下班回来特意买了现包的北方水饺，就放在锅台旁。小姚执意说肚子不饿，不吃，妻子眼里已是恳求的神色了，但小姚还是说不饿，不肯留下来吃消夜。我觉得过于勉强不太好，妻子只好作罢。“谢谢你，大嫂!”临走小姚用柔软的北方普通话说。“真是的……”妻子仍觉遗憾，让我把小姚一直送到楼下。

因为小姚所在的工业大学离我们所住的地方较远，周六晚上家教后再回去不太方便，所以在妻子的提议下，家教时间改在每周日的下午四点开始。不过这样一来，家教完以后往往已是六点多了，小姚再赶回去吃饭就太晚了，估计学生食堂也没饭吃了。我的意思是将家教的开始时间提前一点儿，但妻子却不肯，也不说为什么，反正每次小姚来了以后她就开始忙碌起来了，到六点多家教结束时，好几样小菜已经准备好了，但小姚一般就是再晚还是不肯留下来吃饭，还是说声“谢谢大嫂”坚持走了。这样的事发生过好几次，我对妻子说没有必要，但妻子还常这么做，这使我多少觉得有点儿迷惑。现在即使是我再好的朋友来，基本也都是领着到外面饭店去吃饭，很少在家里麻烦妻子，妻子也不愿意在家里忙菜来招待我的朋友。在她看来，我的朋友就只是我的朋友，我们在一起聊天与她没有关系，她也不想听。那么这个贸然闯入的小伙子就是她的朋友了？为何要在人家一再婉拒的情况下，还要一再留人家吃饭呢？我常在读书、写东西之余胡乱想着。有一次，大概妻子看出了我的心思，主动解释说，她只是觉得人家 个大孩子远离父母也挺不简单的，总感到小姚很像我们家冬冬的哥哥，再说她很喜欢北方，虽然她没去过北方，但她说她好像天生就很喜欢北方人，不像南方人，一个个鬼头鬼脑门槛精。

这倒也是，小姚的确长得挺讨人喜欢，皮肤白，个头大，不像南方小伙往往猥猥琐琐的样子。不仅如此，小姚的性格也挺讨人喜欢，说话声音不高，不多言不多语，从这一点上看，身上似乎又带点儿南方人的内秀。别说妻子有点儿喜欢他，就连我也有点儿喜欢他。而且从他多次拒绝妻子的好意，不轻易留下吃饭，就是妻子削好的苹果也很少去碰，也能看出他良好的教养。不过后来有一次例外，那天因为反复讲解一道数学题拖晚了，家教结束时已经是晚上七点多。那天妻子同样准备了不少小菜，妻子和我都没吃饭一直在小客厅外等着。天色阴沉，好像就要下雨了，在妻子的再三挽留下，小姚这回同意吃了饭再走。妻子听说小姚愿意留下，高兴得像个孩子，连忙喜盈盈地去厨房热饭热菜。她就这么个人，只要是看着顺眼的人，让她干什么都愿意。

冬冬见家教老师愿意留下吃饭也显得很高兴，平常从不沾家务边的他，竟也帮着摆碗拿筷。我们家吃饭是一张小“四仙桌”，从墙边拉出来正好一边一个可坐四个人。菜不多，有妻子拿手的豆芽肉丝、西红柿炒蛋，还有冬笋烧肉、一碟凉拌黄瓜和一碟变蛋。老实说我是早就饿了，我一边招呼小姚别客气，一边顾自先动了筷子。小姚见我妻子还在厨房里忙，踟踟蹰蹰老不肯动筷子，到后来憋不住起身到厨房招呼我妻子来一块儿吃。妻子被热气一撩，加上也可能是着急，怕怠慢了客人，所以脸上红彤彤的。她一面忙着一面再三让小姚去吃。小姚过来坐下一会儿，又起身到厨房坚持让我妻子别再忙了，搓着手，脸上一副十分过意不去的样子。直到汤烧好了，端上桌，小姚才安心坐下。妻子围裙没解就连声让小姚多吃一点儿。小姚小心地端着碗，不怎么动筷子，只吃了一小碗饭，每样菜在我妻子的一再催请下搛了一点儿，而后就说吃饱了，放下了筷子。

妻子对小姚吃得如此少感到惊讶，劝小姚再吃点儿，小姚拗不过只好又舀了点儿汤，再不吃了。妻子有些失望，又不好太勉强，转身又要泡茶，小姚则坚持要告辞了。妻子和冬冬一直把小姚送到楼下，又拿了把伞让小姚带走，防止下雨。小姚摆手说没事，骑上车便走了。小姚走后，妻子拖着伞跟在冬冬的后面上楼来，我们三人好像也没了胃口，我胡乱吃了几口便放下碗，妻子基本没吃就收拾碗筷了。

虽然小姚坐下来吃饭的时间很短，但多一个人吃饭的感觉很特别。那个短暂的片刻没有声音，好像小姚和我们是一家的，让人感到一丝温馨，自然多少也有些憋闷，甚至有点儿巴望这个片段快些结束。说真的我们这个家庭实在是太平静了，平静到连最普通的交流也趋于无，我整天就是看书写东西，孩子就是做作业，妻子回来除了做家务就是看电视，甚至我和妻子已经记不起哪天还在一起过，我们完全没有关于情感的任何新鲜感、神秘感。生活像水一样就这么淡而无味地流淌着。我倒还能在写东西里寻找到丁点儿乐趣和精神寄托，我不明白妻子的寄托和乐趣是什么，还是她根本就没有，也不需要除电视和电脑游戏之外的寄托和乐趣？当然也许是我对她还不够了解，或者说过于关注自己的事了。

小姚仍然逢周日下午准时来，妻子仍然格外忙几样小菜，仍然在家教结束后挽留小姚，似乎她除了做饭菜之外，就再找不到表达对北方人及北方小伙子好感的方式了。每次小姚还是婉言拒绝，妻子也不怎么恼，仍是很遗憾的样子，好在我们自己也要吃。不过在接近六月的一个家教日结束时，小姚忽然对我妻子说，听说我在报社工作，头路多，能否帮他搞一张周二晚的球票。妻子把这话告诉我时，我几乎吓了一跳，因为早就听说上海申花队和大连万达队在本市有一场比赛，票子相当难搞，这不给我出难题吗？要知道我平常是个从不求人的人，且无半点儿职权，我有意要推，心想我们没义务给家教老师找什么球赛票，但看着妻子恳切的眼神（好像是她十分想看这场球赛），只好答应试试看，不过声明这事没什么把握。妻子说："你难得找人，人家不会薄你面子的。""但愿如此。"我说。

没办法的事，为了妻子，不不，实际是为了孩子，我硬着头皮给几个熟人打了电话，结果人家都说有困难，要不就说票早就出去了（可能是推）。实在没办法，我便找到本单位的一个总编，跟他讲明了是小孩家教老师要的，只要一张。总编平常和我关系不错，我一般有事也从不去麻烦他。他知道我不到不得已是不会向他开口的，再说又是为了小孩，他也很能理解，二话没说打开抽屉就拿出最后一张准备送给领导的票放在桌上。我一时感激得不知如何是好，连声“谢谢”，总编摆手示意别声张，要票的人实在太多，应付不过来。我拿了票如获至宝回家告诉妻子，妻子也开心得跟什么似的，急着打电话告诉小姚。小姚非常高兴，说周一就过来拿票。周一我在家就没出门，一直等他来。可周一一整天他都没来，直到周二下午他才打电话给我说：“实在抱歉，外地来了几个同学，不好意思把人家搁下，所以不能来拿票看球了，真的非常遗憾。”听了这话我气得半天说不出话来，但又不好发作，只好支吾着说：“没……没关系，反正票有人要。”

我从办公室回家后妻子正在做晚饭，她刚要开口问小姚有没有来拿票，就被我劈头盖脸发了一通怨气：“真不上路子！都是你要我去求人要票，这倒好，费事要来了，又来电话说不要了，这不开玩笑吗?”我气呼呼把公文包扔在沙发上。妻子有点儿发蒙：“这是怎么回事？不是说好了来拿票的吗?”“他说他来了同学了，来不了了，现在的年轻人全这副德行。”我没好气地说。“你先别忙发火。”妻子说，“也许他真的是来了同学走不开。”“也就你替他着想。”我语带讥讽甚至带点儿说不上来的味。“你这话什么意思?”妻子放下手里的活，有点儿挂不住了，“莫非是我和他串好了来耍你的？人家来了同学有什么办法？就算这张票是替儿子搞的又怎么样？你整天就管你自己的事，为儿子究竟做了多少？你也想想。”说着妻子到一边生起了闷气。

这时我的心有点儿软了，妻子再怎么喜欢看电视、打游戏，至少儿子的三顿饭和洗衣什么的都是她包了的，可我呢？除了关心自己的那点儿所谓事业之外，又给儿子和她带来了什么呢？不就是求人去搞了张球票吗，至于这么牢骚满腹吗？还是有些其他心理在作祟，觉得为一个使妻子产生好感的小伙子搞票有点儿冤？我说不清。总之我歪倒在沙发上不作声。正在这时，电话座机响了，妻子赌气不去接，只好我去接。拿起话筒，竟是小姚的声音。

小姚仍是带点儿腼腆的声音：“不好意思，我想问一下您那张票还在吗?”“怎么?”我用警惕的腔调问。“我是说如果还在的话，我还想看。我那几个同学刚刚去了常州，本来要拉我一道去的，因为惦记着球赛，所以我就没去。”这多少有点儿出乎我的意料，稍稍想了一下，回答说票还在，假如他还想看，可以过来拿。不料这时一直坐在一旁不作声的妻子突然开口说：“不用来拿了，一会儿带过去就是了。”

我手握话筒感到惊讶：“什么意思？我们带过去？我们怎么带过去?”妻子站起来从拎包里拿出两张球票，说是为了防止我搞不到票，特意向一个常到他们仓库来提货的客户要的，客户的单位是本场球赛的赞助商，所以有票。这一来就有了三张票，我说我要看书，让儿子和她去，但妻子说儿子要做作业不能去。因此让我和她一起去，顺便把票带给小姚。“也……也是为了儿子。”妻子的眼神和语气里又开始流露出那种恳求的意思。既然妻子竭力希望我去，而且看上去也不生气了（通常她生闷气都是相当漫长的），所以我只好答应去，同时让小姚在体育馆正大门处等我们。放下电话我就问妻子为什么刚才不说她也搞到票了，她说刚才还没容她开口，我就不问青红皂白地发火。我说为什么下午不打电话告诉我，她说整个下午都在忙着，没抽出空来。

我不言语了，话到这个份上还说什么呢，而且不管怎么说妻子竟然也搞到了票。但是说真的，球赛虽好，能搞到票也非常不易，而我和妻子对足球本没什么兴趣。

球赛说不上有多精彩，双方实力相当，至少是发挥出的水平相差无几，但小姚的表现倒是相当精彩，他似乎完全变了一个人。进场时他硬要塞给我和妻子一人一根红布条，十分凑巧的是我们的票和给他的票靠得非常近，也就隔了几个座位。小姚一坐下就旁若无人地将红布条绑在头上，然后从裤子口袋里掏出一只早预备好的小喇叭，没等场上开球就吹了好几声，弄得周围的人都看着他，而他却不在意，并且还示意我们将红布条也扎在头上。当然，我们是不会扎的，就是想扎也不能扎，因为毕竟不是球迷，而且我们比小姚年长不少岁，刻意作秀要被人家笑话的。小姚也不勉强，他在我们的侧上方，只是一个劲儿地喊，一个劲儿为他的北方老乡大连队加油，以至于妻子被他的情绪感染，也兴奋得满脸通红，虽说不敢像小姚那样把红布条扎在头上，但时不时也挥舞着红布条为大连万达加油。周遭的人大都为南方的上海申花喝彩，所以妻子和不远处的小姚多少显得有点儿鹤立鸡群。我说不上帮谁，因为一来说不上喜欢足球，二是觉得两个队都不是我们这个城市的，而且场上的表现都不怎么样，所以没有必要跟着瞎起劲。但是我看得出来，妻子却有一种抑制不住的兴奋，这倒不是因为她弄懂了什么是足球，而是这个机缘使她得以从我们家的三人世界中走出来，置身于千万人聚首的场所，而这都是缘于不远处那个家教大学生。她恨不得时时挥动手中的红布条，但又怕由于不懂而叫错了好，喝错了彩，所以只是不断打量此刻像个疯子的小姚，他只要叫喊一次或站立一次她就跟着挥舞红布条，甚至每次也跟着发出不太响的喊声，有一次竟然也跟着站了起来（尽管她立刻又觉得挺难为情地坐下）。这很令我意外，妻子在公开场合总是拘谨、胆小的，极其羞于表达情绪。

球赛结束以后我们一起出场，小姚又恢复了腼腆的样子，他有点儿不好意思地取下了头上的红布条塞进口袋里。虽然起劲地喊了一整场球赛，可他的老乡们和对手一样，整场一个球也没进，零比零，而他却闹腾得连汗衫也湿透了，当然可能他的目的也达到了，即得到了某种程度上的宣泄——这大概也就是为什么会有那么多人迷恋足球的缘由。我们一起沉默着随着人流往体育馆大门外走去，不知什么时候妻子悄悄跑去买了三个冰激凌蛋筒，她不好意思给小姚，就捣捣我的胳膊，让我给仍然汗津津的小姚一个。我把蛋筒递过去，小姚推却了一下还是接过去了。临分手小姚又再次感谢我们给他弄到了一张十分难得的球票，尽管这是场谁也没进球的球赛。“谢谢大嫂。”末了他又看了一眼我妻子，似乎这是特别谢谢那只好吃的冰激凌蛋筒的。

好像是为了感谢那张球票，球赛后的每个周日下午小姚都要提前半小时来家教，有时还带一些千方百计搞来的试题卷子让冬冬做，冬冬的学习兴趣也有了很大提高，不过留小姚吃饭往往仍然被婉拒。妻子跟我提出不能让小姚白白地延长家教时间，应该在每课时五十元的基础上再加二十元。我没同意，我的意思是我们并没有让他延长时间，而且我好几次都跟小姚说让他不必提前来，可他说反正在学校里也没什么事，早一点儿来没关系。既然是他自愿的，就没必要给他加钱。妻子说过几次，我都没松口。她也就没再提。想不到后来一个偶然的机会，儿子告诉我说妈妈现在每次付小姚老师的费用是八十元，比以前多了三十元。我问是小姚自己提出来要的还是妈妈主动给的，儿子说是妈妈主动给的，小姚老师怎么推也推不掉。怪不得偶尔再说起家教费用时，妻子常常闪烁其词。倒不是我吝啬钱，关键是后来说好了过一段时间再说的，她倒悄悄地先实施了，并且加的不是二十元，而是三十元。这什么意思吗？我追问妻子钱从哪儿来的，虽说平常我们的开销并未设什么账目，但钱用在哪儿一般是公开的。妻子支支吾吾地说是她自己的钱，换句话说她用私房钱多付了小姚。钱数虽不多，但……怎么说呢？“你对我可没这么好啊！”我语带讥讽地说。要知道平常妻子对我的钱看得很紧，凡有奖金、稿费什么的额外收入，都盘问再三，想方设法要了去。但对小姚她倒“慷慨”得很。妻子似乎自觉理亏，面对我的讥讽没作声。后来小姚来，我又郑重对他说，让他以后真的不必提前来，没这个必要。小姚看着我似乎不太理解。“我不要那多付的钱的。”他有点儿发愣地说。“不要多付的钱也不要提前来。”我不够友好地说。“这是什么意思?”小姚显得不理解。“没什么意思。”我说。妻子在一旁既作急又不便说什么，只好避开了。那天小姚走得比较早，没像以前总要拖个十分八分的。而且妻子也没和他客气一下或和儿子一起送他下楼。等到他走了，我才感到我刚刚的话语或神态可能有点儿过分了，缺乏读书人应有的风度，甚至有点儿狭隘，毕竟人家还是孩子。果然从那以后，小姚再也不提前来了，而且来了以后也不再抽空和我或妻子聊家常，他只是公事公办式地教教冬冬的功课或帮着解解习题，进而终于有一天打电话来，说要搞毕业设计不再来家教了。我觉得较为突然，在电话里说：“那……那还有几次的钱没有付呢。”“大嫂以前已经多给了，不需要再付了。”他回答说。我没话说了，放下电话，告诉妻子说小姚因为要搞毕业设计不来了。妻子没言语，一句话也没有。儿子则在一旁重重地“唉”了一声，像个大人似的。

这以后妻子基本上下班后除了做饭就是一个人看电视或默默地打游戏，连儿子的话也好像少了，而我呢，仍然是在书房里看书、写东西，不过常常多少有点儿不安，书也不太看得下去。周日的下午再也听不到那已经熟悉了的敲门声，三人好像再也不等待什么，等待不到小姚来了以后与儿子在弄作业，妻子格外静谧地在翻看杂志，我在房间里心平气和地看书，那样一种温馨安详的气氛。相反，却有一种空落落的，甚至令人压抑难受的气氛。我不怕妻子跟我大吵（她从来没跟我大吵过），就怕她一个人不作声生闷气。我无法挑明了追问妻子到底为何闷闷不乐，她也无法告诉我为什么总是不说话，电视看个没完，游戏打个没完。我知道缺了一个人，这我明白。两个礼拜过去了，我终于熬不住给小姚打了个电话，询问他是否还有可能来做家教，他回说正忙于毕业设计，真来不了。他听我蛮认真的口气，又说等过一段再说，也许临毕业的时候有空。为这事我还特地到他们学校去过一趟，发现大四的学生确实很忙，宿舍里一个人也没有。我跟妻子说，要不再到书店门口去找一个，找一个大二或者大三的学生来，小姚这样的就是再来也教不了几天。妻子没表态，后来被我问急了，却说："就不要再找了吧。"连冬冬也说不要找了，他自己弄作业反而清静。我知道他们的心里还想着小姚，可人家不愿意来有什么办法呢？总不能再说我心胸狭隘了吧？就这样，在一种焦躁不安而又枯燥无味的状态中，已是入夏天热的时候了，小姚忽然给我打来电话，说他晚上要来我家，我问是不是搞家教，他说是吧。我问他什么时间，他说大约晚上七点钟。我立刻把这个消息告诉还在上班的妻子，妻子在电话里兴奋得声音竟有点儿变了。她问为什么不让小姚早点儿来，正好吃个饭。她就知道吃饭（她就会做饭招待人）。我说我说过了，可小姚说不必了。

尽管如此，妻子她还是稍稍提前了一点儿下班，早早安排我和儿子吃过晚饭，而后特意把吃饭的大桌顺出来，还摆成家教时的样子，并且又把下班时专门买回来的西瓜洗干净切开放在桌上。我看她忙得那个样子不禁要笑，想起小姚第一次来时她也是特地买来了蟠桃，到最后几乎就像求人家吃。小姚究竟来不来也还说不定呢，听他电话里的言语好像较为含糊，也可能人家忙就不来呢。不管怎么样，反正晚饭后妻子没看电视，没打游戏；冬冬也提前把书包顺好，把小姚辅导的数学和英语课本、练习本拿出来放在桌子上；连我也没心思看书了，只是在走道里打转，担心小姚不来。

七点一刻，有人敲门，还是妻子第一个听到，不过这一次是我快步跑下楼去开门。门开处，是小姚，还是第一次来家教时的样子，他冲着我一笑，不过我看到他的肩上鼓鼓囊囊背着一只大书包，再看看他的背后，竟然有一个眉目清秀的女孩。我正疑惑，小姚却径直介绍说："这是我的女朋友。"我愣了一下，吃惊不小，但随即说："欢迎欢迎。"女孩微笑了一下，冲着我说了声"你好"，便跟在小姚的后面上了楼，我在他们的后面关上楼道的门，心里直犯嘀咕。妻子是盼望小姚再来的，但恐怕没想到小姚还带来了他的女友，连我也没想到小姚已经有女朋友，而且能将人带来，肯定关系不一般。我不知道妻子见到小姚把女友带来会怎么想，反正我是不希望她见到小姚的女友，至少不想让她感到太突然。作为丈夫，一个平凡的小文人，一个连"性趣"也缺乏的男人，我不能给一个普通仓库保管员妻子带来什么，但起码也不想伤害她什么，或者不想看到她被什么伤害到。当然，也许只能怪她自己，与他人无关。无论怎样，我怕妻子没思想准备，没个预感，就在黑暗中冲着楼上喊道："小娟，小姚来了，还有他的朋友。"妻子和儿子都急步跑到楼梯口，我似乎听到了妻子的喃喃自语："朋友？"

及至我上了楼，正好妻子也发现了小姚身后有个女孩，她好像还没反应过来。我赶紧说："这位是小姚的朋友。"小姚又补充道："也是我的同学。"妻子有点儿怔怔的，我明显地看见她的眼里有一种火苗似的东西渐渐熄灭。不过她还是露出了笑容，冲那女孩一笑，表示欢迎的样子，紧接着便去倒茶。

小姚和他的女友在大桌边坐下，冬冬也在桌边坐下了。只是片刻，小姚重又站起，言语有点儿迟疑地对我说："不好意思，这是我最后一次来您这里家教了，本来不能来了，今晚十点半的火车，我和我的朋友一起应聘到大连造船厂，比到其他地方的同学早了一个月。我们一起四个同学，他们已经去火车站了。我答应过毕业时再说，或者等工作定了，暑假里我还可以带带小冬，现在看是不可能了，现在毕业生能有个工作很不容易。所以只能最后再来一下，也是给大哥、大嫂告个别，还有小冬。另外我把我朋友也带来了，她英语比我好。我教小冬最后一次数学，让她也教小冬一次英语。”小姚话说到最后有点儿歉疚无奈的样子。

我和站在一旁的妻子听了小姚的话后愣了半天。这岂不是小姚和我们的最后一课了吗？小姚的话一经出口，别说妻子、冬冬，就连我的心里也很失落，甚至有点儿酸酸的。我不知道小姚给我，或者说给我妻子带来了什么。为何一个家教大学生的正常离开令我和妻子心里空落落的？从表情上看，妻子感觉失落的程度要比我大很多。“这……这就要走？”我的声音竟有一点点打颤。“真……的吗？”片刻，妻子也在一旁重复问。

“真的。行李都已经寄走了。”小姚说。

妻子一时不知道说什么好，转身去拿西瓜。我的意思既然他们二人十点半就要走了，也就不必再搞什么家教了，就一起坐坐说说话，以后很可能再也见不到面了。小姚不肯，坚持要搞，此时妻子把切好的西瓜端过来，示意我让小姚和他的女友吃。小姚推让了一阵以后说还是搞完了家教再吃吧。说着小姚就把凳子拉了拉重又坐下，开始和女友给冬冬弄功课。我和妻子见他们执意如此，就不便再阻拦了。

开始是小姚教冬冬习题，小姚的女友在旁边看，小姚似乎比从前格外认真，也严格得多，一道习题做错了，就让冬冬反复做好几遍，做完了以后还要反复讲。数学搞完了是小姚的女友教英语，小姚的女友比小姚还要认真，不仅书面辅导冬冬，甚至还大声教冬冬的口语和朗读，她的发音和语调真好听，我和妻子在外面都可以听得到。我看不下去书，我看到妻子在发呆，她没看电视，也没像以往那样拿本杂志在看，我不知道她在想什么。

快十点了，小姚他们还没结束的意思，妻子想让我去催他们，但好像又不忍心打扰，只希望他们能再留长一点儿时间。末了还是我过去对小姚说时间不早了，虽说我们住的地方离火车站很近，但也得十来分钟，还是早一点儿主动。“结束吧。”我走到大桌边说，小姚抬头看了一下墙上的钟仍说：“再等等。”他的女友还在改一段英语课文的默写。待我再去催他们时，小姚又向冬冬交代了解数学题时要注意的几个问题，此刻已是十点五分了，等小姚的女友改完了默写，两个年轻人才站起来向我和妻子告辞。这时妻子把准备好的一百元塞给小姚作为最后一次家教的报酬。小姚怎么也不肯要，妻子向我求援，我说也算是我们的一点儿心意，时间紧迫，来不及去买东西了。可小姚还是不肯要。不仅如此，他还从他的书包里拿出一个笔记本和一支钢笔，说是给冬冬留个纪念。冬冬此时的心情好像也不好受，他一边在小姚的催促下收下了笔记本和钢笔，一边懂事地让小姚和他的女朋友吃了消夜再走。“让妈妈给你们下水饺，很快的。”他说。妻子早已从冰箱里拿出了速冻水饺，可时间太紧，显然不可能。

我和妻子、冬冬匆忙送小姚和女友下楼，我们在楼下分手，我说要再送送，小姚不肯。

“大嫂做的番茄炒鸡蛋真好吃。”小姚在黑暗中忽然说，他好像想起了妻子做过的菜，“谢谢大嫂。”

“不用谢。”停了好一会儿，妻子才说。

我和妻子还有冬冬在楼下目送小姚和他的女友远去。他们二人背着鼓鼓囊囊的书包，脚下好像有使不完的劲，很年轻、很有弹性的，手牵着手，亲密地消失在干休所道路的尽头。

我和妻子转身上楼，冬冬在后面跟着。上了楼却发现切好的西瓜还放在桌上，妻子见状不禁失声哭了出来。

为了房子，他突然失踪了。

第十一篇　房子啊，房子

一

常家近来老是为了房子吵架。

吵架不是已经快九十岁的常老头儿吵，他没人可吵，他的老伴已经去世八年了，他就一个人过。吵架的是他的儿子建明和重达二百斤的孙子胖宝。

这天下晚快吃晚饭的时候，建明父子又吵起来了，以前胖宝还让着点儿建明，这回声音高了，手竟然点着父亲的额头了。不过见到常老头儿进了门，建明父子就都不作声了，胖宝一个人摔门回屋了。

常老头儿有点儿看不下去孙子竟然用手指点他爹的额头，所以冲着孙子的屋吼了一嗓子："过分了，他是你老子啊！"

还好孙子给快九十岁的爷爷面子，在屋里没有回应爷爷的斥责。

"又为什么?"常老头儿追问儿子建明为何又和胖宝吵架，建明头一低没作声。

儿子不回答，常老头儿却已经猜到了八九不离十，说到底，还是为了房子。孙子胖宝已经二十七岁了，因为胖，直到去年才勉强谈了个女朋友，而据说那位条件也不咋的的女孩是听胖宝说家里有房，才答应和胖宝处朋友的。

胖宝说的家里有房，就是常老头儿现在一人住的一幢二层小灰楼。小灰楼上下总计四间，是当年常老头儿从厂长位置上退下来，单位照顾他分配给他的，后来这房又以两万多元的低价卖给私人了，换句话说，这房成了常老头儿的私产，成为私产就可以传下去。常老头儿已经想好了，他死了以后，就把房子传给孙子（胖宝并没对女朋友吹牛）。常老头儿虽有四个儿子，但孙子只有胖宝一人，建明的三个哥哥生的都是女孩。常老头儿早年参加革命，他不封建，但让他把唯一的私产传给孙女，他是不愿意的。老伴临走前也再三关照："房……房子给……给胖宝。"几分钟后，老伴就咽气了。虽然老伴所指的房，不过就是一幢夹在一大片高楼中的旧小楼。

建明媳妇下班回来，见家里气氛不对，包没放下，就仿佛明白家里又为什么拌了嘴。进了门，连声"爸"也没喊，就从常老头儿身边擦了过去，随后，常老头儿就听到厨房里传来锅碗瓢盆摔摔打打的声音。

常老头儿知道再待下去，很可能厨房还会传来一句半句让他听了不舒服的话。

他不再犹豫，转身便出了建明的家。

二

常老头儿住的小灰楼离建明的家只有几步远，站在小灰楼门口就可以看到建明家的后窗户。不知是在儿子家受了点儿闷气，还是其他什么原因，总之就这几步走回小楼，常老头儿忽然感到胸部一阵刺疼，进门时，他几乎是扶着墙壁进去的。

他一人坚持着将晚饭勉强吃了，而后便回屋在床上躺了下来。他的身体一向很好，甚至好得有点儿离奇，八十九岁了，看上去只有七十出头的样子，走路带风，气色很好，牙齿一颗也不掉，从来没病没灾，连他自己也奇怪为何如此长寿，而且看这光景，不活个一百，也得活个九十九。不过，最近这一段时间他老是觉得左胸部常有一阵阵刺疼。他觉得应该没事，他从来就不把身体上的事当事，不把身体上的事当事还有一个重要原因，就是他一向将生死看得很淡，他总觉得人老了，就该把位置挪出来，让后人在这个世界上好好活着。当然要让后人好好活着也不是一句空话，作为前人或多或少得给后人活得好一些提供条件，比如说房子。建明老实，下岗在家，一家三口就只有一幢住宅楼底楼的两室一厅，胖宝要结婚显然就面临房子问题，如今房价奇高，凭胖宝一个小工人的工资和建明夫妇的收入肯定无法买新房。唯一可能的，就是常老头儿这儿还有一幢小楼。说是小楼，但也就那四间屋，住一家可以，可要是胖宝结婚，再加上常老头儿，就挤了，而且让年轻人与一个随时可能去见上帝的老头儿挤在一起，就是胖宝愿意，女方也未必愿意。更重要的是这楼将来是否能真的归胖宝所有。传给胖宝，老头儿只是私下里向建明夫妇承诺的，并没形成文字，所以一旦建明的三个哥哥反对，常老头儿是否会迫于压力而改主意，亦未可知。所以，也就难怪建明媳妇见了公公常常摔摔打打了。也难为建明媳妇了，为了这个家，也为了自己的儿子和无用的丈夫，整天在外面跑保险，风里来雨里去，不知受了客户多少冷脸，有一次竟然还被一个无耻的客户骗到家里，衣服都被那男人扯破了，可建明媳妇硬是不从。女人也算是对得起建明、对得起这个家了。

想到这些，常老头儿撑起来，他下床从桌子抽屉里找出纸笔。他觉得得把房子的事写成一个类似于遗嘱之类的东西，把承诺变成白纸黑字，也好让建明媳妇放宽心，甚至胖宝可以在必要时将“遗嘱”出示给愿意跟胖宝做对象的女孩看。无论如何，小灰楼再旧再小，也值个一两百万，胖宝结婚就先挤在小楼，将来老人一走，小楼装潢一下，不一定比专门买一套房子差。

这事本该早就做，可常老头儿一直没太当一回事真去做。此刻，他打开台灯，认认真真地在一张信纸上写下了他的“遗嘱”。意思是，一旦他常益玉去世，魏公塘二十三号的小楼，计一百平米的产权归常亦胜（胖宝）所有。

写好之后，他又将“遗嘱”工工整整地重抄了一遍，而后才上床睡觉。不知为何，他觉得胸口一直压迫着他的刺疼缓解了许多。

三

第二天一早，他便匆匆到儿子家来，打算将写有“遗嘱”的信纸给儿子儿媳看一下。“遗嘱”虽暂时不给儿子儿媳，但至少可以让他们宽宽心，建明不必老是为了房子和胖宝吵架，建明媳妇也不必见了公公老是摔摔打打的了。

建明夫妇刚刚起来，常老头儿就神秘地将他们叫到堂屋，而后便将信纸递给建明：“这个你先看看，看还有什么改的，我也就不征求你三个哥哥的意见了。”

建明睡眼惺忪，趿着双鞋，他接过信纸只扫了一眼，便一翻眼道：“爸，你这是干什么？”

“为了胖宝啊。他这么胖，好不容易才说上个对象，弟兄四个就你们买不起房，而且……而且房子也是应该传给孙子的呀！”常老头儿瞪大了眼睛说。

“那也不能这么干。你老活得好好的，忙着写这玩意干啥，也不吉利啊。”建明挺当真地说。

建明媳妇接过信纸看了以后一言不发，常老头儿知道儿媳嘴上不说，心里却和建明的想法不一样。建明虽然也早听说父亲要立个遗嘱，要将就在隔壁的小楼传给胖宝，但老实憨厚的他一直认为这样似乎不妥，小楼虽算不上一笔巨大的遗产，但作为父亲四个儿子中的一个，凭什么只让自己的儿子胖宝独享这小楼呢？三个哥哥不说，三个侄女也会说爷爷不公平，典型的重男轻女，做叔叔的，不怕侄女们的父亲有意见，至少他不想让他的形象在侄女们眼中太差。而且将来享有了小楼产权的胖宝还要和三个堂姐相处，他可不愿意让他们堂姐弟间为了一幢房子，一辈子心里疙疙瘩瘩的。

“不行!”建明坚决地说，“再大的困难，我们想办法解决，没房子大不了胖宝不结婚，整天要房子、讲条件的女孩，进了门也不会是好媳妇。”

“你可真会来劲，”一直没言语的建明媳妇憋不住了，“你以为现在的女孩都像你媳妇高风亮节哪。没房子，你倒是给整套房子出来呀，窝囊废!”

建明媳妇说着将那写有“遗嘱”的信纸拍在桌上，转身去了厨房，紧接着，又从厨房传来锅碗瓢盆摔摔打打的声音。胖宝在里间被吵醒了，冲着外屋大声吼道：“吵死了，还让人睡觉不?”胖宝昨夜去抢修电力线路，直到凌晨三点才回来。

四

不查不知道，一查吓一跳。两个星期后，当常老头儿在医院拿到检查报告的时候连他自己也不敢相信，报告单右下角出现了“CA”字样。他知道这意味着什么，当年他在老伴的检查报告上就见过这样的字样，后来医生告诉他，那就是说他老伴得了癌症。换句话说，一直没病，长寿得连他自己都不敢相信的常老头儿也得了癌症（他的爹娘都只活了四十多岁）。半年来胸部刺疼，原来是那癌症在作祟。

不过在回去的路上，常老头儿并没有觉得天塌下来了，反而一阵紧张之后，变得坦然起来。常老头儿早年参加革命，虽说干的是后勤保障工作，但生生死死见得太多了。最主要的是，他长寿，而其他许多和他同时代的老同志并没活到他这么大，早先一个科的同志只剩下他一个了，就是他出来工作前待的那个村上，儿时和他一般大的伙伴，居然也只剩下他一个，这让他产生了一种无比的悲凉和古怪的感觉。更有揪心的，一直和他相亲相爱、小他九岁的老伴也早早地先他而去了，这让他觉得在这个世界上有种没着没落的感觉。儿女？儿女又算什么呢？儿女大概只应算作把他垫高了一直向上，直到天堂去的基石之类的东西。老一辈的人无非就是为了让他们留在世上活得还比较好一点儿，不那么苦，不那么窘迫。

快到家的时候，常老头儿将检查报告塞进了内衣最里面一层，他不想让建明他们看到，正像他反反复复几次到医院来检查，他也只是对建明说他出来会老朋友。

老远地看到那幢夹在群楼中的小楼了，常老头儿眼神不好，但隐隐约约看到楼下堂屋的门敞开着。常老头儿心里一惊，连忙伸手摸口袋，听到哗啦一声响，手触摸到一坨支棱着的东西，心中顿觉稍安。毕竟年龄大了，以往出现过人出门去了，却将钥匙忘挂在门上的事。不过紧接着他又紧张起来，既然钥匙没忘了带在身边，堂屋门又怎么会开着呢？莫非……莫非是小偷乘他不在撬开门进了小楼？想到这儿，他不禁紧走几步，但想想他还是先往建明家去了。他怕万一家中有小偷，凭他一老头儿，无论如何是制伏不了小偷的，不仅制伏不了，反而可能为小偷所伤。

建明家没人，常老头儿连敲好几声都没人。常老头儿来不及多想转而又来到小楼堂屋前，还没进门，就听到楼上说话的声音。常老头儿放轻脚步进了屋，再一细听，居然是胖宝在和一个声音嗲嗲的女孩说话。

“到时候把楼上下装潢一下，不比住普通公寓强？整个儿就像一别墅。”常老头儿听出那是胖宝的声音。

“那房客什么时候能搬走呢？”女孩的声音说。

“快……快了吧，反正我们让什么时候搬，就会搬的。”胖宝说。

常老头儿一听这话，连忙斜着身子躲进了楼下里屋，接着他便听到下楼梯的脚步声。

“那你爷爷呢？这小楼不是他的吗？”女孩的声音夹着杂沓的下楼梯的脚步声传来。

“他早立了‘遗嘱’，这小楼早就是我家的了。”胖宝的声音答道。

“噢。”女孩似乎明白了，“你爷爷人呢？”

“暂时住我家那儿，这会儿恐怕出去遛弯去。他已经快九十岁了，说没就没了。”胖宝回答说。

常老头儿轻轻将里屋门推上，只留了一条门缝，就在胖宝和一个稍胖但还挺秀气的女孩穿过堂屋反锁大门的刹那间，常老头儿差点儿憋不住要拉开门，跑到两个年轻人面前，他想大声对他们说，尤其是对那个还挺秀气的女孩说：“这屋子没租给别人，是我，胖宝的爷爷在住，我虽然看上去身体还不错，但确实已经快九十岁了，离上帝非常近了。更主要……更主要的是今天我拿到一份报告，说我已经得了最厉害的癌症当中的一种，也就是说，这一来，我几乎离上帝也就一步之遥了。”

常老头儿的冲动只是胸中一激灵，并没有化作语言冲着从堂屋快步而出的胖宝和他的女朋友说出。他只是站在里屋的门缝后默然注视着，想说的语言却化作一股温情，温情柔软地融化在他的目光里，那目光迅速扑在胖宝和他的女友身上，然后就被从外面锁上的堂屋门“咣”地一下粗暴地甩开了。

五

常老头儿想不到，他在屋里出不去了。胖宝刚领着女友锁上门出去，常老头儿就从里屋出来去开门。他打算乘胖宝和女朋友还没走远，再看看，看看胖宝的女朋友的背影也成。确实胖宝谈个女朋友很不容易，人家不是嫌他太胖，就是嫌他的职业太差——一个爬电线杆的外线工。女孩们常常只和胖宝见个面，就再没下文了。这次这个女孩能和胖宝来往近半年，而且愿意跟胖宝来家看看，说明二人的事有门。也许人家就看中胖宝爷爷这儿好歹还有座小楼，今天便是过来证实一下，证实一下小楼是否存在。

他只想从背后看那个女孩子，哪怕只看一眼。可当他走到门边用力扭门把时，却发现扭来扭去，怎么也打不开。他想喊，但这显然不行，如果胖宝发现他领女朋友来“参观”（建明家一直有小楼的钥匙），爷爷却悄悄跟回来，并且故意躲在小楼里。这算什么事？

前两天儿子建明为安全起见，硬是把小楼旧“四不灵”锁换成了一种新型的防盗锁，该不会是这锁有什么机关，一旦从外面锁上，家里要钻进个贼来，从里面别想开门走人，问题是此刻这小楼没钻进个贼来，堂屋门却打不开，把这小楼的主人当贼给锁在里面了。

常老头儿又试着扭了几回，甚至从口袋里掏出钥匙反插进锁孔里，扭来扭去，插来插去，可门锁纹丝不动，丝毫没有开启的迹象。

他转回堂屋打算给建明打电话，可电话刚刚拿起，就重又放下了。建明白天在市中心做交通协勤员，十有八九走不开，就是能回来，拿来了钥匙，门也打开了，可同样的问题常老头儿同样可能没法回答，即好好的他怎么会被反锁在屋里呢？既然他明知道胖宝带着女朋友来小楼“参观”，他又为什么不出来呢？有什么必要躲在里屋不出声呢？难道就为了从背后偷看一眼可能成为未来孙媳妇的女孩？这话说得出口吗？会不会让建明产生什么不好的联想。啊啊，那是万万不可以的，要知道他已经快九十岁了，任何哪怕是丁点儿不好的事、不好的念头，他也绝不想沾丁点儿边。何况他还是个解放前就参加工作的老同志呢。闪念间，他迅速将拿起的电话重又放下了。

常老头儿一时没了主意，像一条老狗被关进了笼子，只是在屋里转圈。他想给派出所打电话，但民警如果不是一人来，而是一来来一帮，开着警车，搞得虚张声势的，不是一样会把紧隔壁的胖宝惊动了吗？胖宝和女朋友晚上就在建明家吃晚饭也说不一定的。

只好等，他也不知道等什么，不知道会等来什么使他的堂屋门豁然打开。一个小时过去了，四周除了传来收旧货的间或喊叫声之外，几乎啥动静也没有，唯有挂在墙上的旧挂钟在嘀嘀嗒嗒地走。他熬不住，站在屋子中央高喊了一声：“有人吗？”

没人。从喉咙里发出的声音，刺耳地刺激着他的神经。他觉得这很荒唐。他想从窗户跳出去，前窗不行，后窗也行，只要能出去就行。不幸的是，好心的大儿子，早在三年前怕他一人住着不安全，早就替他装上了不锈钢防盗网，一楼所有窗户全都装了，连厨房、卫生间也装了。这可真用得上那句话了，叫“插翅难逃”。寻遍楼下所有窗户，他明白了要想从一楼出去，那是一点儿可能也没有。

至于二楼，他上去看了一下，二楼的窗户虽然没装防盗网，但距离地面很高，不敢冒险。天色渐渐暗了下来，他在一楼厨房做好了晚饭，而后一个人摸黑就站在灶台边，就着几块常州萝卜干将他平常就爱吃的一大碗烫饭吃了下去。

临近晚七点的时候，建明已从市里值勤回来了，胖宝也说不定早就带着女朋友到别处玩去了。他像一条狗似的被关了一下午，实在受不了。他到二楼转了一圈，后来选择了楼梯拐角处一个窗户，那儿没装防盗网，离地面不算太高，而且下面有一个堆杂物的旧棚子，他想先站在棚子上，然后再下地，但想不到他从窗户轻轻跳下，两脚刚碰到棚子，棚子就塌了，他直落在一堆杂物上，顿时就动不了了。

六

常老头儿左侧的大腿骨摔断了。建明和他的三个哥哥和嫂嫂到医院来看常老头儿时都责怪老爷子太莽撞，不该一个人爬到杂物棚子上去，他向儿子们说是想把漏雨的棚子整理 ·下。不过事后他自己想想也觉得有点儿后怕，或者说太过自信，一个快九十的人了，怎么可以从二楼楼梯的窗口跳下去呢？莫非他真的不想活了？

事后常老头儿回想起来，隐隐约约，在他从窗口跳下去之前及跳下去那一刹那间，他潜意识当中，确实有点儿不想活的意思。具体因为什么而产生了不想活的意思，他说不清楚。是因为下午那份上面标有“CA”字样的报告？好像是，又好像不是。

老大来看他了，他曾经是一位局长，他开口就责备常老头儿不该去整理收拾一个破烂的、仅仅是用来堆放杂物的旧棚子。

常老头儿有点儿不满意，说：“那照你说应该去收拾什么呢？收拾小楼？”

老大想也不想地回答说：“那还差不多，收拾小楼还有一说，小楼将来还可以传给小辈。可你去捣鼓个破棚子有什么意思?”

老头儿没作声，他想了一会儿索性试探地问道：“你说传给小辈，你们弟兄四个，我究竟给谁呢？或者说再下一辈，也是四个，我究竟传给谁呢？总不能把房子劈成四半，一人拿一小半吧。”

老大觉得常老头儿忽然提出这个问题有点儿意外，关于老父的身后事，具体说关于他的这幢房子将来怎么处理，哥儿几个从没和老父坐下来议过，关键是老父身体还很硬朗啊！儿子们过多议论老父的身后事，无形当中似乎在咒老父死，作为晚辈，还盼着老人家活到一百呢！这样也可为晚辈在寿限上放一个样，岂非皆大欢喜的事？不也是家族的荣耀？

“七十不留宿，八十不留饭。我已经……”常老头儿的大腿股骨一阵疼痛袭来，他熬不住咧了咧嘴。他想和作为长子的老大商量商量，关于那小楼的事，尤其是他口袋里还藏着一张会让人吓一跳的“报告”。

“你好好养伤，现在想那个干什么?”老大说，“到时候自有到时候的说法。”

“那你什么态度?”常老头儿并不放过，他觉得有些事情，事实上已经很急迫了。

“房子是你的，你想怎么安排就怎么安排。”老大表态说。

常老头儿不再说下去了，他一脸平静，心想一向尖刻不让人的老大有这个态度已经很不错了。大儿媳在一旁听着，一直没吭声，常家的事，她不便插嘴，她是和丈夫给常老头儿送乌鸡汤来的。

老二一直和四弟建明的关系不错，而且平常就很喜欢胖宝，甚至有点儿过于溺爱胖宝。大概是因为他生的是个女儿的缘故，几次在家庭的公开场合半开玩笑说：“将来我的财产分一半给胖宝，作为胖宝找女朋友的资本。”他工作之外做点儿生意，资产少说有个一两百万，他倒老是为胖宝找不到女朋友着急，前后不知让老婆帮着物色了多少个女孩，可那些女孩也都看不上胖宝。胖宝实在是太胖了，而且人懒，老二几次硬拉他去减肥，减了半天，没过几天还是那么胖，白花了老二四五千块，胖宝还是找不到对象。

“房子不给他给谁?”老二圆瞪着眼说，“他这回好不容易找了个对象，人家没嫌他胖，没准就是冲着咱家还有座小楼，将来孙子可以继承，人家也算没白找个大胖子做丈夫。”老二没等父亲把话说完，就很干脆地回答了父亲，这使常老头儿心里很受用。先前他还老说老二“重男轻女”有封建思想呢。

胖宝是个老实人，说到懒，与他的胖也有关系，毕竟身上带着二百多斤的肉，比常人要辛苦、不便得多，常老头儿就亲眼看到胖宝下班回来，脱下短裤，两腿间全被凸出的肉挤磨破了。胖宝不言不语，不爱说话，但不代表他就不想找老婆过日子。有一回他竟然为了单位一个女孩的一句玩笑话（那女孩喊他“猪猪”），气得用电工刀朝自己胖得腆出的肚子上扎了一刀，此后还一连消失了好几天，差点儿没把建明全家（包括常老头儿）急得跳了江。

“房子给这么个懒人，能行?”老三听完父亲的话之后，立刻对父亲打算把小楼传给胖宝的意向表示怀疑和不满，“而且要传，人家都是传第二代，你倒好，传到第三代去了。”

“这不你们弟兄四个呢，让我给谁呀，总不能把房子一劈为四吧。”常老头儿解释道，“给胖宝，是因为第三代中就他这么个男孩，而且不就因为胖宝找对象难点儿?”

“房子给他就不难了？你不还活着?”老三没好气地说，“总不能让胖宝结婚后和你一道住在小楼里啊。你愿意，人家女孩还不愿意呢!”

常老头儿被老三这话给噎住了。是啊，虽然他已近九十了，但毕竟他还活着啊！说传房子给胖宝，毕竟还是他的身后事，他只要一天不死，房子给胖宝就还是停留在纸上。胖宝要是结婚时还是没房子，女朋友随时都会变卦，有不少人家女孩到临办喜酒前一天还变卦呢！

七

果然，就在常老头儿从医院出院的那一天，胖宝的女朋友竟提出要和胖宝分手。常老头儿刚从医院回来大腿骨伤还没好利索，而胸口的隐疼加剧了，一阵阵的。一个多月前给他发出标有“CA”报告的市一院，几次经由他的一个远房亲戚给他发来通知，让他立即去住院治疗，但通知都被他悄悄地藏了起来。

胖宝人憨，女友提出和他分手以后，他一言不发，也没找女友去理论，只是一人把自己关在房间里连打三天游戏，不吃不喝。一家人急得团团转。

建明本不想把胖宝的事告诉常老头儿，但后来实在没办法，想想胖宝平常就只有常老头儿的话还比较听得进去，便到小楼来让常老头儿去劝劝胖宝，让他不必为了个女孩想不开，这个女孩不愿意，还可以找其他的。

当时已是下晚时分，常老头儿听了儿子的话急了，立刻就从躺着的床上起来了，连拐杖也不拿，直奔建明家。

“不该骗她。”胖宝一边盯着电脑屏幕，一边说。还算给当爷爷的面子，孙子把关了三天的房门打开了。房间里很乱，到处是方便面包装袋、游戏书刊。

“骗她什么？”常老头儿急切地追问，他怕别是孙子骗了人家女孩的贞操什么的，要知道现在的年轻人常常恋爱没谈几天，就已经上过床了。

“骗她说我家有房子。”胖宝仍然头也不抬地盯着屏幕打“魔兽”，“还带她去小楼看了，说那房子你给我了，现在只是暂时租给别人住。”

“那我要真把房子给了你呢？”常老头儿忽然说，“那女孩是不是就不会与你分手了呢？”

“给我？”胖宝手停了下来，转过脸惊讶地看着常老头儿，“你不是……”胖宝想说“你不是还在吗？”但还是没有明说。

“我要是不在了呢？”常老头儿把话说明了。“你若有了小楼，那女孩会不会就不跟你分手了呢？”

“会……会吧。”胖宝敷衍似的随便答道，又打开了游戏。

常老头儿听了这话一凝神，不再追问了。他立在那儿想了想，心里琢磨着，甚至差点儿就将始终藏在口袋的那份“遗嘱”拿出来，以证实他的想法。不过他到底还是忍住了，他知道此刻即使拿出什么“遗嘱”来，孙子也不会相信，孙子会以为爷爷不过是糊弄他，目的是安慰他，让他别想不开。再说了，给予房子之类的大事，如果没有几个儿子在场，贸然只是对孙子说，显然极不慎重。胖宝知道爷爷可是一个谨慎了一辈子的人。

常老头儿的棉内衣里，紧贴着“遗嘱”还放着那张标有“CA”的检查报告，此时胸口又一阵阵隐疼袭来，常老头儿就觉得仿佛阎罗王又发出了催命令。他看过老伴，不不，他看过太多的癌症患者临终前被折磨得死去活来的惨相，拖的时间越长，痛苦就越长。他想对孙子说他被查出得了绝症，活不了多久了。他也不想活太久，即使是为了胖宝。

常老头儿还是转身离开了，临出门时只是对胖宝说了句：“听话。”

他的声音很低，基本上被电脑传出的游戏声盖住了，盯着电脑看的胖宝也没太在意。

常老头儿出了建明家的门，正好碰到建明媳妇。女人心疼自己的儿子，已憋不住去市里几个售楼处看房子，可几个地方看下来，一套九十多平米的房子，少说也要一百三十万左右，比几年前几乎翻了一番。建明家就是把现在住的房子卖了，再拿出全部积蓄也不够买套新房。

常老头儿听建明说建明媳妇去看房了，见建明媳妇回来了，便问："有合适的房子吗？"

"有。"建明媳妇没好气地说，"可咱买不起。"

"那可以按揭贷款呀。"老三和老三媳妇不知什么时候来了，老三媳妇插上来说。

"按揭也要人家肯哪。"建明媳妇提高了声调，"我们俩一个下岗，一个像卖笑似的跑保险，干一天是一天的，谁肯贷款给我们哪。"

"那找找人嘛。"老三好言劝道。

建明媳妇白了老三一眼："说得轻巧。还找人呢，不拆台就不错了。"建明媳妇的话语气不善，显然话里有话。

老三媳妇也不是省油的灯，接上建明媳妇的话茬："弟妹，你这话什么意思？"

"什么意思？"建明媳妇的声音更高了，"什么意思问你老公去，没见过这样的弟兄，没本事捣个男孩出来，倒有本事捣长辈成全后人的好事。"

显然这话是指老三反对常老头儿将小楼传给胖宝，不知这话是怎么传到这女人的尖耳朵里去的。胖宝没房子，好不容易谈上的女友要分手，当娘的心里急，这都情有可原，不过她出言不逊，话也太粗了一点儿。

一直闷声在一楼院门口槐树下的建明听不下去了，走过去甩手就给了自家媳妇一巴掌，高声道："你他妈放什么屁哪!"

建明媳妇挨了一巴掌，先是愣在那儿，片刻，便不顾不管地揪着丈夫的领口大哭大嚷了起来："你个只会打媳妇的窝囊废，有本事你去打出套房子来，或者让你儿子缩回你媳妇的肚子里去。你个没良心的……"

老大夫妇也来了，听到吵闹声，连忙过来拉劝建明媳妇。

建明媳妇满脸泪涕仍不罢休，高声嚷道："胖宝要有个三长两短，老娘我和你们常家人拼了。"

建明媳妇的声音之高、之尖，附近几栋楼里的人都听得见。常老头儿是个很要面子的人，面对这种场面，他劝又不是，不劝又不是，急得原地直转圈。末了还是老大媳妇好说歹说，好劝歹劝，才将建明媳妇劝回家去。

常老头儿也才喘了一口气，掉脸回自己住的小楼了。

常老头儿快到小楼门口时，一阵从未有过的剧痛从后背一直撕裂到前心窝，然后那撕疼像过电似的飞快地传向头颅和四肢，他只觉得人在瞬间仿佛要被扯爆了，他不禁"啊"的一声蹲了下去。过了好一会儿，他才支撑着站起来，勉强掏出钥匙将门打开。

他闭上眼睛在一张木质扶手的旧沙发上躺到半夜，胸口又一阵疼痛将他疼醒。他忍不住想给建明或者附近的一所医院打电话，但想想还是将已拿起的电话放下了。

待疼痛稍稍平息，他起来了，将各处的灯逐一打开，楼上楼下看了个遍，嘴里还喃喃自语着（连他自己都觉得自己的行为有点儿反常，显得没什么条理，而平常他是个条理性很强的人）：“这儿是卧室，做个地板，对对，要那种白橡木的地板，现在兴这个……再吊个顶，对对，老房子，层高，没问题，敞亮哩……”

他转到厨房与餐厅，这一块是外接出来，有点儿简陋：“没问题，四壁涂上高档点儿的涂料，再来一套现成的厨房用具，肯定大变样……”

他在楼下转了一圈，每个房间都仿佛做了安排，而后上了楼。他觉得楼上适合做书房，另外留一间将来给带孩子的保姆和孩子做房间。末了，他觉得有点儿累了，一瞥窗外，一弯新月如钩，正挂在清澈的夜空。

他在楼上的一张还是二十世纪六十年代初的办公桌前坐了下来。先从口袋里将“遗嘱”和标有“CA”的报告拿出来，他仔细看了一下“遗嘱”的内容，觉得内容没什么问题，只是觉得字迹还不够工整。于是拿出一张空白信纸来，将已经重抄过一遍的“遗嘱”又工工整整地重抄了一遍。反复看了好几遍，确认内容无误，也没有一个错别字之后，他将“遗嘱”和报告放在一起，起身打算离开，但想想又回转来，在另一张空白信纸上写道：

老大、老二、老三、老四及你们的爱人：

看到桌上的两份东西，你们不要惊讶，我早在一个多月前就接到医院的报告，说我已患上了和你们故去的妈妈一样的绝症。我考虑再三，决定还是不声张，不去治疗了，这样正好等我走了，也好将房子空出来（医生说过，我大概只能活三个月，如今已过了一个半月了）给胖宝结婚。现在既然胖宝的女朋友等不及了，我也只好提前走了。好在我已经活了快九十年了，够本了。

不要找我，请老大主持，务必按“遗嘱”上的要求，将小楼作为遗产传给胖宝。胖宝找个对象不容易，这也算我这个当爷爷的最后帮他一把吧！如觉不公平，还请你们多多原谅！

你们的父亲常益玉即日凌晨

第二天早晨，建明来给常老头儿送豆浆，发现常老头儿不见了。看到楼上办公桌上的“遗嘱”、报告及便条，知道事情不好，连忙叫来了三个哥哥和嫂嫂。一家人大暑天找遍全城的大街小巷、车站码头，找遍了江边、河边、井边，始终没见常老头儿的影子。此后几个月也没常老头儿的任何消息，再算算日子，家里人想，或许老人家已经真的因癌症病死了。大半年后，胖宝结婚了，对象还是先前的那个女孩，结婚那天我也去了，我发现主桌上首空了一个座位，桌上放着常老头儿从前常戴的旧呢子鸭舌帽，上面破了一个洞。是胖宝坚持要空一个座位，只有他还相信爷爷冷不丁地会回来。

干休所成了幽会的场所，可疑而暧昧的声音传来，令人妒火中烧。

第十二篇　隔壁传来可疑的声音

赵翔的父母回乡下老家去了，所以城里干休所的房子暂时空了出来。父母的房子很大，分楼上下，过去赵翔一家三口就住在楼上，后来赵翔单位分了房子，他们就搬出去了。干休所楼上赵翔夫妇原来住的两个房间还空着，留有床和办公桌。赵翔不时还到楼上自己原来的房间帮单位突击写个稿子什么的。至于妻子，自从搬走以后，她似乎很少再到赵翔父母这儿来，也许是不愿听婆婆啰唆吧。

赵翔犹豫了好几天，还是决定今天下午约小曹出来，因为再过几天，也许父母就要从乡下回来了，到那时，就是再想约也没机会了。小曹其实不小了，也该有三十三四了，不过她至今还是单身独处。赵翔认识小曹的时候，小曹还是个电大的学生，那时候小曹到赵翔所在的单位来实习，赵翔是她的指导老师，一来二去他们就成了情人，不过这种情人似乎还是限于那种没发生肉体关系的情人。

小曹仿佛很能理解赵翔，一方面好像是为了赵翔而拒不结婚（尽管她不缺其他男朋友），一方面又从不挑唆赵翔与妻子的关系（与赵翔并无肉体关系，所以好像也没理由让赵翔与妻子交恶，而且她也看得出来，赵翔与妻子的关系并不差，属于比较稳定的那一种），只是从言语中时常流露出对赵翔妻子的不屑，似乎赵翔的妻子只是一个普通的公司职员，不懂什么感情、爱情之类的高尚玩意儿。她曾经也确实纵容赵翔与她发生肉体关系，但赵翔总觉得没有一个合适的场所，赵翔可不想他俩像一对野狗似的，随便在哪儿都可以干那事。尽管现在在赵翔单位的白领中，与非配偶间发生关系并不是一件十分稀罕的事，有人夜里站在洗手间就把那事给办了，完了连安全套都不知道收拾好，就扔在地上。

赵翔给小曹打电话，小曹好像早就等着这一天了。尽管赵翔与小曹有过无数次拥抱、接吻之类的肌肤之亲，但缺的就是找一个合适的场所，做一次早就该做的事。当然话说回来了，虽然赵翔知道小曹对他很好，而且从某种意义上仿佛还在等他什么，且宁愿以青春年华做代价。可说老实话，赵翔一方面很爱他的妻子，另一方面，赵翔也像他们单位的某些同事一样，和不少女人有过关系，有什么办法呢？在这样一个放松且放荡的年代，作为男人，与妻子以外的其他女人发生关系，是不亏待自己的重要标志。和小曹有那种关系可能算是第一次，但在赵翔来说，不过是无数次与妻子以外女人发生关系中的一次，很平常。平常归平常，赵翔还是按照他一向谨慎从事的习惯，一一向小曹细说下午如何避开干休所的门房，进而不用向人打听就可直接到达赵翔父母的那一幢楼房。见了赵翔不必言语，放轻脚步跟着上楼。

楼上两间房间都有床，东侧那一间原来是赵翔的书房兼卧室，妻子与女儿原来睡在西边房间，中间原先有一道门相连，因为怕吵，赵翔就把门封了，钉上三合板。下午三点多钟的时候，小曹完全按照赵翔的安排和嘱咐顺利到了楼上东房间，没人看到小曹到干休所来，隔壁邻居更没听到任何可疑的动静。赵翔见到小曹不由得异常激动和兴奋，在他看来，这将又是他一次非常成功的偷情。他为自己的智慧和运气暗暗庆幸，他觉得那些因为偷情败露而闹得满城风雨的男人不是智商有问题，就是他们命中注定运气不好，是些天生的倒霉蛋。如若赵翔那么多次私情也被发现，那么也许妻子早和他离过十次婚了，可他呢，一次也没，甚至妻子都没怎么怀疑过他。从这一点上讲，他又觉得作为一个普通公司职员的妻子挺可怜的，同样身处这个时代，对妻子来说似乎太不公平了，即他可以十次、二十次，甚至更多次出轨（他几乎已习以为常了），而妻子却似乎为零，她好像除了上班、照顾女儿之外，没有任何非分之想（只是偶尔出去打打牌）。

不过这些天来，或者说近一段时间以来，赵翔对妻子的行为有些不满，就是妻子过于沉湎于打牌，有时候甚至常常打到夜里十二点多钟。和什么人打牌呢？赵翔想问，但似乎又不太便于问，一问便会让人觉得气量太小。妻子和单位的几个男同事合伙做点儿小生意，两个比妻子年龄小很多的男人常常或早或晚地打电话来找妻子，妻子只要接到电话总是很投入地和对方交谈，谈的固然是生意上的或是单位里的事，但赵翔听来总觉得不是个滋味。进而，前天晚上，妻子居然到夜里两点多才回来。赵翔憋了一肚子火，所以今天决心约小曹出来，不能说跟妻子夜里两点多回来一点儿关系没有，起码是一个诱因。因为有好一段时间赵翔没有在外与人幽会了，跟小曹的关系他也想就到从前已有的程度为止，就算不再造孽吧。可妻子近一段的行为刺激了他，他想对妻子稍微放一放的，没想到这一放，她就到夜里两点多才回来。鬼才知道她到哪里去了，也许她也像赵翔此刻一样，是和一个异性约会去了呢？这让赵翔觉得有点儿烦恼，有点儿烦恼便勾起了赵翔想和异性约会的念头，所以就约了小曹，所以小曹就翩然来到了他的面前。

可以说赵翔没费什么周折，小曹便委身于他了，甚至可以说某种程度上是小曹主动委身于赵翔，连赵翔衣服上的几颗纽扣也是小曹帮着解开的，这一点让身为男人的赵翔觉得惬意，原先因为妻子的事所带来的那点儿烦恼早就飞到九霄云外去了。事毕之后，他和小曹平躺在床上，东扯一句西扯一句，尽情地享受那事过后的快意。在赵翔的意识中还有一种又多办了一个女人的快感，就像勤奋的学生又解开了一道难题，士兵又攻下了一座山头，总之他觉得妙不可言。况且又是在干休所这样一个环境幽静又很安全、无须顾虑和担忧的地方。赵翔拗起来，他真想打开窗帘，让下午安谧的光线直射进来，不过他刚拗起身就被身旁的小曹制止了，她似乎听到了声音，女人的耳朵总是那么尖。

“没什么，可能是风。”赵翔安慰小曹，要知道春天的风是很大的。

“不不不。”小曹只是一个劲儿地扯赵翔的胳膊，她侧耳细听，就像一只猫。

赵翔隐隐约约好像听到楼下门响，有人在用钥匙开门。但他不敢相信，父母说好至少还有四天才能回来，除了父母之外，他想不起来还有谁有这儿的钥匙。他记得自从他从这儿搬走以后，只有他还保留了上下楼的钥匙。他再三否定楼下的窸窸窣窣的响动是有人在用钥匙开门，可小曹却听得很分明。进而，听到脚步声，有人上楼，甚至还有人说话的声音，这时候赵翔就不能否认确实有人用钥匙打开门，并且正在上楼，也就在这时候赵翔的心怦怦地跳了起来，小曹更是吓得直往赵翔胳肢窝里钻。赵翔向她保证过，下午干休所绝对不会有任何人来，他们将度过一段十分愉快的时光，可谁知道竟会是这样一个局面？不管是谁来，都将给他们造成极其尴尬的局面，甚至是一个极其严峻的局面。

“别怕别怕。”赵翔强作镇定安慰小曹，其实他的心里却乱极了，如果楼下上来的人打开门，打开他和小曹所在房间的门，那将意味着什么？如果是他父母那还好说，可如果打开门的不是父母而是其他人呢？如果是……赵翔不寒而栗，他不敢往下想，一想就觉得自己实在罪孽深重，这真是报应。老天真的有眼，过去他那么多次和女人幽会，和女人那么乱来，老天爷都看在眼里了，只是老天爷觉得时候还不到，甚至可能故意放纵，看他赵翔能乱来到什么程度，然后再挑一个他自以为十分美好的时刻，一下子给他重重的、前所未有的一击，给他一个彻头彻尾的教训。这不，有人上楼了，而这只是整个教训的序幕。想到这些，赵翔心跳得更厉害了，小曹在他怀里则已是瑟瑟发抖了。

赵翔听到一个女人在和谁说话，天哪！那竟是妻子的声音，果然赵翔最担心来的人还是来了。妻子和谁在房间门口低声嘀咕着，赵翔的心提到了嗓子眼，就差跳出来。妻子（也许是另一个人）推了推门，不过他们并没有打开房间的门，或许他们压根儿就没有东房间的钥匙。

“有人吗?”是妻子在外面问。

赵翔和小曹屏住了呼吸，一声不吭。

妻子在外面也没再问，她和一个男人（赵翔听出那是一个男人的声音）在房间门口盘桓了片刻，而后用钥匙打开隔壁西房间的门，过了一会儿，又有谁（可能是妻子）来推了推房间的门，确认东房间没人了，这才离开去了隔壁。赵翔听到西房门砰的一声关上，他的心才稍微放松了一点儿。就在刚才，他真恨不得从楼上跳下去。

抚摸着一身汗水的小曹（可怜她就像一头受惊的小鹿），赵翔想，妻子怎么会有干休所的钥匙的？记得当初从这儿搬到新房子去的时候，她和女儿的钥匙全都交给了赵翔，因为新房子离这儿比较远，一般妻子和女儿没事不会来，即使来，通常也是和赵翔一起来，所以她们要钥匙也没用。那么妻子的钥匙又是从何而来呢？或者说是什么时候又有了干休所的钥匙呢？更重要的是，在赵翔看来一向恪守妇道、做人十分纯朴、从无非分之想的妻子要干休所的钥匙干什么呢？说老实话，赵翔留着父母房子的钥匙一般说来也没什么用，因为父母很少外出，赵翔来，父母基本上都在，无需钥匙，即使偶尔父母去外地了，赵翔又来干什么？除非就像今天，和异性约会，赵翔特意留了钥匙，以备不时之需。莫非妻子也有和赵翔类似的想法？所以才偷偷又备下钥匙（也许就在赵翔不在意时，她已把他的钥匙拿去配过了），那么今天妻子就是……赵翔不敢往下想。他的心情刚放松了点儿，忽又抽紧了。

“他……他们会进来吗？”小曹低声用近于颤抖的声音问赵翔，赵翔连忙将食指放在嘴唇上让小曹别作声。这种时候东房间的任何响动，都会使情况产生意想不到的变化，比如本来隔壁西房间妻子是准备和一个她所带来的男人怎么样的，那就可能变成不怎么样了，变成一定要将东房间的响动弄个明白的努力，将两个房间之间封住的门重又打开，那也说不定的。而这时候，赵翔最想做的和最该做的，就是安静，什么声音也不要发出，只要这边不发出声音，那么他和小曹就不仅没有危险，而且他还可以在安静中听到隔壁的声音。不知为什么，虽然他和小曹在一起幽会的危险并没有消除，但此刻他更想听到隔壁的声音，听到那个他一向认为很本分、很纯朴、很不可能出事的妻子与一个男人所发出的声音。他的手攥得紧紧的，手心都快攥出汗来了。小曹抬眼看着他绷得紧紧的脸——她是不能理解赵翔此刻的心情的。她不知道，也许她一松手，赵翔就会向隔壁房间扑过去。

“会是谁呢?”赵翔不知是问自己还是问别人，怎么这么长时间，或者说长期以来，在妻子的道德伦理方面总是充满自信的赵翔就一点儿没看出什么来?他就觉得“后院”是很平静的，他可以在“前方”想怎么来就怎么来。

“怎么?”小曹见赵翔一脸疑云的样子，以为他有什么要问她，低声问。

“没什么。”赵翔用口形回答对方，连连摇头。

也许就是那两个和妻子合伙做生意的年轻人当中的一个，虽然他们中有一个已于不久前结婚了，但看得出来，妻子对他们两个都挺感兴趣的。他们和妻子之间既是小买卖的合伙人又是一个单位的同事，所以相互间熟悉，或者说有什么瓜葛是很方便的。也许就在赵翔不知道的情况下，妻子已经和他们中间的某一个发生过肉体关系了。这是无从查证的，而平常他见了他们还得做出很客气的样子，他不想显得很小家子气，好像妻子只是一件专属于自己的物品。他觉得自己不管怎么说也是有身份的，即使是在妻子是否与人有说不清的关系的问题上，他也觉得有失身份似乎比妻子是否忠贞更重要。

谁知这一豁达就变成了妻子居然背着自己到干休所来幽会，而且更荒唐的是妻子与别人幽会的地点竟然就在赵翔与别的女人幽会的房间隔壁，这可真算得上是天作之巧合了。

赵翔找了件衣服披起来，小曹似乎也觉得暂时不会有什么人闯进来，具体说她好像已从赵翔的神情举止中意识到，隔壁来的是赵翔的妻子，不仅如此，赵翔的妻子还带来了一个男人。小曹的表情变得复杂起来，不再觉得特别害怕，甚至变得有点儿幸灾乐祸，有意要看赵翔的笑话似的。

赵翔披着衣服，光着脚蹑手蹑脚地凑近那扇已封了的隔门，把耳朵凑在板壁上细听，希望能听到什么让他可以证实隔壁正在发生或将要发生的事情。

板壁是不怎么隔音的，他先是听到两个人杂沓的脚步，一个男人低沉而激动的声音说："想死我了。"而后便听到一种类似男人和女人接吻的声音。那男人的声音听不太分明，像是和妻子合伙做生意的小李，又像是小翟，总之他们两个本来说话的声音就挺接近的，无论如何，反正是他们中的一个。或者说就是那个刚刚结婚不久的瘦高个儿小李，也许此刻他正抱着赵翔的妻子狠命地啃呢！这可是一桩好买卖，合伙合伙，居然合到床上去了。紧接着赵翔又听到了床响，床上的棕绷发出咯吱咯吱的响声，那声音就像在割他的心一样，没有什么比亲耳听到妻子和别人上床的声音更让一个男人、一个丈夫受不了的。可偏偏此刻这位丈夫，这个叫赵翔的男人，身边也有一个女人，这使做丈夫的没法扑到隔壁去，当场拿获奸夫淫妇，换句话说，当他赵翔披着衣服去捉拿出轨的妻子时，等于也把自己做下的丑事给暴露了，等于把自己也给拿获了。假如果真如此，那就谁也没有过错，扯平了，甚至可以说赵翔妻子之所以与别人上床，只不过是对丈夫行为的回应，做妻子的连脸红都不必。

唯一的办法是让身边的女人尽快离开，而后丈夫便可理直气壮地到隔壁去捉奸。不过这太冒风险，偷情中人听觉都是很敏感的，任何响动都可能引起怀疑，进而引起隔壁人的警觉，反过来捉奸也说不定的。而且小曹此刻也没打算离开的念头，尽管她很害怕，但好像她也很乐见赵翔受惩罚和左右为难的样子。

直到隔壁的动静越来越大，似乎还有什么东西掉在地上，还有布匹、衣物被撕裂的声音，赵翔才劝小曹还是越早走越好，趁隔壁的狗男女正来劲的时候，否则也许就走不了了。小曹这才仿佛重又意识到了什么，赶紧轻手轻脚地把衣服套好（毕竟她也在与一个男人幽会，一旦暴露了，对谁都不利）。赵翔用轻得不能再轻的声音打开门，用手指着楼下的大门，让小曹下楼快走。

送走小曹，连忙把东房间的床收拾整齐，收拾到要使人进来看了和什么事也没发生过一样，像好久都没人来过似的，连刚刚用来擦身体的卫生纸也团好塞进口袋里。收拾好一切之后，赵翔又好好平静了一下自己的心情，甚至还悄悄从抽屉里找出一面小镜整理了一下头发，在脸上抹了两把，生怕脸上神色不对反被看出什么破绽，而后听清隔壁俩人仍在低声说话，他猛然打开房间门，三步并作两步冲到西房门前，乒乒乓乓猛敲一气。

“谁呀?”赵翔听到妻子的声音在问。

“我!”赵翔没好气地叫道，心想她还好意思问是谁，这女人真是看不出，到这种时候心态还这么好。

“你是谁呀?”仍是妻子的声音在问，而后听到屋里一阵忙乱声。

“是我，你丈夫!”赵翔吼道，他迫不及待地去扭门把手，没想到门并没反锁，一扭就开。由于用力太猛，门忽然洞开，身体前倾的他差点儿没摔一个跟头。

以这种冲锋般的姿势冲进来一个人，着实把屋里的男女吓了一大跳，果然是一男一女。片刻，赵翔才认出那个男的不是已经结婚的小李，而是妻子没结婚的同事、小生意合伙人小翟。小翟先是吃惊，继而被赵翔的样子逗乐了，以手捂嘴向他做了一个滑稽的飞吻动作（声音太像刚才隔壁听到接吻声了），并且亲热地叫了声：“大哥。”

奇怪的是这一男一女坐在床上，身上并没不穿衣服。床上杂七八拉堆放着他们生意的货品，连躺下去的地方都没有，俩人手上还拿了一幅扯了一半的花布（用来做窗帘的那种），床边的桌上放着一沓钞票，据妻子说，这是他们合伙以来第一次分钱，莫非刚才赵翔在隔壁听到说“想死你了”，是说想钞票？赵翔知道妻子他们几个忙活了一冬天了，春节后业余时间除了打牌就是忙活这事，还从没听说他们分过钱，所以才显得这么神秘？

赵翔一时倒没了主意，他围着床铺以及那些绸布、化妆品什么的转着看了半天，难以相信刚才他在隔壁所听到的一切都是虚妄：“你……你哪儿来的钥匙？”他疑惑地问妻子。

“是你妈给的，她让我有空过来看看。”妻子有点儿不满了。

“我来看不就行了？”赵翔仍疑惑，“干吗还要你来？”

妻子似乎更加不满了：“你来看？这儿什么人也没有，你来干什么了？”说到这儿，妻子也开始疑惑了。

“我……我只是来给单位写稿子。”赵翔不怎么接得上话，“这儿安静一点儿。”

“稿子呢？”妻子追问道。

“我……我刚来。”赵翔支吾道。

赵翔的样子引起了妻子更大的疑惑，她呼地一下站起，跑到东房间看了一圈，包括床单都看了，似乎并没发现什么可疑之处，仍带着几分狐疑回转来。

此时赵翔觉得再在这儿待下去，最终会让妻子从他的脸上看出点儿什么，既然妻子和她的合伙人都穿着衣服，而不是刚才他所想象的赤身裸体地躺在床上。

倒是小翟看穿了赵翔心思，他像打圆场似的对赵翔说：“没地方，把下午刚到的货拿来顺一顺，顺便把前一段大家开网店赚的钱分一下，不好意思啊。”

“噢噢，没什么。”赵翔连声说，“我只是来写稿的，听到窸窸窣窣的声音，以为别是什么坏人。再听听还有她，心想她哪儿来的钥匙的。”

“哪儿来的？偷的。”一向很守规矩的妻子没好气地说，“偷了钥匙到这儿来干坏事。”

赵翔心里一惊，生怕妻子再深追下去没完没了，追出破绽来也说不一定。

“这什么话？”赵翔讪讪地说，“你们干的这叫好事，分钱嘛，给家庭创收嘛。你们就先忙，我另找个地方去。”

小翟怕他们夫妻有什么误会，连忙说：“不用了，我们这就好了，你还是在这儿，要不我先走一步。”

“别别。”赵翔拉住小翟，他的妻子也让小翟不要走。

小翟就留下来继续做完他们的事，赵翔到隔壁拿上公文包连忙下楼。

到了干休所门外的垃圾箱，赵翔见四下没人，便把刚才塞在口袋里的那团卫生纸扔了。

他们太希望有人来看望他们了，可惜大雾锁江。

第十三篇　大雾锁江和虾子

天蒙蒙亮的时候，桑老就催促老伴去菜市场买虾子。老伴睡得正香，他翻了一个身，显得老大不情愿，嘴里咕噜着："才四点多钟哩！"他不知道桑老这一夜基本上就没怎么睡，半夜两点就起身坐在床上了。

"去吧去吧，去晚了没好的。"桑老仍催道。

老伴深深地叹了一口气，一边起身一边有点儿不满地说："怎么会买不到好的呢？你当是过去，买什么还要凭票排队？"

"行了行了，总是早点儿去好。"桑老说。

老伴也就不再作声，虽然他的年龄比桑老还大四岁，七十五岁，当年在位时的职务也比桑老在位时的职务高一大截，但他的身体比桑老好，走路噔噔噔像个六十来岁的人，所以家中一般有什么事基本上都是他做。桑老想做他也不让。

桑老的原单位在江的那一边，说远不远，坐汽渡过江也就半天车程。以前桑老刚下来的时候，原单位每年都要来看望她一次，有时候一年两次。而且因为桑老原为局级干部，所以基本上每次不是原单位的一把手局长亲自来就是委托一名副局长来，后来班子调整，头头也在换，但至少每两年还是要来一次的。不过自从上一次来看望过她以后，已有近三年原单位没人来了，桑老也曾打过电话去，才知道原单位的老干部工作全部交给老干部局了，今后包括看望之类的事也全部由老干部局负责，老干部局人手本来就少，要负责好几千名老干部的生老病死，要他们每一二年来人看望她是不现实的。而桑老自己因为长期患有帕金森氏综合症，且有严重的心脏病，没法过江到原先工作了三十来年的原单位、原先所在的那个城市去走动。不过就在昨天，她忽然接到原单位人事科的一个电话，说刚调来不久的一把手朱局长看望几位离退休的老局长，今天特意安排看望在老伴的部队干休所居住的桑老。桑老手捏着电话半天说不出话来，“喂喂”了半天也没搞清对方几点出发，所以今天只是一个劲儿地催老伴早起，生怕人家早到了而他们还没准备好。

“要准备什么?”老伴说，“人家什么没吃过?再说都是自家人，你准备得太那个人家反而不自在。”

“你就是怕麻烦。”桑老听了这话不乐意了，“你实在不愿意去我去。”说着桑老就颤巍巍地要下床。这可把老伴吓得不轻。桑老患有多种严重疾病，而且似乎这些病的产生与子女的拖累有很大关系。那时候老伴随所在的部队四处调动，很少照顾到家庭，为此老伴一直觉得很内疚，因此退下来以后他处处照顾桑老，甚至呵护着她，仿佛这才可以赎回他对家庭、对桑老欠下的债。

老伴赶紧拦住桑老：“你这又何必呢?我去我去!”他连忙扣好衣扣，到厨房提上菜篮出了门。他早听说桑老原先所在的那个城市的人爱吃河虾，请人吃饭的桌上通常是不能少了河虾的。桑老和老伴居住的干休所建在一个山坡上，要买菜得翻越两个山包到山下的农贸市场去。八月天尽管早晨稍凉快一点儿，还有些薄雾，但等到桑老的老伴来到市场喧闹的大厅时他的后背已经全湿了。看到那些活蹦乱跳的河虾，桑老的老伴觉得桑老叫他早点儿来还是有道理的，否则恐怕很难买到这么新鲜的虾子。不过价钱也要到六十元一斤，桑老的老伴与小贩还了半天价，小贩只肯让两块钱。因为必定要买，所以没办法，老伴只好花五十八元钱称了一斤，要在平时他可能就不买了，可今天他不能不买。

说没准备，其实从昨下午桑老放下电话以后，桑老和老伴就没闲过，等老伴把新鲜虾子拎回来，该预备的菜也都有了。他俩没用钟点工，或者说曾经试用过，但后来觉得自己还能动，就又把钟点工辞了，毕竟一个月一千五百多也让他们舍不得。五个子女都在外地，没人帮忙，所以来了人就只好自己动手了。老伴会做两个菜，比如炒三丁、芦笋狮子头、清蒸鲳扁鱼等，桑老插不上手，就在老伴的身前身后颤颤巍巍地帮着摘个菜、递个盘子什么的。老伴怕她累着哪儿了，再三挥手让她离开厨房歇着去。桑老又帮着把葱摘好，把刮好皮的生姜放到锅台旁，便转身来到客厅。

早晨她已让老伴打过两个电话给江北了，桑老想想不放心又拨通了原单位的人事科，对方耐心地告诉她：朱局长的车子确实已于早晨七点半出发了！“噢，噢。”桑老多少有点儿不好意思，她连连向对方打招呼，虽然她是原单位的领导之一，但毕竟已经离开多年，不要说那些后来的科长、办事员什么的，就连一把手朱局长也未见过面，所以太啰唆了她怕人家嫌烦的。她挂断了电话。挂断电话后她打量着早收拾得一尘不染的客厅，看来看去总觉得还缺少点儿什么。缺什么她不知道，她慢步来到院子，看到了那盆盛开的君子兰（那是她和老伴一个冬春精心养护的结果）。她向那盆君子兰移过去，手抄到盆底试了一下，发现搬动非她力量所能及。想起身喊老伴来帮忙又怕耽误厨房里的活儿，于是她一个人摸摸索索到堆杂物的地方找了一根废电线，把废电线弯成一个圈，套住花盆，连拉带拽，算是把那盆盛开的君子兰从院子里请到了客厅。安顿好了以后，她才明白，客厅里缺的就是一盆花。香烟、水果、新茶以及糖果，这儿看来是什么都不缺了，桑老又转身看看院子，见薄雾中还有一些落地的树叶，今早老伴忙着去买虾子，院子到现在还没扫。于是她拿起扫把开始扫院子，等她扫完院子发现雾气在她的脚边聚合并且愈渐浓重起来，她忽然想到若是江上雾太大汽渡是过不了江的。她连忙来到厨房，厨房里烟雾交加，只见老伴围着围裙正忙得不可开交。

桑老凑近锅台，问道："会不会雾太大，汽渡停开？"

"啊？"老伴原本耳朵不好，再加上菜下锅发出的哔剥声，老伴没听清。

桑老提高了声音："我是说会不会江上雾太大，汽渡过不了江了？"

老伴关小了火，锅里的哔剥声随之小了些："不会的，这点儿雾，到不了中午就会散的。"

"噢。"桑老稍稍宽心。这个地区属丘陵地带，一旦聚集的雾散不开飘到附近的江面上，能见度低，负责运送南来北往的汽车和人员的汽渡船就只好停开，不过雾就是再大，也很少有过了中午十二点的。往往只要太阳一发威，立刻云开雾散，汽渡随即就会恢复通航，而此时南北岸待渡的汽车已经排成了望不到尽头的长龙。

说话间已经是上午十点多了，按说如果车开得快的话，朱局长一行要不了多一会儿就该到江北岸了。桑老来到院子里察看，发现雾气丝毫没有散开的迹象，反而在树根那儿越聚越多。她把电话打到气象台询问这雾什么时候会散，对方说下雾通常就不在天气预报必报范围之内，再说雾这东西飘忽不定，很难说什么时间会散，"一般不会过中午吧!”对方也这么说。“会不会整天不散?”桑老问道。“这也难说。”对方说。桑老一听这话急了，赶紧找出汽渡的电话号码，可拨了十来分钟都是占线，好不容易拨通了，值班的告诉她江上雾大，汽渡停了，刚刚停。桑老心里一沉，握着电话愣了半天。慢慢地，她把电话挂上，想：说不定车开得快，已经提前到了北岸，就在刚刚那十来分钟里赶上某一班汽渡，这会儿已在江南了。如果这样，那最多再有半个小时就该到干休所了。想到这儿，她心里稍稍宽慰些。

她没把打电话的情况告诉老伴，仍到厨房帮助打下手。她盼望江北来人在汽渡停航前顺利地过了江，即使没过江，她相信过一会儿雾散了，汽渡很快就会恢复通航，不会迟于中午十二点。印象中她离休到这个城市十几年来，尚未有过大雾过了十二点还没散去的事，或者说她已记不清大雾一直延续到下午还不散去的事。将近三年原单位没来人看她了，她不愿把事情朝坏处想。老伴比她想得开：“人家在位的人忙，再说了，他们来看你又怎么样?你会长块肉，你的病会减轻些?”“当然会减轻些，你怎么知道不会减轻些?”桑老提高声调。“好好，会减轻些会减轻些。”老伴见桑老又要抬杠，赶紧退让，“那也得看人家来不来。”“你怎么知道人家不会来?”桑老说。“好好，会来会来。”老伴连连说。

事实上从去年年底桑老就一直盼望着原单位来人，可是除了春节前她照例收到一封打印好了又填上名字的慰问信，以及一千元过节费之外，江北始终没人来。桑老甚至在电话里暗示原单位的同志，她什么都不缺，连寄来的钱她也都表示要寄回去，捐给比她要困难得多的群众，只是好久没和老单位的人见面了，心里怪想的。接电话的同志很敏感，立即表示要把她的意见转达给领导，肯定要来看她，可是直到春天过去，夏天来临，也没见江北来人。三年来，她似乎除了每月收到打到卡上的工资外，和那边算是没有任何来往。人家好像已经把她给忘了。“我不也让人家给忘了吗?”老伴有时见桑老闷闷不乐便用自己作比来宽她的心，老伴的原部队远在千里之外，算来也该有十来年没人来过了。“你不同，你人在干休所，等于还在单位里。”桑老立刻回应老伴道。“有单位也好没单位也好，都七老八十的人了，老话说的，黄土都埋到脖子了，还在乎那么多干什么?”老伴说。实际他也怕桑老单位来人，来了人桑老是一定要张罗人家吃饭的，花钱倒没什么，关键是年纪大了忙不动，每次人走了总要歇好几天才能恢复，所以从某种意义上讲老伴不希望江北来人。“你就是意志消沉。”常常听了老伴似乎想得很开的话以后，桑老总要指责一句话。他们俩往往就是在类似的指责、斗气中又相互理解、照应着打发时光。

半小时过去了，桑老期待的巧事或者说奇迹并没有出现，看来朱局长他们没有赶上停航前的汽渡。十一点钟时，连老伴也开始有点儿担心起来，餐厅里拉开了大桌，冷盘什么的都摆上去了，炒菜的食材也分门别类摆好了，就等着客人来了以后下锅。老伴让桑老再打电话问汽渡什么时候可以通航，对方回答说很难说，江上的能见度仍然很低。桑老打开通往院子的门，雾气便贴着地皮涌了进来。

二老摆好酒杯、筷子，坐在大桌旁边歇息边感叹起天堑难渡。

“如果有座大桥那该有多好啊!”桑老说。

老伴立刻就有点儿愤懑：“早就说造大桥造大桥，造到今儿也没个影子。”

“是啊，怎么就不造呢?”桑老也疑惑道。

“报上不是说缺乏资金吗?”老伴说，“哼，少吃点儿喝点儿，几座大桥也造好了。”

“你整天就是牢骚。”桑老白了老伴一眼。

老伴的意思给江北来人打个电话，看看他们到底到哪儿了，免得这么傻等，可是桑老那里没朱局长的手机号，延宕了一会儿，再打电话到原单位去问，不想时间已到十一点半，没人接电话了。桑老和她的老伴都焦急不安起来，不知朱局长他们究竟来还是不来。将近十二点时，电话响了，桑老拿起电话，是朱局长打来的，说他们早在一个小时前就到达江北岸了，不过那时汽渡已经停了，现在还不清楚何时能恢复通航。“快了，快了！”桑老紧握话筒连声说，仿佛她就是汽渡调度员，通不通航她说了算。朱局长在电话里笑了笑：“不着急，不着急，你身体不好，不要着急。”

“好好，不着急，不着急。”桑老握着听筒应和着，不知是安慰自己不作急还是让对方不作急，再耐心等一等。桑老觉得好像汽渡不通全是她的错似的，似乎是她有意让老天下雾的。放下电话她疾步前趋往院子里去，只见院子里的树全都像蒙了一层纱。老伴给她端来了一把椅子，让她坐下，过了一会儿，老伴也端了一张小凳子坐在桑老的身旁。老夫妻俩看着雾气在他们的眼前飘来飘去，大雾好像选好了日子与他们为难，已是正午时分了，还丝毫没散去的意思。“这鬼天！”桑老忍不住骂道。老伴赶紧半认真地制止她：“哎，可不敢得罪老天。”桑老不作声了，只是呆呆地望着眼前的大雾。

下午一点钟，大雾仍未散去，朱局长从江对岸打来电话，连声说不巧：“本来还想再等一等，但是五点钟局里还有碰头会，您看……”对方停住了。

桑老在位时就向来以工作为最重要，本还想劝说对方再等一下，一听说局长还有个会便很开通地说：“你先回去，先回去！”

“那我们下次再来看您。”朱局长在电话里说。

“谢谢，谢谢！”桑老连声说，“感谢组织上的关心，请一定代问大家好!”

朱局长又在电话里说了一番抱歉之类的话便挂断了手机……

“不来啦?”老伴问。

“不来了。”桑老放下电话。

“不来也好。”老伴稍稍松了一口气。

桑老没言语。

“吃饭吧?”老伴说。

“吃，你先吃。”桑老说。她有点儿心疼地看着老伴，从昨天忙到现在，毕竟老伴已是七十多岁的人了。

“一起吃吧。”老伴不肯离开。

桑老知道她不去吃，老伴也不会去的。于是站起身来和老伴一起来到餐厅，看着桌上满满一桌菜，桑老一点儿胃口也没有，她让老伴盛了一点儿早上剩下来的泡饭外加一小坨扬州酱菜，平常不来人，他俩吃得相当简单，有时酱菜、泡饭就算一顿中饭了。穿衣也一样，如果不是来人，夏天穿的汗衫常常是补了又补。

大概因为饿的缘故，老伴略微有点儿头昏，于是他在盛泡饭的时候就多盛了一点儿，陪着桑老吃泡饭。尽管桌上的盐水河虾也是他喜爱吃的，但不知为什么他就是不想去动一筷子。

“这么多菜怎么办?”桑老说。

“是哩。”老伴扒了一口泡饭说。他俩用的冰箱还是老旧的容声冰箱，只有一百八十升的容量，子女们每次都说让换一个，但他们始终没换，总觉得还能用，而且两个人的食物储藏本来就有限。

“真该听他们的话买一个大的。”老伴说。

“就是买一个大的也装不下这么多呀!”桑老说，事实上因为夏天天热，冰箱里已经塞满了东西。

“那就吃呗!”老伴说。

桑老知道老伴这话多少有点儿抱怨的成分，可今儿是老天闹别扭又能怨谁呢？再看院子，雾气此刻已经散得差不多了，毒辣的日头若隐若现，今天少不了又是一个三十六七度的高温天气。一桌的虾子、鸡、鱼，以及那些已经加工好还没有下锅炒的菜，摆到晚上还可以，若是摆到明天，恐怕没有不馊的。

“吃怎么吃得了呢?”桑老望着满桌的菜，子女们都在外地，哪怕有一家在本市也好啊，“去把小马喊来吧，这孩子怪可怜的。”桑老忽然想到所部每天来送报的那个志愿兵。小马家在安徽，去年家乡发大水，房屋和所有家当都被大水冲光，他本人又得了肾病。

“要喊就把所里的几个干部一起都喊来吧，平常你上医院干什么的，没少麻烦人家。”老伴说。

桑老立刻表示同意，虽说她的工资以及医保啥的均不在干休所，但她一旦发病要用车，干休所从来没有含糊过，所里的几个领导把照顾好老干部的家属看作照顾好老干部的一部分。他们认为老干部家属的身体好了、情绪好了，对老干部本人也有好处，况且桑老本身也是一个老干部。所以当桑老的老伴到所部以桑老过生日的名义邀他们到家做客时（离桑老的生日还有好几天），所领导很爽快地接受了邀请。于是整个下午桑老和老伴又开始忙碌起来，他们把原先打算撤下去的酒杯和碟子什么的重新调整摆放好。除了所长、政委还有管理员和小马，以及一个常开车送桑老去医院的驾驶员，一拨人在晚霞还挂在天边的时候早早地来到位于干休所大院东侧的五号楼。桑老听到人声便急步前趋到院门口来迎候，离院门口还有好远，大个子所长见到桑老就高声喊：“祝你生日快乐!”众人跟着一起喊道：“祝你生日快乐!”走在后面的小马和驾驶员手里提着蛋糕和水果。

“老太婆了，还有什么快乐不快乐。”桑老笑着说。

桑老的老伴也放下手里的活出来打招呼。

大家在大桌边坐好，把桑老让到上座，桑老的老伴坐在她的旁边。政委是刚从某军宣传处调来的，年龄不大，很善于调动情绪，他让小马点上蜡烛，然后指挥大家一起唱“祝你生日快乐”。歌声中，桑老吹了几次都没把蜡烛全吹灭，还是老伴站起来帮着，才把最后一根蜡烛吹灭，大家全都跟着欢呼叫好。

桑老原本是不喝酒的，她有心脏病也不能喝，但她还是坚持倒了一点儿葡萄酒。众人把酒杯端起来敬她时，她端起酒杯，颤抖着把酒杯挨近泛紫色的唇边，将半小杯酒慢慢倾入嘴里，放下酒杯时她的眼里噙满了泪花。

“吃虾子，吃虾子。”老伴用筷子点着盘子催促大家说。

"人死了要能上天堂该多好。"她说。

"谁都这么想。"我说。

第十四篇　坠落下去会很美

倪小双从江北过来了。她的妈妈家在鄣业，确切地说她也出生在鄣业，而正是因为这一点，我在江北工作时认识了她。后来我因为家庭的关系回到鄣业，而她却在那边成了家。不过，几乎每次她回鄣业都打电话给我。说老实话，每次她打电话给我都使我充满某种激情，同时也使我为难。我不知道应该把她往哪儿领，通常我们会在一家小饭店吃饭，点菜的时候保持相当的谨慎，因为我们都不富裕，她嘴上喊要敲我的竹杠，但往往拣较便宜的菜点。而后我就把她领到离干休所很远的火车站候车室，不知什么原因，有时我喜欢在嘈杂的人声中和她谈话，这样反而显得十分安谧。我总觉得她是最了解我的人，很多言语都是意会式的，我说了一个开头，她就知道我想表达的意思了，所以这样的谈话就非常轻松，这也许就是我始终和她保持联系的重要缘故。

有时候我和她在一起，吃饭并不重要，就像这天下午四点左右，我买了几个面包就和她跑到东郊去了。我记得那里有一片竹林，从竹林向上看，可以看到九华山观象台的圆顶。

竹林湿润，清凉，因为没到季节，所以竹笋还没出来。只有鸟鸣，山脚下没有一个人。

倪小双知道我喜欢幽静，甚至想一个人远离人群，在某一个地方过离群索居的生活。

“这儿是不是就是你想隐居的地方?”倪小双歪着头问我。

“有点儿像。”我说。倪小双已婚但仍保持着一份纯真，这令人觉得不可思议。婚姻好像对她来说不像一道门槛，门里门外她还是她，真不知道她这个婚是怎么结的。当初我见到她的时候，她像台湾一部电视剧里一个叫“小同”的女孩，现在还像，脸上绒毛犹在。

她抱住一根较粗的毛竹，身体以毛竹为轴心打着旋，看来她很开心。她是一个不怎么把喜悦放在脸上的女孩，即使笑也很有分寸。这种分寸感很有吸引力，让人总是觉得在她身上有什么东西意犹未尽。你过于靠近她了，她就用语言把你轻轻推开。

她似乎对接吻不太感兴趣，她对嘴唇部分较为敏感，从不让人靠近那一部分。如果你要是强行靠上去，她就会发出小鹿被按住那样的呻吟声，其状十分痛苦，使人瞬间顿觉无趣。

“你看那是什么?”当我忍不住又要向她的嘴唇接近时，她指着头顶上方说。我顺着她手指的方向看过去，透过竹尖的缝隙，看到了山上的观象台。一束阳光正从观象台灰色的圆顶旁边射下来，照在竹林松软的地上。似乎有过什么东西曾经从天而降，地上因此略微有些凹陷。紧接着倪小双就发现了不远处的坟茔。

倪小双的胆出奇的大，有时候很难使人相信她是一个女孩子，常人以为恐惧的事她往往处之坦然，甚至偏偏要对那些新鲜而可怕的事物抱猎奇心去探究一番。确实很难想象，在一片碧绿的竹林里隆起一座掩埋遗骸的坟茔会让人觉得是啥滋味，就像一边优雅地品茶，一边却手抚骷髅。

坟茔是毫不起眼的，由于年代已较为久远，坟包低矮，上面陈年的枯草和春天初生的马兰头掺杂在一起。

“是谁葬在这儿?”倪小双问。

“会不会是从前的看林人?”我说，“不过也许是观象台的一个什么教授。我在一篇资料里看过，说日本人来的时候，上面一位教授没走，后来就莫名其妙地从山崖上掉下来摔死了。也许是他葬在这儿。”

“那说不定还算个烈士。”倪小双说。

“不知道……按道理如果算烈士的话就不应该葬在这荒郊野外了。”我含含糊糊地说。

“荒郊野外?”倪小双轻声叫了起来，“这么幽静的地方上哪儿去找?”

“噢噢，我的意思是说这儿比较偏僻。”我连忙解释说。

“既然偏僻，那你还带我来干什么?”倪小双故意说。

“我喜欢偏僻。”我说。

天色暗下来，仿佛要下雨，竹林里显得更加湿润，有一种压力从四面压过来，使人觉得竹林格外小、格外静。

尽管天色暗了下来，但我和倪小双却丝毫没有想走的意思。她和我相处历来没有危险感，有好几次我存心想占有她（无论是在她婚前还是婚后)，甚至把旅馆的床都铺好了，但最后还是没成。此后，她依然和我来往，依然到我刻意安排的地方去。“你怎么就这么放心?”我曾经对她说，“就不怕我强奸你?”“你不会的。”她说。

“为什么不会?”我说,“我也是男人。”“不为什么,就是凭感觉觉得你不会。”她说。“假如我真的强奸了你呢?”我故意说,这种设问让我觉得很过瘾。“不会的。”她仍然这么说,“我不会看错人的。”我只好不再往下问了。

我们在离那座如同少女乳丘似的坟茔两三步的地方坐下来,从那儿往上看,山上的景物历历在目:陡峭的山崖、飘拂的青藤、观象台歪斜的窗户。

我轻轻抚摸她的胸部,她没有拒绝,反而像一只小绵羊似的躺在我的腿上。她像我所接触的其他女人一样,希望事情仅仅限于抚摸,或者坐在一起谈话。她们对于和男人谈话总是有着无穷尽的乐趣,而我除了与她谈话之外,总是想让事情朝前发展,直至纯粹的肢体语言。她好像早就看出了这一点,似乎尤其看出我将在事情达到极致之后对她也不可避免地产生厌倦感,所以按她的话讲拒绝我是为了不失去我。即使是什么事情也没发生,我也开始感到厌倦,在这么一个任何事情都讲求效益的时代,我觉得我的投入没有合适的产出,多少显得有点儿傻。要不就是她过于聪明了,因为不是跟什么人谈话都可以达到我和她之间的那种效果的,她觉得她已得到了充分的抚慰,这就行了。而我在与她谈话时总觉得有某种东西使我焦虑不安。她那极其舒展的微笑,在我看来就简直有点儿嘲讽男人的意思。

天上开始零零星星掉雨点,空气中充满了腥味。我们觉得这样很好,至少现在感觉很好,城市在远处,婚姻、家庭在远处。她从来不跟我多谈她的丈夫什么的,好像那些跟她无关。她对现实比较容易满足,不像其他女人,与男人见了面就迫不及待地抱怨丈夫、家庭，似乎她们与男人幽会完全是忍无可忍的结果。与那样的女人接触令人忧虑，我和大部分已婚男女一样，对一切已经习惯。我觉得两个套子从本质上来看都是一样的，与其从这个套子里钻出来又钻进另一个套子，还不如待着不动。她仿佛比我看得还清楚，这也许正是倪小双的聪慧之处。有时候我故意问："愿不愿意嫁给我?""不会的。"她说。"为什么?"我又问。"不为什么，就是不愿意呗。"她说。"那不如不跟你来往了。"我说，心想：干脆不跟她来往了。"不会的。"她说，"你不会的。""我会的。"我说。"那我就来找你，非找到你不可。"她说。"那我要是不理你呢?"我说。"那我理你呀!"她说。我被她的神情逗笑了。

我想解开她胸前的一颗纽扣，但被她的手拦住了。

"怎么?"我问。

"就在外面不是一样的吗?"她说。

"不一样。"我说。又去解那颗纽扣。

"嗯，我不。"她扭动着身子。

我松开手不再坚持。

天色完全暗下来了。我像那些敏感的男人一样，反而为倪小双的安全担心起来，因为一旦在这黝黑的林中蹿出个人或什么怪物来，我不知道我是否有能力和勇气来保护她。说到底男人没有什么可劫掠的，如果身上有钱，把钱交出去就可以了，不行把命交出去也无所谓，好在我对这个世界没有太多好感。身边带个女人是危险的，通常女人的身体比钱物对劫掠者更具吸引力，或者说劫掠者绝不会止于对钱物的攫取。事实上一旦发生此类事，最痛苦的很可能就是在一旁束手无策的男人，拼又缺乏力量，喊又没人听见，而且喊也未必能喊得理直气壮。其实，在我的内心深处，充满了对人世间的恐惧，常常出现的盛怒不过是怯懦的外化形式。与我的怯懦相反，渐渐到来的黑暗反倒使倪小双格外依恋这片竹林，好像她一直在寻找的梦的境界恰在此地，从这个意义上讲女人是一些比男人更感性化、更率真的人，她们和自然存有更多亲和力，不太考虑后果。

“别走，这么美的夜晚你怎么舍得走?”她很少有地主动拉住我的手，我差点倒在她的身上。我乘势又抱抱她，她没拒绝，也抱抱我。我们俩并排在竹林里躺了下来，抬头望去，观象台的圆顶上孤零零亮着一盏灯。

“那是一盏什么灯?”她在黑暗中问。

“不知道。”我答道。

“上面有人住吗?”

“不知道，听说已经废弃了。”

“那是一盏什么灯呢?”她在黑暗中自语道。

“可能是一盏高度灯吧，怕夜航飞机撞上。”

“噢。”她似乎恍然，“真好看。”

竹林里很静，偶尔传来一两声夜宿鸟的啼叫。

她伸出手，在黑暗中轻轻碰了一下我的脸。我按住她的手，她的手指在我的脸上慢慢滑动起来。

“人死了要能上天堂该多好。”她说。

“谁都这么想，”我说，“可最后全都入了土，连那个搞天文的也一样。”我提醒她脚边的坟茔里还有一具尸骸，那尸骸也许只剩下一副骨架了，而且已经朽成蜂窝似的了。

“其实要是能永远在这儿也不错，”她说，“没人打扰，青山绿水，也就跟天堂差不多了。”

“跟谁在这儿?”我故意问，“你丈夫?”

“不不。”她说，“那是尘世间的丈夫，太多尘世的味道。”

“那你跟谁?”我又问。

“你说跟谁?”她反问我。

“我不知道。”我引逗她说。

“不知道就算啦。”她说。

我伸手去抚摸她的身体，她把我的手拿开了：“别动，就这样躺着，永远这样躺着。”

“那就是你和我了?”我说。

“就算是吧，”她说，“别问那么仔细好吗?”

零星的雨丝在飘，山顶上那盏灯不停地变幻着光环，竹林被微风拂动着发出轻轻的响动。细细的雨丝在竹尖上聚集了以后，间或淋滴在我和倪小双的身上、脸上、头发里。她向我靠过来，把手环绕在我的脖子上，我感觉到雨滴从我的脸上慢慢滑落，落在我身旁的枯叶上，渗到泥地里。

我的脸和她的脸靠在一起，天空黑沉沉的，唯有那盏灯像星星似的缀在黑色的天幕上。

“你盯着那盏灯看。”她对我说。

“怎么?”

“你看，你看。”

“我看了。”

“你看见什么?”

“没看见什么。”

“不对，你盯着看，不要动。”

“我没动。”

“看见什么?”

“好……好像没……什么嘛。”

“你真笨。”她用手指点了一下我的额头。

我盯着那黄黄的因为雨丝的缘故带着光环的灯看，看着看着，光环渐渐隐去，灯的周遭虚化，慢慢膨胀开来，越来越大，缓缓下坠，终于吓得我蒙上眼睛：“不行不行，我看花眼了。”

她笑了：“像要砸下来吧？”

“不不，是看花了眼。”我说。

“不是看花了眼。”她说。

“要不就是幻觉。”我说，“人的意识有时会出现错位，把不可能出现的当作可能出现的，把可能出现的反而当作不可能。或者夸大、缩小事物，自己骗自己，总之是超现实的。”

“超现实不好吗？”

“不是。”我说。

“我倒觉得那盏灯向我坠落下来时很美，越来越大，末了我索性闭上眼睛什么也不想，就好像到了天国。”

“没那么神。”

“真的哎。”

竹林在拂动，带动了远处的松涛发出低低的呼哨声，给人以一种动荡不安的感觉。

“你害怕吗？”我问。

“怕什么？”她反问道。

“这么黑，还有风、雨。”

“我喜欢和自然在一起。”她说，“和自然在一起有什么好怕的？”

“大自然有时候也害人哩。”我说，“比如说天上掉下来一块陨石。”

“怎么可能这么巧?”她说。

“有时候可能就这么巧。”我说。

“那就没办法了，真要那样只好听天由命了。”她说。

“如果地球毁灭你最想做的是什么?”我问。

她想了一会儿，说：“了却一生未了心愿。”

“什么是你未了心愿?”

“……我也不知道，很多吧。”她说，“你呢，你最想做的事是什么?”

“也很多。”我说。

“你就说你最想做的。”她摇着我的胳膊说。

“现在?”

“就是当一块巨大的陨石正从天而降，你所剩的时间只有很短很短了。”

“……让我想想。”

“时间很短，你连下这座山都来不及了。”

“你这不是逼我吗?”

“对，就是逼你。”

“你明明知道我想做什么，为什么还要问我?”

“我不知道你想做什么。”

“谎话。”我翻身在她的上面看着她。她的眼眸扑闪着看着我，没动。

过了一会儿她闭上眼睛，断断续续自语道：“……我不知道，不知道……”

她紧紧地抱住我。我蹬掉了她的长裤。

……

“我为什么要这样?”她多少有些悔意，自语道。

“不会是天意吧?”我小心地问。

她没动，也没言语。

这时候雨丝不再飘了，也没风。

无产阶级思想永放光芒，但是无产阶级也要吃喝拉撒睡，也会生老病死，也会在夕阳里开会。

第十五篇　来，来，开会了，学习了

每周二下午午睡起来以后，老桑的爱人照例去干休所所部去看报纸。老桑则照例开始忙碌起来。

其实也很简单，把饭厅里大桌上的浮灰抹一下，另外准备三只杯子：侯政委的爱人小钱是上海人，喜欢喝橘子粉之类冲的甜水；老桑本人担任过多年人事局局长，保留了喝一点儿淡茶水的习惯；而已故姜团长的爱人老汪是山东人，有一杯白开水就行了。

等老桑把杯子摆好，并在其中的两只杯子里分别放了一点儿茶叶和橘子粉，参加党小组会的小钱和老汪也到了。

小钱见老桑提着水瓶，赶紧上前接过来，帮着给茶杯倒上水，放茶叶和橘子粉的杯子只倒半杯。老汪落在后面，她略显迟缓，进门后什么话也不说，径直坐在靠窗口的位置上。

老桑是干休所老干部家属党小组的组长，她的面前一般放着上面发下来的几页学习材料。小组会的开场白通常不是她念材料就是委托小钱念，老汪从来不念，因为她没文化。在部队时，扫盲班往往没识几个字，她就又怀孕了，直到现在她还在为子女多而烦恼。

今天老桑的情绪不够好，原本偏胖的孙子又增加了一公斤体重，仿佛原本很瘦的她忽然又瘦了许多似的，令她担忧。所以她把材料向小钱面前推过去，让小钱念。而小钱这两天的心情也不舒畅，她比侯政委小了将近二十岁，她和侯政委是在公园锻炼时认识的，那时侯政委的老伴刚刚去世不久，不少人都说她是冲着侯政委的房子和钱来的。她与侯政委结婚以后表面上和和气气，实际生活习惯却相去甚远。侯政委一开始从批评小资产阶级情调的角度来数落她，这种话语她没往心里去，想不到今天上午侯政委也说她是冲着他的房子和钱来的，弄得小钱很不开心。

但小钱很会分内外，与老侯如何，别人再怎么讲，她自己一般不到外面来讲，而且她很会调整情绪。所以老桑叫她念文件，她立刻由不快转为乐意接受，不管怎么说老桑曾经是一位正儿八经的国家干部、局长，而她只不过当过上海一家街道小厂的工会干部。

“念哪儿？念哪儿？”她笑嘻嘻地指着文件询问。

老桑点了一下文件：“就把关于反腐倡廉的那一段念一下。”

小钱操着不那么标准的上海普通话：“的确，反腐败是关系到我们党生死存亡的……”

“一点儿没错，一点儿没错！”小钱刚念了没几句，一直一言不发的老汪忽然把目光从窗外收了回来。

“什么一点儿没错？这儿正在学习呢！”老桑皱了皱眉头。老汪这人很朴实是真的，但大约因为丈夫死得早，子女多，而且五个中倒有三个没正经工作，生活很不顺心。前一段她最上心的小儿子也失业了，所以整天戗戗的，很有点儿倚疯作邪的样子。

“桑局长你给评评这个理。”老汪的话匣子打开了。

“别叫我局长，叫老桑。”老桑纠正道。

“老桑，你给评评这个理。”老汪伸出骨节肥大的手，以手势助语言：“我家老五失业不等不靠，小夫妻俩自愿到九马山承包荒山种菜养猪，减轻国家负担。合同都签了，突然又冒出个郊区多管局要收什么占山费四万五千元，两条‘中华’送过去了，一点儿用处都没有。”

小钱咯咯地笑了起来：“喔哟，两条‘中华’当然没用，人家早都送‘黄金叶’了！”

“‘黄金叶’？”老汪不太明白，“那要多少钱？”

小钱也不太明白，把脸转向老桑。老桑也不知道。现在有谁给老干部送礼？问遍整个干休所，恐怕也没人知道一条“黄金叶”的确切价格。

“反正很贵。”老桑说，“你说。”她很有兴趣听下去。

“没啦。”老汪却说，“完啦，刚开的小农场办不成啦，还来人贴了封条。”

“这太不讲道理了！”小钱气愤地说。

“什么是腐败，这就是腐败！”老桑说。

有两个女人的一致同情，老汪更动感情了：“要是他爸爸在世……当年我就不该把他爸从死人堆里背下来，不把他背下来，也就不会有这个小五子，没有这个小五子也就……”老汪当年是战地医护队员，救过丈夫的命。

大家都有些默然。是的，虽然国家仍给予离休干部以较优厚的待遇，有宽敞的住房，工资不减还不断地涨，但她们当年作为解放军干部家属的那种优越感却早已随着时代变迁而消逝了。那时候介绍老桑、老汪、老……时往往先介绍这是某某政委的爱人，这是某某某师长、团长的爱人。而现在这些师长、团长，或政委们不过是一个个顶着满头白发的老头子，甚至许多早已过世。

“爱人在世又怎么样呢?”老桑感慨道，各领风骚二十年嘛。老桑现在唯一担心的就是她唯一的孙子身体太胖了，刚刚十三岁就一百六十斤，再这么胖下去，心脏负担就会加重。心脏负担加重就会有毛病，别人怎么有毛病不要紧，但孙子不能有毛病。老桑由此联想到自己说到底不过还是一个富有传统思想色彩的妇女。是又怎么样呢？这一点老桑甘心情愿了，莫非组织上到最后还不认可一个为党工作了几十年的女干部的这点儿伦理常情?

想到这儿，老桑忍不住一激灵站了起来，拿起电话接通了儿子的单位，儿子显然正忙着，但既是老母的电话就只好听着。老桑告诉儿子，她刚从报纸上看到的，过于肥胖的青少年宜多吃含锌元素的空心菜，她让儿子不妨试试。儿子在电话里故意问：“那么菠菜就不吃啦?”肥胖宜多吃菠菜也是老桑从报上看了以后打电话告诉儿子的。前前后后老桑告知儿子十余种减轻青少年体重的方法，儿子都“嗯嗯啊啊”地答应下了，可仿佛一种也没认真实行过。对此，老桑很有意见，认为是当医生的媳妇不支持。

“我说过了，我就算尽到责任了。听不听是他们的事。”老桑放下电话，心情仍难以平静。

小钱和老汪看着老桑打完电话，看着她重又坐下来，她们对老桑的忧愁似乎不太理解。老桑的孙子固然分量不轻，但因为个子也高，因此应该说尚在限度以内，至少看上去还没胖到那种样子。老桑却刻刻为此操心，单在每周一次的党小组会上就不止一次地给儿子打过类似的电话。在小钱和老汪的眼里，老桑够幸福的了，她的孙子为什么会胖？胖就是营养好。为什么营养好？营养好是因为有这个条件。老桑最后下来之前，利用自己手里的那一点儿权力，把从部队回来的小儿子安排在了当时令人羡慕的电视台工作。而老汪呢，早就从部队复员成了家庭妇女，她是绝没这条件和机会给小儿子也安排一个好工作的。

“接着念。”老桑对小钱示意道。

小钱操着上海普通话接着往下念：“的确，反腐败是关系到我们党生死存亡的……”她重复念了一遍刚刚念过的段落，但老桑和老汪都没在意。

“……广大老干部应保持革命晚节。”小钱念到这儿停了下来，她感到念到这一句时，才真正从她心上经过，而其他那么多词语都有口无心地滑过去了。

“爱人在世又怎么样?”她重复道老桑所发的感慨。当然，她不可能有孙子，因为她与离异的丈夫压根儿就没有过小孩，她看上去还比较年轻，甚至还存有点儿风韵之类，至少可以想象她年轻时或许是一个较为好看的女人，再加上作为上海人的她天生会装扮，所以当侯政委第一次领着她在干休所院子里散步时，她很令离休干部及家属们的眼睛为之一亮。尤其让人觉得扎眼的是小钱居然还挎着侯政委的胳膊（不是搀扶），这在全干休所是绝无仅有的。

老桑与老汪刚才对小钱重复文件内容没在意，对小钱重复老桑“爱人在世又怎么样”的感慨却一下子听出来了，觉出小钱有话要讲。

“老干部在世也要思想好。”小钱放下文件，“也要不断地改造思想。”

“侯政委不是待你挺好的嘛。”老桑说。

“可人是变化的!”小钱说。小钱原本不想说的，但确实老侯上午说的那句话触痛了她。半年多前，小钱从上海到妹妹家来玩，姐妹俩早晨一起到公园锻炼，侯政委也天天在那里，小钱只到老侯家来了一次就决定嫁给老侯。尽管干休所里对此有不少议论，但小钱再三表示，她是带着对老干部的崇敬而与老侯交往的，并且说打从五十年代起，部队干部就是她崇拜的偶像，只是苦于一直没有机会结识他们而已。这与老侯的想法有些异曲同工，打从进城解放，他就觉得所有城里的姑娘都一律高傲得不可接近，想不到到了晚年，还有一位上海曾经的姑娘对他如此热情，这使他觉得仿佛在梦里。

“你们给评评这个理。”小钱气咻咻的，上海普通话里吴方言的成分增多了，“他血脂高我让他少吃肥肉，难道错了吗?”

“是啊，老年人也会肥胖，不宜多吃荤食。”老桑表示赞同。

“你们给评评，我要是冲着他的房子和钱来的，我会管他吃不吃肥肉吗?”小钱似乎还意犹未尽。她本想说出就连老侯本人也说她是为了房子和钱而与他结合的，但话到嘴边还是忍住了。似乎他们二人只是为了相互关心而产生分歧。事实上，离异后她还一直与前夫隔着一排柜子挤在仅九平方米的阁楼里，她原先所在的街道厂也因效益不好而经常发不出退休人员的工资。侯政委二层小楼的住所和万元以上的月薪对她无疑具有很大诱惑。一个无子女的女人，晚年生活无着意味着什么，这一点其实她心里很清楚。

“吃肥肉也没关系嘛。”老汪说，“我经常吃肥肉身体不照样好好的？血脂也不高。”

老汪生活很节俭，老干部无工作遗属的补助每月仅一千九百元，水电气话就要交五百六十多元，剩下来一千三百多元吃饭及杂用相当紧张。她常买肥一点儿的肉回来，是因为肥肉吃完了，油汤还可以烧蔬菜，不用再花钱买油了。这样在吃上可以把开销压到最低限度。如有可能，她时不时还抽出一点儿钱来接济那几个条件不好的子女。农村出来的，知道怎样扯开来过日子。什么营养不营养，对身体有利无利她没法多加考虑。

“反正吃肥肉不利于身体健康，这是有科学道理的，早就这么说了呀。”小钱说，弦外之音似乎是：老汪你没文化，你不懂。

“我不管什么科学不科学，吃肥肉没事，我都吃这么多年了!”老汪说。

老桑见小钱与老汪眼看就要争起来，及时制止了她们，而后对小钱说：“小钱师傅，你和侯政委刚刚结合不久，若现在就闹上矛盾，影响不好。这里面住的都是老干部和老干部家属。”

“他都不怕影响不好，我还怕什么影响不好?”小钱说。

“莫非侯政委做了什么对不起你的事了?”老桑追问。

“哼!”小钱不说。

“究竟有什么事?”这一来老桑格外想知道，连刚刚半转过身去的老汪也竖起了耳朵。

“老桑，侬讲句公道话。”小钱迟疑了一下，还是说了，“我不会做事是真的，可是上海女人有几个会做事的?他不该把他那个死鬼老婆的妹妹经常弄来。”

“不要这样说话。”老桑说，“我见过那个大妈，很像侯政委的前妻。”

“对，就是他前妻的妹妹。”小钱说，“来也就罢了，我不反对，来了以后里里外外忙得倒像她是女主人了，整天搞他们胶东人的大葱煎饼，老侯是吃得香了，可满屋子的大葱味让人怎么受得了?这也就罢了，最近他还把前妻的照片又翻了出来，今天上午竟然……竟然连他也说我是冲着他的房子和钱来的。”

“你是冲着他的钱和房子来的，全干休所都知道。”老汪白了小钱一眼。

“你看你看……”小钱涨红着脸求援地看着老桑。

“这样说不对。”老桑用批评口吻对老汪说，“就是冲着钱和房子来的也不一定就都错了，关键是有没有基础。过日子嘛，没有房子和钱怎么过?更何况小钱又没有子女，将来怎么办?”

老桑的话仿佛点到了小钱的伤心处，小钱的眼圈红了，她掏出手帕擤了一下鼻子。

气氛有点儿黯然，老汪也觉得自己的话说得有点儿过分了。她带点儿歉疚地望了一眼小钱，心想这个女人也不容易。她老汪再苦，至少干休所的老干部及其家属们还能同情她。可小钱呢，没人理解她。她就像一个混进干休所来想偷东西的坏女人。

小钱读不下去了，老桑只好把文件从小钱的面前拿过来自己读。

“的确，反腐败是关系到我们党生死存亡……”她又从这一句开始念，老汪也觉得耳熟，提醒老桑念重复了。

“多领会领会有好处。”老桑却说，“的确是这么回事，不反腐败别说一个党会亡，国家会亡，一个家庭也保不住。”老桑放下文件，“你们说我那个孙子为什么会那么胖？我就担心我那小儿子把握不住自己，常常花那么多钱给小孩子吃什么肯德基、必胜客，这就不够正常。不经常进行反腐倡廉教育，弄不好就要出事。出了事就不是他一个人的事，我们老了无所谓了，可我那孙子就要……”老桑说不下去了。老桑四个儿子，只有一个孙子。

电话铃响了，老桑放下文件去接电话。电话是儿媳打来的。她说她下午特地把儿子带到单位隔壁的市体校举重房去称了一下，结果是七十八公斤半，即一百五十七斤，不仅没长一公斤，倒还瘦了一市斤。

“那秤准不准？”老桑将信将疑。

“那可是专门给举重运动员称体重的，比赛时差一两就决定胜负哪！”媳妇说。

“一百五十七斤？也不轻哪。”老桑咕囔道。

媳妇显然不太满意：“哪儿来的一百六十斤呢？”话没说完，就把电话挂了。

老桑放下电话赶紧到里屋去打开抽屉，不一会儿拿来了一张有火柴盒一半大的硬纸卡，上面印有身高、体重等字样。“你们看，我还是专门花一块钱带孙子到街上去称的，这上面印得清清楚楚：一米七二，八十公斤，偏胖。难道有假了?”

“街上那秤你也信?”小钱拿过卡片，“那是赚钱的。有一次称我的体重一百二十五斤，你们看我有一百二十五斤吗?从年轻到现在我就没超过一百一十斤过。”

“这也有假?”老桑自语道。

“人还有假的呢!”老汪在一旁说，“嘴上说的一套，做的又是一套。”

“你讲谁?”老桑问。

“谁都是。”老汪说。

“老汗。”老桑立即提醒道，“困难总是暂时，你别忘了你还是一个党员，别忘了自己身上的责任。”

“是有责任。”老汪说，“我首先要吃饱饭，儿女们有工作，也吃饱饭。”

“这倒也是。”小钱同情地说。

“今天就学到这儿吧。”老桑不想再争下去，她有些心神不定，况且不知不觉已经一个多小时过去了。

小钱忽然想起要上街给老侯买什么东西去，晚了怕人家要下班，忙不迭一溜小跑走了。

老汪也不再说话了，她慢慢地站起来，行动迟缓地向门外走去。

老桑收拾着桌上的茶杯、文件，收拾到一半，她又拿起电话接通了儿子的手机，告诉他含锌元素的空心菜就暂时不要往家买了，同时嘱咐要开始注意给孩子补充点儿营养了。

那时鞋跟与地面撞击，发出一板一眼，十分有力、自信的响声，好像那便是她的宣言。

第十六篇　丁字皮鞋敲响少年心

我也搞不清女人怎么会那样，而我怎么会这样。

要知道我是一个多愁善感而具有某种纯美倾向的人，这一点从我还是个十五岁少年的时候就可以看出。我认识徐玲玲是从她的声音开始的，二十多年前，她还是一个从上海来到皖北小城的女播音员。据她后来告诉我，她为了逃避下放农村，才从上海到小城来投奔她叔叔的。其时我还是学生，虽然无心读书，书上也没什么可读，但却特别烦各种声音来打扰我，最烦的就是隔壁邻居的广播喇叭，那里面整天播着绕口令式的、口号式的文章。我甚至和邻居打了一架，我扯坏了喇叭，而代价是鼻梁被打成骨折，为此我和邻居成了不共戴天的仇人，连带着似乎和广播喇叭也成了仇人，看到喇叭就烦，听到播音的声音就头皮发麻。耳塞子、在窗子上贴封条，什么能够阻挡那些无聊广播声的法子我都试过，当然，末了全都归于无效。既然无效，也就不再动脑筋去阻挡，只能接受现实，慢慢适应。那些跟着形势走的口号式文章我就权当没听见。不仅如此，其实最好的办法是从中寻找乐趣，而这中间最有可能产生乐趣的就是女播音员的声音。那时小城还没有正式的广播电台，仅有一个线路覆盖全市的广播站，女播音员似乎也只有徐玲玲一个。事实上本地女孩的声音再怎么憋也脱不了个土字，而唯有徐玲玲的声音显得洋气、清亮，颇有大台的风范。

每天一大早，少年的我还在睡觉，徐玲玲的声音就开始在广播里出现了，语调亲切，不厌其烦，准时按点，听着听着竟然也就不那么反感了。无论如何，她的声音总比闹钟刺耳的铃声更易于让人接受。而当我眼屎巴巴夹着几本书去上学时，则往往会看到一个洋气、端庄的女青年端着饭盒去离广播站不远的市委食堂。后来有同学悄悄地议论说，这就是广播站的女播音员，姓徐。

徐玲玲果然一副上海人的打扮，衣着挺括入时，足蹬一双当时非常流行的丁字形皮鞋（只有上海才有卖），短发。学生上学时往往是她结束了每日第一次播音下早班，从广播站去食堂吃饭（有时是中午，她下第二次播音，我们放学），毫无疑问她在学生们的眼里，在我眼里，不不，在小城所有人的眼里是一个骄傲的公主，是明星。而她却似乎全没在意她在小城人心目中的地位，只是足蹬一双丁字鞋，目不斜视，顾自行走在树荫遮盖下的人行道上。那时鞋跟与地面撞击，发出一板一眼，十分笃定、自信的响声，好像那便是她的宣言。但凡她出现了，我们这些一路走、一路叽里哇啦说个不停的男女学生，都会不由自主地放低了说话的声音，向她投去仰慕的眼光。不仅如此，马路上行走的其他人也会放慢脚步，连天天在街头卖烧饼的，也会呆呆地看着她。那才叫上海姑娘，那才叫广播站普通话说得漂亮的女播音员哪！

徐玲玲是高不可攀的，我也因见到她本人，而对邻家广播声由反感、烦躁不安而演变成了一种朦朦胧胧的等待。早晨快六点时醒在床上，晨曲之后，传来：“××人民广播站，现在本站开始第一次播音……”那是一个成熟女性的声音，甜甜的，直钻进我的被窝。

怎么也想不到，后来我竟和徐玲玲成了同事，她并没因岁月流转而改变什么，相反已二十九岁的她似乎更加成熟了。在她看来，我不过是一个刚从部队复员回来的小弟弟。那年我二十岁，小她九岁。她当然不知道我认识她的历史，从听她的声音算起，已有五六七八年了。这中间除去当兵几年之外，其余的年份，可以说我是在倾听徐玲玲的播音里度过的。也正是在这段朦胧而迷乱的日子里，有些早晨我就是一边听着徐玲玲的播音，一边幻想着对女人虚妄的性爱，那真是一种妙不可言的感觉。这些我当然不会告诉徐玲玲，这是过去的秘密。

时间稍长了一些，我知道，徐玲玲的高傲是有道理的，无论如何，作为上海人她没有因为“沦落”到小城，就在婚姻这样大的事情上勉强自己。她像小城人所期待和猜测的那样，果然在找对象的问题上表现出众。她没嫁给任何一个因土生土长而难免土里土气的当地人，而是嫁给一个海军军官，这在当时，是姑娘们众望所归式的选择，与多年后女孩子攀大款、觅高级白领是一回事。更令人觉得理所当然的是，那海军军官（当时叫部队干部）的父母为小城唯一一所部队干休所的老干部。那有着高高院墙的大院，被小城人笼统地尊称为“红军大楼”（其实里面只有一位称得上是道地的红军），这在当时是震撼人心的背景，等于是在一个漂亮的千金姑娘身上又平添了千金，更加光彩。这也就难怪徐玲玲总显得那么高傲而矜持。

不过平心而论，当我和徐玲玲成了同事并真正走近了她的生活，发现她不失朴实，倒也不是那种显摆的女人。她在单位，除了不怎么理人之外，并无恶名，更没听说她和什么男人有瓜葛（在小城人看来，广播站的人都挺风流的，若干年来，确实有若干风流故事从那里传出）。她上班干完自己的事（具体说就是录完音以后，那时尚无直播一说），如若没有开会学习什么的，就顾自离开，回家了。她在婆家是公认的好媳妇，这一点早就传到广播站了。她丈夫是长子，常年在青岛，家中的一应家务全由徐玲玲一人包下了。从照顾公婆到协调几个姑子叔子的关系，再到拆洗被褥那样累人的活，居然都是她一人在干，经常是匆匆忙忙来上班，匆匆忙忙下班，很少看到她像结婚前那样穿着丁字鞋，在路上有节律地行走。最清闲的时候，往往倒是在班上：录完音之后，或是尚未录音，等着编辑将稿件送给她播。只有这种时候，她似乎才注意到我，问我多大年龄了，父母是干什么的，完全一副老大姐居高临下的口吻，而且稿子到了她那里似乎也并不顺畅，往往不是嫌词句拗口难播，就是说我字迹潦草不好认，有时候还自作主张把她认为不顺口的话给改了。出于对她的尊重（进广播站一段时期内，对她的神秘感尚未破除），也因了她毕竟是比我先来的老同志，出现上述情况，我能混则混，就当没听见她在唠叨些什么，没看见她做了些什么。

然而，有一天我不知为何还是和她吵了一架（估计还是为稿子），她气得把稿子朝录音机上一摔，走了，但很快她自己又回来了，她明白不播稿子，耽误正常播出是谁也负不了的责任。事后她对我的态度温和了不少，不仅如此，某一天见到我后，忽然把我拉到一边，说要给我介绍对象，我给她说得心里怦怦直跳。她声称女孩长得如何漂亮，及至真正见到她介绍的女孩，我却很失望，不过就是一个很普通的女孩。

我老想着丁字皮鞋在通往食堂的人行道上敲击砖块的声响，那些余音缭绕在我的思绪里。这些我当然不能告诉徐玲玲，她也许会非常惊讶，她可能并没有感觉到什么呀。

有一天，对，那天很热，正值盛夏，我赶写一篇录音报道，急着到播音间找带子（录音带），播音间在顶楼，中午时分广播站内外热得看不到一个人影。顶楼同样没人，我推开播音间厚重的门，忽然发现有一个女的躺在靠窗的床上，那张床是给值夜班的机务员休息用的，白天一般不睡人。我还从没见过一个女的穿得那样少，可能是因为太热，或者说谁也想不到大中午的，还会有谁跑来找带子。那女的只穿着一条三角裤，大腿白皙颀长，乌发散乱着，上半身一件小背心，脖颈以及肩胛暴露无遗。不用细看，从体态上已可判断，那是徐玲玲。顷刻间我感到周围空气凝结，人站那儿难以动弹，不知该进还是该退，我呆呆地望着蜷曲在那儿的女人。徐玲玲似乎感觉到什么醒来了，她略微显得有些慌乱，但显然又不便指责我，谁让她在播音间睡午觉的？她迅速抓起一件衬衣捂着前胸坐了起来，怪我为什么不敲门就进来，立刻又觉得这很好笑。播音间的门上钉着厚厚的隔音板，敲也听不见。“我来找带子的。”我支吾地说，表明并非有意来看她睡觉的，接着便头也不回地逃走了。

事实上我已经看到了很多，那白皙的肌肤以及起伏的体形，都给我以难以磨灭的印象。

当然，一切都是些美好的幻想，我和徐玲玲的接触并没因为那天闯进播音间，看见了徐玲玲什么而多起来或少了，只是大家渐渐熟悉以后，相互间总有个帮助。有时接班，她因为家务事来晚了，来不及到食堂吃饭，常常是我这个单身汉替她到食堂去打饭。她的饭盆还是她结婚前用的那个，上面印着字，但却在我的手里。去食堂的路上也会碰到放学的学生，可那中间已没有我了。我心里感到异样，觉得这有点儿不可思议，或者说妙不可言，甚至还会出现某种幻觉，仿佛又听到丁字皮鞋有力地敲击地面的声音，那声音还在小城上空回响。

过去那些迷人的声响使我对徐玲玲脚部格外注意，那是一双纤细而富于弹性的美足，丁字皮鞋精巧雅致、漆黑闪亮，正是这双美足蹬丁字皮鞋，发出那样迷人的声响。进而注意到她修长的腿部，有意无意地产生诸多联想。那时候上班不紧张，大家闲下来常说说笑话，尤其喜欢拿女同志开玩笑，有时我也会凑上一句半句。别人说啥徐玲玲似乎均可一笑了之，可我说她却不放过，往往立刻接着我的话茬，嗔斥道："小孩子家懂什么？不要瞎说！"弄我一个大红脸，挺难为情的。可只剩俩人时，她又缓和了语气，让我不要跟着那些人起哄，像老大姐似的。她并不像小城人想象中的那样开放，甚至显得有点儿拘谨，或许是因为丈夫长年在外，她非得如此。要知道男人都是些无孔不入的东西。但对我，她应该可以放心，那时我还是一个童男子，徐玲玲大我许多，对她，我并无实质性的非分之想。

及至后来见到徐玲玲的丈夫，我就更觉得一切不过是一个梦，或者说一切都那么顺理成章。漂亮而大我许多的徐玲玲，应该拥有那样一个年轻英俊的丈夫（曾经有人猜测她的丈夫是一个丑陋的男人，以为徐玲玲既然有幸嫁到"红军大楼"，且丈夫本人条件又好，想必其他方面她会屈就的），也只有徐玲玲才配。徐玲玲的丈夫探家，徐玲玲常带他到单位来玩。那个穿海军呢制服的军官很健谈，还和我聊了不少，大家都很羡慕这对夫妇。

不过很快，因为两地分居不方便，徐玲玲就带着孩子调到青岛，跟丈夫随军去了。

每天早上喇叭里换了一个播音员播音，慢慢地我也就把徐玲玲给忘了。

我结婚生子，我还有我的生活。

多年后我因为照顾父母的关系，全家搬迁到我的出生地——江南W市，我本人也改行干了电视。有一天，在广电大楼门厅那儿，我正准备出去，忽然似乎听见有人叫我名字，既是叫我，又仿佛含含糊糊不很确定。我回头看见一个胖而粗壮的妇女盯着我看，我看了半天也认不出这个肤色黑黑、眼睛奇大无比的女人是谁（也许是门厅光线较暗的关系）。见我疑惑的样子，那女人也盯着我犹豫了好一会儿，末了还是先报出了自己的名字："不……不认识啦？我……我是徐玲玲啊。"她这一说不要紧，我可给吓了一跳，连忙瞪大了眼睛，脑海中迅速将眼前这个胖而壮的女人与若干年前那个穿丁字皮鞋的漂亮女人的形象进行对接，接了半天，没接上，过了一会儿，才将信将疑地问对方："是……是吗？你不是在青岛吗？""是啊，现在回来啦，袁兵转业回来了。"她接着我的话说。"那……那不是应该回皖北吗？"我仍觉诧异。"是啊，可这儿是袁兵的老家，他是从这儿入伍的，所以我们没回皖北，就来这儿了。"对方说。

我的脑子这才有点儿拐过弯来，有点儿相信对方是谁了，又问："你丈夫转在哪儿？"

"他转在船厂。"徐玲玲回答，"我又到广播电台干播音老本行了。我早就听说你调到W市来了，这下我们又成了同事了。"徐玲玲有点儿兴奋地说。

我嘴里嗯着，提醒她："我……我现在干电视了。"

"那又怎么样？"徐玲玲歪着头说（有点儿当年的样子），"反正是在一幢大楼里，我本以为这儿一个熟人也没有，这下可有个熟人了。"

我略带点儿勉强地表示同意她的说法，而后便说我急着外出采访，得先走。她告诉我她在广电大楼哪一层、电台哪个部门，我却全没记住，匆匆挎着包便走了。我真的没想到若干年后会在W市碰到徐玲玲，算来她该四十出头了，我怎么也想象不出她怎么会变成了一个又黑又粗又胖的女人，只有那双大眼睛还能让人把她认出来，不过这双曾经闪烁着光芒的大眼睛已毫无迷人之处，显得暴凸，仿佛甲状腺肥大患者，使人不敢多看。

后来，徐玲玲告诉我，当年她离开皖北并非全因两地分居问题，实在是婆家的两个未出嫁的姑子太难缠，另外还得服侍公婆，包揽家务，一年两年可以，时间长了，她就是再好说话，也吃不消，所以只好走了。到青岛那边是在一个海岛上，没有广播电台，这么多年就在家属工厂当仓库保管，人是很舒服，但业务也生疏了。这次回 W 市，若不是照顾她丈夫是转业干部，再加上她公公的一些老关系，送送礼什么的，还到不了电台，干不到老本行。

徐玲玲变化之大，始终让我觉得与从前那个徐玲玲根本就是两个人，形象、体态，以至于说话的神态、气韵都不一样，这让我胡乱想了好一阵子都想不出为什么。有一次憋不住在电梯里含含糊糊地问徐玲玲本人，问她为何肤色不如从前（完全不像上海人了），她说那是在海岛让海风吹的。可身材变化之大，我没好意思再问下去，再问下去有什么意思呢？莫非还能使她再那么苗条？再让她穿起丁字皮鞋，拿着搪瓷饭盆去食堂打饭？更重要的是，徐玲玲似乎不像从前那样不爱搭理人，反倒是很乐意与人说话，见面说个不停，不管是在门厅还是在电梯里、走道上，一边说，一边还不时拉一下你的袖子，或推你一下肩膀，毫不避讳，像是在提醒你听她说话。不过说实话，我真的不知道她在说些什么，或者想说什么。我总是借故走开，或者干脆在她的前面加快步子躲她。好在与她虽在同一幢大楼办公，但毕竟不在同一个台，除进出大楼上下班，见到的机会并不多，否则我不知道该怎么来应付她。而这个她，在皖北时曾经让多少人觉得高不可攀、可望而不可即啊！

再后来，或者说几年后，我听说由于徐玲玲多年不干业务，播音时仍老带“文革”腔，而这在如今播音是大忌（现在都叫主持人，语调柔软含情，或竭尽戏谑、调笑之能事），因此被认为不再适应播音主持岗位，虽经几次申告、折腾，末了还是被安排到磁带库管磁带去了。听到电台那边传过来的消息，我心里挺不是滋味。变黑变胖也就罢了，想不到连播音也赶不上趟了，当年她的播音是多么地撼动人心啊！渐渐地，徐玲玲再见到我时显出自卑的样子，也不主动与我打招呼了，再加上电台本身就不景气，地位、待遇和电视台不好比，所以徐玲玲就更加不言不语了。

而我忙得可以，实在想不起来大楼里还有这么个徐玲玲。

电视台这种地方是出美女的地方，或者说是个吃青春饭的地方，如果说我想打谁的主意，眼睛基本上也是盯在那些年轻貌美的主持人身上，而那些上了年纪下来的女播音员、女主持人，连鬼都不会去多打量她们一眼，这一点倒颇像演艺界。可能是照顾徐玲玲的情绪（常常会有这类照顾落到那些电台老播音的头上），也许是她又通过什么人找了关系，总之一年多以前，她被弄到有线电视台去了。没想到有线台和我所在的无线台合并，搞双向选择，徐玲玲和我都到了节目部，并且竟然在一个办公室。这真他妈想不到！

说起来是一个办公室，其实挺大的一个办公室除了一个落聘的闲人之外，就我和徐玲玲两个人。七楼的这个办公室有一扇小门通向磁带库，徐玲玲天天从磁带库把要播出的带子拿出来从头放到尾，看看是否有明显的信号不好或划伤，碰上有违禁话语和剧情之类的（尽管这类可能基本为零，因为节目制作或买入时已经过层层审查、把关），就剔出来，防止播出去产生负面影响。前者十天半月也不定碰上一回，后者恐怕十年八年也难出现一次。所以徐玲玲的活轻松得很，等于是一个养老、照顾性的岗位。徐玲玲也想不到会和我几经辗转后又在一个部门碰上了。不过至少从神情上看，她感觉不错，她已从电台的一个下来的播音员，挪到了电视台，尽管还是管磁带，但至少位置和我相当（我为了图清静，主动放弃干编导，选择了文字编辑岗位）。

办公室平常没什么事，那个落聘的闲人没事一般不来，常常就剩我和徐玲玲两个人。办公室只剩下两个人的时候，徐玲玲很乐意拖张椅子坐在我面前和我谈谈（如果我也正好不看书、写东西的话）。徐玲玲的日子过得好像并不顺心，丈夫转业到船厂后不久，就因厂里效益不好，几年前就内退在家，只拿百分之七十的工资，不仅如此，偏偏前年又得了严重的糖尿病，一只眼睛几乎失明了。有一次在广电大楼门口看到他来接徐玲玲（就像当年在皖北来电台接徐玲玲一样），着实把我吓了一跳，还不到五十岁的人就满头白发，脸上满是皱纹，背还佝偻着。这难道就是当年那个英姿勃发的海军军官吗？这难道就是那个曾经让徐玲玲引为骄傲的男人？如果不是徐玲玲和他招呼，我真怀疑这人是哪个单位的老保安。而多年后的今天，徐玲玲说起丈夫袁兵时，再没了那种引为骄傲的口气，却颇多怨气和不平，似乎她这一辈子全被丈夫拖累了，结婚后年纪轻轻就整天像给婆家当保姆，而后是放弃专业去了青岛那边，等到再回来时，她好像什么也不是了，谁也不知道她，谁也不需要她了。

她说以上这些话的时候，我曾提醒她："你可是一个上海人，那时候在小城……"

"我算什么上海人！"徐玲玲说，"像我两个妹妹在上海，那才叫潇洒，什么都有，什么都经历过了。哪像我？全白活了。"

我笑笑。

"恐怕也只有你还记得我当时是什么样儿。"徐玲玲低着声说。

“我可是听着你的声音进入青春期的。”我半是调侃地说，我想起了在她的声音伴随下那些虚妄的性爱情景，不禁神思迷惘。

徐玲玲听了我的话又有点儿兴奋了，凑近了说：“你不知道，那时候有多少人对我动心思。从市委办的秘书到机务员老姜。对对，就是从部队回来的那个老姜，还有……还有站长。”

“站长？”我惊呼起来，那可是一个满嘴“马列”，看上去极其道貌岸然的人。

徐玲玲笑着，带着点儿得意：“只要一没人他就围着我转，有一次……怎么说呢？反正没让他占到便宜。”

我想起了徐玲玲在播音室穿得很少的情景，那漂亮的脖颈以及白皙的肌肤……

“你那时候不懂，你还是小毛孩子。”徐玲玲见我有点儿走神，对我说。

我一笑，我又何尝什么都不懂呢？

常常就这么说着、笑着，很快就到了下班时间。然后关灯关门，我们一起下楼下电梯各自回家，大楼里只有很少几个人知道我和徐玲玲十几年前就是同事。

因为等于是两个人在一个办公室，开始我没觉得，不管怎么说徐玲玲已经是一个四十五岁的、已经发胖的女人。台里年轻的女人提到在七楼看带子的徐玲玲，都会流露出不屑一顾的神情。为此我还与一个和我比较要好的女主持争论过，她怎么也不相信徐玲玲曾经漂亮过，说一点儿看不出来，更不相信她竟然还是一个上海人。甚至还讽刺我当时在皖北小城，眼光太低，看什么人都是美人。我当然不这么看，不过不知什么原因，我开始特别怕再和徐玲玲提到小城的事，而偏偏她常回在皖北小城的婆家。她公婆年纪大了，身体不好，她常代替患病的丈夫回去看望，帮着收拾收拾，当然这也许只是出于习惯（好在不远，坐车有半天就到了）。说常去，基本上也就半年一趟，不过自打和我到了一个办公室以后，徐玲玲似乎去得勤了，甚至她还到原来的广播站去看看，看了以后回来告诉我，广播站变成了广播电视台，说基本上一个人也不认识了，偶尔碰见一个老熟人，也是快退休了。广播电视台紧挨着老广播站，从那儿到机关食堂去不远，市委老机关食堂还在，不过已经改作仓库了。

徐玲玲告诉我，有一次回去，她专门从老广播站步行走到老机关食堂，路两边建了一些新大楼，但老街的样子和老法桐树都还在。走在那条路上，真有一种又回到从前的感觉，当时天黑黑的，完全像十几、二十年前一样。她说这些话的时候，我感到耳边隐隐约约，似乎又响起了叮叮咚咚的晨曲，晨曲之后传来徐玲玲洋气、清亮的播音："××人民广播站，现在开始本站第一次播音……"

不过，现在重又听到徐玲玲以前的声音，忽然带给我的却是某种不安的情绪。徐玲玲一边沉醉于回忆，一边还从那只有老妇女才会用的皮包里拿出一盒薄荷糕，硬要我尝尝。我再三推却，她还是硬逼我。过去大家都很喜欢吃薄荷糕，现在好东西吃多了，谁知是不是还喜欢，而且这种粉屑般的糕，吃得不好会弄一身一脸。

推却间，徐玲玲已经用她的胖手撕开包装纸一角，将薄荷糕递到我面前，不得以，一口下去，果然弄得我一鼻子都是。徐玲玲放声大笑，笑得是那么开心，我忍不住也笑了。

糕的甜度比过去淡了一点儿，但香头倒是比过去一点儿不差。

就在徐玲玲给我吃薄荷糕不久后，她又回了一次皖北小城。过了几天，台里派部分职工参加市里组织的创卫劳动，徐玲玲也去了。创卫劳动就是到包干地段去清除杂草和擦拭道路隔离栏，台里照顾年纪稍大的老同志，只让他们象征性地在包干地段干了一会儿就回台了。我因为写一个晚会活动的文案，没去参加劳动。中午到食堂吃完饭回到办公室，见徐玲玲已经在那儿了。我们办公室的门通向磁带库，徐玲玲进进出出搬弄磁带，忽然我发现她的脚上穿的是一双老式丁字形皮鞋，看上去那么眼熟。皮鞋是比较旧了，皮色泛白，徐玲玲见我盯着她的鞋看，便告诉我是她前几天回小城婆家，无意中从一大堆旧物中翻出来的，看看样子还不算老，就带回来了。

她穿着这双鞋走来走去，进而连走路的样子也让我觉得眼熟起来了。她在我面前抬起一只脚左右扭动，让我瞧个仔细，过去在小城，我似乎永远只是在远处打量这双鞋，听这鞋在小城人行道地面叩击的声音，想不到现在居然这么近距离地目睹这鞋。

看着看着不知为何，我的心不由得急促地跳了起来。

“你是不是觉得很亲切?”她问我，“过去我就是一直穿的这双鞋。”

我连忙把目光移开，支吾地说：“当……当然啰，那时候你多洋气，穿的都是上海皮鞋!”

“不行，老了。”她很有感慨，就近把一大摞磁带放在我面前的桌子上，不料不知是因为磁带太多，还是情绪有点儿激动，总之没放稳，磁带倾翻下来，我连忙伸手去扶，无意间竟托着了她的胸脯，我还没来得及反应，她却飞红了脸。没想到已经四十五岁的女人，脸还会红成那样!

这让我觉得意外，但细想在这广电大楼，也只有我知道她年轻过，漂亮过。而在其他人眼里，她徐玲玲好像从来就是这么人老珠黄，这么胖而壮。别说无意间托碰到，即使她心甘情愿让人抚摸，恐怕也很少有人会愿意了。

尽管如此，起码对我来说她还是徐玲玲啊!

又过了几天，徐玲玲的丈夫回皖北看父母，这次徐玲玲没去，她约我星期天到她家坐坐。我想了半天，末了还是答应去了。她家在一个老住宅区，老住宅区的楼房都很旧了。房子不大，顶多只有七八十平米，好在她儿子在外地上大学，逢寒暑假才回来。

看来她还精心打扮了一番，来开门时扑面而来一股香气，但那香气实在不怎么好闻。进了门还没等我看仔细室内的家具摆设、有几个房间，她就一下子把我给抱住了，我对她的大胆相当吃惊。我问，是不是她这样年龄的女人都这样，她说她和袁兵已有两年不这样了，是我让她又找到了久违的感觉。

她紧紧抱住我，令人感到她的那种意念异常强烈，仿佛我不答应她，她就会立刻倒下去死掉。我却觉得这样未免也太快了一点儿，尽管从我接到她的电话那一刻起，我就意识到会发生这一幕，但我仍然不敢相信这是真的。

她把我拉到一张大床上，自己先躺了下去。见我不那么兴致高昂，显得犹犹豫豫，便吹着她那股有点儿俗气的香气对我说："过去你不是对我挺有兴趣吗？"

我想她是指我曾经主动帮她到食堂打饭什么的，以及那年夏天在播音间手足无措的样子。

"我知道你是嫌我老了。"她有点儿黯然地说。

我摇头否认，但确实看着她那臃肿的身体，真不愿承认这就是当年那个徐玲玲。

她似乎看穿了我的心思，说："我知道你在想什么，你一定又想到以前的我了。怎么说呢？我就是愿意把以前的我奉献给你，我也要回得去才行啊。"

"如果能回到从前你也愿意和我这样？"我不免有点儿亢奋。

"你说呢？"她没有直接回答，而后又说，"你别以为我现在年龄大了，就和谁都可以干这种事。没那么贱！”

“那为什么呢？”我追问。

徐玲玲想了一下，说：“也许是因为只有你还记得我的过去，跟别人说谁信哪？也只有……跟你做这种事感觉会比较好。”

她这么说着，脸又红了。她的话使我的情绪产生了相当大的逆转，我知道现在说什么都无法解释眼前所发生的一切。再往下，当然是我主动了，否则我算什么呢？我俯下身解开了她胸前绷得紧紧的纽扣……

完事后，我看到墙上挂着一幅徐玲玲和她丈夫从前的照片，她的丈夫穿着深藏青海军呢制服，她穿着一件粉色的上衣，脸上带着笑。

常家在干休所的家族史，大事都在这一刻发生了。

第十七篇　夜行火车

妈妈问我，小藻老是做出一副怪样，是不是面部神经有什么问题。

我没有回答。车站上人并不多，车子是池州和门台对开的，一般不会准时来。开车时间已过了二十分钟，但门台那边的车还没来。送我们来车站的是干休所的车，那车还等着妈妈一同回所，司机虽是所里最和蔼的一个，但等了二十分钟，恐怕也会不耐烦，而此刻妈妈丝毫还没跟车先回的意思。

二十四分时，门台那边的车来了，开始检票。我对妈妈说："你朝后站站。"我担心别人挤倒她，她又瘦又小。

她紧握住小藻的胖手，不回答我，只是拉着小藻往前挤。六十四岁的老太，谁能怎么样她呢？

在接近门口的刹那，我从她手中牵过小藻，顺利进了检票口。妈妈还在检票口外嘀咕着担心小藻补票（上次就曾被人拦在门口），说那会耽误上车。其实迟上车又怎么样呢？妈妈与爸爸，尤其是妈妈，总是把乘车、乘船看得比什么都重要，提前很多就要催着起床，家人常常会被她弄得整夜睡不好。

今年春节我不打算到池州过，可孩子的奶奶想念孙子的梦呓好像飞过了长江（我家住在江那边的门台），即使不来，也得送过来给她看看。元旦后，妈妈听说我爱人要到上海去，接连写了两封信，要我爱人顺路把小藻带到池州给她看看，至少，她应该到池州来一下。但我爱人走了另一条路，没有经过池州，妈妈在给我的电话中说："她是不是有什么不满意我的地方？"

我解释说："她跟同事一道去的，如果经过池州，那是一大帮人。"妈妈说："一大帮就一大帮好了，再说回头她总可以来嘛。"

"回头她有东西哩！"我说。其实，我爱人去上海转了一大圈，自己没买什么，倒是给她姐姐弟弟买了一大堆。

从上海回来，我爱人一一分完了给她家人的东西，末了才从包里翻出一块二米多的布料，说是给我爸爸、妈妈的，一百多元一米。前两天我把它呈现在妈妈的面前，妈妈很高兴："难为她还记得我们两个老的。"过了一天，妈妈说："那布料很好，很适合我们。"又过了一天，妈妈给了我两千元，说一千元是给我用于小藻近几个月的生活补贴的，一千元是用于小藻春节后开学的费用，我推了几下，还是收了。我跟爱人说过，而且实践也证明，他们不在乎我们给他们买什么，我对爱人说："你反正不会吃亏，二百多布料换两千现金。"

我爱人说："我不是那种人。"

今早临走时，妈妈还说："布料的钱等些天邮给你们。"

"还谈什么钱呢，你都已经又给那么多钱了。"我说。因为妈妈格外喜爱小藻，所以一直以来，妈妈和爸爸每月都贴补我们八百元，而我几个哥哥的小孩是没有这个待遇的。

这次在池州，有天睡晚了，次日我睡到快十一点还没起，蒙眬中听到爸爸在楼下似乎在解释什么。通常，爸爸操竭力解释的腔调，就说明他发火了。我披好衣服下楼，爸爸已经嘟着嘴去切菜。妈妈的脸上也不好看，但妈妈生气似乎因为气惯了，就觉得她气不气无所谓，而爸爸较少生气，所以一般觉得他要生气就是真生气了。

在两个老人中间，我这年龄三十有五的儿子是以家长的口气说话。我问：“又什么事？”

爸爸不讲话，妈妈也不应答，过了一会儿我又问妈妈什么事。妈妈说：“老头子自找的，当初就不该当什么老干部委员会主任，这辈子官还没当够吗？再说，这种‘官’说是在干休所代表老干部的，其实只是做样子的，又不多拿一分钱，还要讨人怨。”爸爸曾对我解释过当“老干委”主任这事：整个117干休所就他和孙政委原职务最高，陶所长的意思分别让爸爸和孙政委担任老干委主任和所党委书记，说这样安排比较有权威。其实，有权、利的事却是所里干的，比如把所部后面的招待所承包给地方，而需要狐假虎威的时候就把爸爸和孙政委推出来了，那往往是碰到棘手事了。

我知道几年下来孙政委闹病了。为了七号的遗属补助，堂堂的前某军政委被那胖女人打了嘴巴子。这一年多来孙政委连一次党委会也没参加。前天我刚到，爸爸就向我夸耀所里代买的热水器。我知道那是协理员拿了回扣，同样的热水器我买的比他们买的便宜二百多。还有，说各家的卫生间需要改造，老同志用蹲式便坑容易发脑溢血，于是由所长建议开党委会讨论。这件事按说皆大欢喜，可一年来首次主持党委会的孙政委突然提议所里的战士也应享受这项改造的费用，给钞票七百元。孙政委说这话时，口角歪斜，轻微的中风仍在威胁着他，仿佛他不说出他该说的话来，绝对死不瞑目。所长坐在他的旁边一言不发。爸爸知道那确实是所长的意思。按规定，战士在干休所，其有关福利费只能酌情拿百分之三十。党委会上，孙政委老用嘴角示意爸爸动员老干委其他六个成员表态。孙政委的嘴角歪斜就是因为当年他才到干休所，一个战士驾驶员捣他的蛋，迟了一步去医院。

事情停了一天，爸爸去院子里走了一圈，到分布在山坡上的各家各户去看看，征求大家的意见。大家都表示不同意孙政委的提议。他们认为：战士是公民服兵役，是来尽义务的，所里给百分之三十的福利就已经是照顾了。他们除了开车和值班送报外，又没有经历过枪林弹雨啥的。我们老了，除了工资外，一分钱的外财也没有，他们五个战士多拿百分之三十，说到底，老干部的公共福利就要少百分之三十，羊毛出在羊身上，况且我们是些又老又瘦的“羊”。

我来的第二天上午正好是党委会“复会”，爸爸和孙政委顶起来，孙政委最后居然问爸爸这个主任还要不要党的领导。爸爸的脸气得通红，幸好他没有高血压，否则不是发心脏病就是脑溢血。

妈妈要比爸爸现实得多，说爸爸活该，爸爸立刻不答应，说妈妈没有党性。妈妈说，你有党性就该服从党的领导呀，把爸爸讽刺得没话说，一个劲儿地咳嗽，妈妈才住了嘴，爸爸已经伤风连续咳了一个多月了，他年轻时得过肺结核。

爸爸这股气一直别到晚上。妈妈不理他，她要我和她下午一起到毛局长家去，去谈关于我和爱人调到池州来的事，妈妈恨不得硬拉着我走。这与通常调工作本人须主动出击，送礼找人忙得就差别过气去正相反。我在江北门台有一个小院，有一份不须准时上班的工作，非常不情愿到池州来，尤其不愿与父母住在一起。但是两个老的，一个七十多，一个六十多，说起来有几个儿子，而且都还混得不错，身边却无一人照料，怎么也说不过去。爸爸一向是打死不求人的人，元旦后竟也写了一封极动感情的信，虽然仍是死当亦鬼雄般的气节，但“吾老而朽腐，死期不远了”之类的文字遍于字里行间。回想几次，倒是与他谈到了细节，比如房子，我希望楼上下隔开，楼上我们居三间单独住（包括烧饭也在楼上），其目的是与二老少一些琐屑的接触，减少矛盾。听我的设想，爸爸那套绕口令似的辩证法又来了，什么矛盾是不可避免的、矛盾无处不在，等等。又说全干休所没这种同在一个小楼却分楼上下各自单独过的。一般小夫妻俩只占楼上朝南的两间，楼上朝北那一大间为老少两家的储藏室，楼下的房间则供老的起居兼公用。若要分开烧，也都在楼下，老辈用新厨房，原有的厨房归小辈用。

爸爸设计的这个格局是一对年老敦厚的老人与一对孝顺可爱的小夫妻的格局。我每天早上起来喊一声“爸”，我爱人跟着叫一声“妈”，然后低眉顺眼地去洗脸、吃饭、上班，一切按部就班，循规蹈矩。

我说：“我只是来照顾你们的，有事能有个人应着，并不是来当孝子的。平常我怕吵，怕唠叨。”

爸爸说：“你看这不又是矛盾吗？产生了矛盾就要……”

“行了，行了。”我不耐烦地挥手。

老人家往往用这种莫名其妙的“矛盾论”来砸我。我几次都是打断他的话头，悻悻然回江北。

爸爸在家生气的时候，我和妈妈以及俊藻敲开了毛局长家的门，毛局长周日下午原准备去洗澡，接到妈妈的电话后就一直在家等。妈妈领着我和俊藻在里山塔一带转了五六个来回都寻不到毛局长家。幸亏胖儿子嘴里有东西吃个不停，否则非赖在地上不可。后来还是妈妈在大街上找到在糕点店工作的侄女，由侄女领着才找到毛局长家。

毛局长为市检验检疫局局长，原为妈妈的老同事，五十年代的人是那种真正的同志式感情。原先他已为我找了报社的总编，结果因为我与爸爸“论战”的不欢而散，那边谈好了，我在江北却没动静，结果没调来，毛局的熟人也从报社调走了。

毛局涵养极好，等急了却不见急的样子，妈妈坐在那里一边照应小藻勿顽皮，一边强调，这次请他帮忙，要调，就是儿子媳妇一起来。那口气，就好像五十年代的小毛欠了她什么似的。我爱人在一个小公司工作，整天没事，不太情愿调到池州来，若来，她对我强调说，宁可少拿钱，工作也要轻松。可这个要求，放在若干年前还有可能，可现在上哪儿去找轻松的单位？

毛局长说外事办有个内部招待领导的小娱乐城，管理人员都是干部家属，事业编制，而且那儿一般没什么人来，挺清闲的，娱乐城属外事办郭主任管，郭主任就是七十年代市革会干部组的小郭。小郭对桑大姐的事还能不管？

“不过，”毛局长说，“不久前见过小郭一次，现在大概官做大了，好像有点儿……”毛局长没说下去。妈妈看看毛局长，好像没什么感觉。这次我发现妈妈有一种“反正我是个老太婆”的味道。刚才走在路上，有一对年轻人碰了她一下。她就问人家长没长眼睛。她当时牵着小藻。小藻天真地问：“什么，没有眼睛？没有眼睛不是不好走路了吗？”

俩年轻人看了蛮横的老太一眼，也没说啥就走了。

毛局长问查号台，查到了郭主任家。接电话的是郭主任的女儿，说她爸爸不在家。妈妈说有两次打到外办，也是秘书科的女的接电话，也都说不在。

像毛局长这样的好人现在真不多了。我努力想象妈妈当年穿着朴素在中山西路上骑着女车上下班的样子。娱乐城是什么地方大家都很清楚，虽说现在还是内部招待政府客商和领导的，但难保哪天也承包给个人，一旦承包，那管理人员哪儿去？

果然到家以后爸爸说不行。说娱乐城情况复杂，咱家的人在那儿干，不管是干什么的，传出去都不太好听。妈妈和我听了爸爸的话都没作声。

近一段池州又在闹地震，我到池州的时候正好紧张的一波稍稍平息。但山丘上、铁道旁还是可以看到零星的防震棚。妈妈对我说："这次你爸爸特别怕地震，从前说到死字，从来都是摇头无所谓，或者大讲唯物主义。"我来以前，爸爸和妈妈分别把堂屋的两张活动沙发打开，一人睡一张，通向院子的门不关，只挂一块塑料布。爸爸整夜和衣躺在沙发床上，一有动静就醒，连续一个多星期。

半夜或黎明时分，爸爸就说："我们俩在这儿逃难一样，几个儿子都不知道。要是死了，小藻也看不到。"妈妈叫他不要烦。妈妈把当时爸爸说话的样子告诉我，而且说是自从干休所的干部因地震的事日夜值班起，爸爸就感冒咳嗽。

晚上睡觉时妈妈坚持要我睡到堂屋，让爸爸回里屋床上去睡，说爸爸睡的沙发正对着门，寒气大，老睡沙发，感冒好不了。爸爸答应了，去了里屋。于是我就睡在爸爸睡的那张沙发，妈妈和小藻睡另一张沙发。妈妈还说这两天震情不紧张。

妈妈先是和我说话，从来没有这么多话，也很少见她这么和蔼。妈妈向来是个硬性的女性，1946 年她从江南到江北寻我爸，当时正值苏中战役过后，她一人行路，曾日夜从阵亡者的身上跨来跨去。我从小就没见她为啥事掉过一滴泪，也没听她说过一句怜爱我的话。

已经犹豫几年了，我想我既答应来池州了，自然已无须她再做什么样子来博我的好感。我和妈妈从我初中起就吵个不停，她要求我的无非是什么上进啦，入党啦，这些让我受不了，我和她总合不来。我之所以答应来池州，说到底只因二老确实已经很老了。当然也因我也有了后代，知道了为人父母的心思和不易。

妈妈一直在唠叨，我基本啥也没听进去，临睡前我在院子里站了一会儿，据说这儿过去是乱坟岗，现在当然已看不到坟头了。

四面都是灰蒙蒙的小楼，各家都有一个很大的院子。远处火车声很有生命力地吵吵闹闹。

我睡下一会儿又醒了，见妈妈从厨房、饭厅那边转过来，只穿着棉毛裤。她在检查灯、燃气有没有关，一个晚上她总要检查好几遍。黑暗中，我发现小藻头上不知何时已戴上了那只黄色头盔（为防地震屋塌），那是下午妈妈买的，她说小藻有时坐我的摩托很危险。我告诉她摩托已卖掉不骑了，但她还是买了，不仅买了，而且现在还扣在小藻的头上。我说："你买这东西就为了现在给他扣上？"她说是又怎么样。

妈妈话说着说着就含糊不清了，她好像睡着了，一颗小"黄头"和她的头靠在一起，她一只手搭在"黄头"上护着，似乎房子随时会塌下来。

第二天早上，爸爸去买豆浆油条，篮子挎在手腕上，快到院门口时，所长领着几个干部从坡下上来，所长说上午接着开党委会，并且有重要的事情传达。爸爸买了豆浆油条回来，妈妈的胆囊炎发了，躺在床上直哼。我本来打算第二天走，这一来走不了了，妈妈叫我即刻打长途到单位请假，我犹豫着，她说："你就说你妈要死了。"快过年了，她还说这些不吉利的话。

爸爸放下篮子就慌慌张张地跑到妈妈床前，妈妈不理他。小藻站在离床稍远一点儿的地方，妈妈坚持要小藻站近一些，孩子被奶奶吐出来的白沫吓得直往后退，爸爸转身去打电话。打到所部，所里的医生下山去了。爸爸拿着听筒在外面大声问妈妈要不要叫车去89医院，妈妈停了一会儿说要去，车要了，妈妈又说好一点儿了，暂时不用去了。

所部的顾医生来了以后说早晚要开刀，留下一些药片就走了。妈妈对顾医生的话最相信，她对上次去南京的结果很不满意，南京的 CT 检查说不是什么肝癌。妈妈老怀疑她患了肝癌，而不是什么胆囊炎。她与别人不同，总是将病往严重处想，说她病重的人总会获得她的好感。妈妈说顾医生原先是南京军区总院的主治医生，他说要开刀当然是有道理的。爸爸笑笑。妈妈说："你盼我早死。"爸爸忽然冒了一句："我什么都没瞒你。"妈妈说："有些事情恐怕要等我骨头烧成灰了才会清楚。"爸爸苦笑笑。妈妈没把话继续往下说，我知道妈妈向来不会当着子女的面说出老辈间有深意的事。吃过早饭我问爸爸是怎么回事，爸爸说小事一桩：前些天妈妈的姑母过来，爸爸做主把大哥送的一盒正宗吉林参给了她，老姑母临走时妈妈想起来要送点儿什么给那老太，发现吉林参已让爸爸塞到了老太的人造革包里去了。妈妈愕然。

说起老姑母，她原来与我爸同事，曾一同在池州乡下教小学。我妈家解放前很穷，穷得曾经吃观音土，而她姑母家是富农。姑母从师范毕业回乡教书，看到她的侄女帮奶奶家干活，小小年纪，得用板凳垫起来才够到锅台，姑母就觉得哥哥一家太苦了。那时这姑母已在池州城里找了姑爷，我爸说，那姑爷在城里修汽车，高级差事，享不完徒弟们的烟酒。我爸说他自己的父亲是个铜匠，他是靠读私塾一步步有了底子，末了上了洋学堂后再由乡里推荐到小学校里教书的，和妈妈的姑母成了同事。那姑母到小学教书以后把她侄女也就是我妈也带到了学校，让我妈照顾她的生活起居，我妈也因此有个地方吃饭，另外姑母还给我妈在教室的最后一排加个板凳认字。妈妈每次说到这儿就很伤感，说那时她等于是给姑母当丫鬟，不过又说她有点儿文化，多亏了姑母。她与姑母来往几十年，认为这世上最了解她、最疼她的还是姑母。有一次，妈妈与爸爸闹别扭，妈妈告诉我，爸爸从前没这么好看，他的额头左上方挂了一个大肉瘤，解放了进城以后才拿掉的。我长那么大居然都没注意。其实我爸只是长得比较富态，算不上有多好看。

吃过早饭，爸爸去开党委会，我上街去转转。自行车从山坡上一冲而下，拐了七八个弯才渐趋平坦。唉，这坡子高得真够意思，当初如果爸爸再多一些耐心，想必进省城还是有希望的，结果搞到这么个又脏又乱的池州来，或者就留在汕头也不错，那里军界就数爸爸为要员了，一幢小楼，现在又是开放地区。他要回家乡，南京跑了一两趟就不想求人了。结果还是三哥逼他去找了一个大人物，大人物在池州给安排了房子，爸爸立刻就同意了，任三哥怎么逼，也不再提进省会了。后来到池州来一看，给他的六号楼在 117 干休所最高处，站在院子里可以看到坡下的五层楼顶了。

爸爸为什么要回池州，我并不清楚。妈妈一向主张到大城市，因为这样看病求医方便，她从来都只相信大医院。她认为爸爸同意回到池州是别有用心的，因为她的那姑母就住在池州的儿子家。

爸爸个人生活比较简单，早上起来，他先是在 117 上下走一遍，他所遇到的本院的老头儿老太或背着长剑，或攥着钢球下山到公园里访仙问道般地锻炼。这支队伍可以称得上是这世上独有的队伍，他们一个个头顶白发，有的被人搀扶着，有的则已经口鼻歪斜，像爸爸这样步履轻捷的不多。

爸爸简单惯了，虽和妈妈整天为琐事纠缠不清，但不一定希望再有更多人掺和到他们的生活中来，尤其是不太愿意我来，因为我向来是他政治上的反对派。初中以后我与妈妈吵闹，大体还是母子间常见的矛盾，比如，我不要她管，她偏要管，她还蛮横地不准我和这个玩不准和那个玩，然后是逼着我做事。而高中以后，爸爸和我的矛盾产生了，他发现他儿子思想有问题，看消极面多。

这天我从街上回来的时候已近中午十二点，院子里站了七八个军人，妈妈急得团团转，问我："见到你爸爸没有?"我说没有。她问："你到哪儿去了?"我说到大华头去了。她说："那你应该看到你爸。"我感到奇怪，我到大华头怎么就应该看到爸爸。

妈妈不再追问我。那几个军人是来看地形的，因为地震紧张，一旦震起来……所长没把话说下去。上午的党委会已取消，此刻正通知各家准备迎接26、27、28这三个灾日。所长问妈妈，是不是一家都睡在堂屋，如果有睡在其他屋的要告知他，以便他让手下将各人睡觉所在的位置记在本子上。当然，这是防备，所长又说。因为大家都有多年前那一场关于地震的虚惊之经验。好像还没有哪一家愿意这几天搬到所里搭的军用帐篷去住，上面也未做硬性要求。

妈妈要我立即买票回门台，但一打听，竟然说门台也震情紧张，当然主要还是说在长江南岸池州一带有震情。如果震中在池州，按每一百公里减一级的说法，池州七级，门台也少不了六级，又何苦往那边逃呢。更何况池州住的是二层小楼，逃生还快点儿。

我打了一个电话给爱人，请她到娘家的平房去避一避，或者干脆也来池州，要死，我们死在一起。

爸爸到快两点才回来，妈妈很不高兴。爸爸说到大华头去了一趟。妈妈说："晓得你到大华头去了一趟。"爸爸问所里的人来过没有。妈妈说来过了。妈妈说："你晓得情况又紧张起来，起码应该先回来告诉一声。我们还有个孙子呢!"

爸爸说："所里说就到各家来通知，我趁早去看一下姑老太。姑老太嘛，是你家的姑母。那两个东西（儿子）不是东西，中午又不回来吃饭。她水都没有一口啊，说起来也是人民教师，落到这步田地，今天去还是席子铺在底下，说怕弄脏了不好收拾。"

"姑爹呢?"妈妈急切地问。

"我去了，姑爹在床边上打颤，眼看着她把屎弄在裤子上拉不动她。"爸爸回答说。

妈妈的脸上露出报复的神情，咬牙切齿道："我跟她家是世仇!"

爸爸说："什么她家，还不是你们桑家?"

妈妈是桑家长子的长女，姑母是桑家老五。我的外祖父也就是我妈的父亲带了一个女人常年在上海，最后死于麻风病。桑家家境不错，但老大这一支因为死了当家的，渐渐沦落为贫雇农。一家人都成了曾外祖父桑家的用人。这大概是仇恨的来由。然而世事难料，情况在解放前后发生逆转，妈妈 1947 年参军，1955 年转业到地方当池州市委的组织科副科长，爸爸成为少校部长助理。每天进进出出的是两个干部，五六十年代是高薪阶层，也就八十年代前后，才呈下势，尽管 117 就像座坟墓，但还是这个国家不可遗弃的一块。而姑母及其兄妹们，解放后则大多沦为社会中下层，甚至成为底层贫民。

小藻下午又被我打了一顿，先是奶奶叫他不要做出一副怪相，眼睛看着什么东西，看着看着就把眼睛一瞪老大，好像要挣脱脸上的什么东西。奶奶告诉我，小藻这样子不好。我就告诉小藻："奶奶不喜欢这样，你不要老是做出这副怪相。"小藻不仅不理我，说狠了，反而有意朝我一瞪眼，又做了一次怪相。我火得不行，找了半天，没找到合适东西，只得用手狠狠揍他。这孩子胆小，真正揍他，他都不敢放声大哭，但是妈妈还是冲过来保护他，结果她的手也被我抽了一记。

爸爸也说："你这样打他，总有一天会打失手的。"

我只好作罢，每次的结局都是这样，他们二老有时候埋怨这孩子的一些习惯与做法，一旦把我激怒了，他们又舍不得孩子。

下午，所里的管理员来通知各家去看帐篷，说是军里特地拨下来的，为了避免矛盾，由各家各户自己去选定帐篷并选一下搭帐篷的地点。

爸爸说，还没真紧到那一步，不必去看。妈妈不依，一定要去，首先是为了孙子。爸爸只好不开口。谁知去了以后，回来妈妈又说不行，不能住帐篷，住帐篷太潮，爸爸觉得也是。后来听说二十户人家只有少数几家去看了。看来集中搭帐篷没有获得老人们和子女的认同，一大概是各家都有一个宽敞的院子，要搭自己搞块塑料布就成；二是帐篷沿着去所部的斜坡一溜儿摆开，斜坡的一侧是陡坡，一旦真震起来，说不定陡坡会坍下去，反而不安全。

妈妈回来就叫爸爸摆大桌子，大桌子靠门口，上面摊上棉花胎，她跟小藻搂着，把头和上半身缩进桌肚里，这样不会有问题。到晚上，她坚持让爸爸和我也都睡在地上，把头伸到桌肚里。我和爸爸都没这样，我们分别睡在大桌两侧的长沙发上，真有情况，说不定还来得及滚到大桌底下去。到那时我们常家三代四口一起听天由命了，我心中只有一个念头，说什么也要保护好小藻，哪怕我像泰山压顶不弯腰那样用躯干弓成一个支架，也要把小藻护在底下。那二老呢？这时候，恐怕我也只能先顾小再顾老了。而二老大概心里只有小藻，不然奶奶不会坚持要由她来搂着小藻。

四五点钟的时候，爸爸把我喊到客厅隔壁房间，他坐在简陋的木架床上说："我想过了，现在我有三件大事，一是你们尽早调过来，我们有个依靠（看来他已顾不上我和他的不合了）。我们晚年能和小藻生活在一起，最后小藻看着我们归天，我们死得也瞑目了。二是你妈妈的病，是胆囊呢还是肝？她与我们分歧很大，一句话似乎我们有什么瞒着她，把大病说成小病，小病说成没病，甚至不说，巴不得她死，至少是对她的生死无所谓。尧干，你说我一个七十多岁的老头儿，我怎么对付她？我毕竟七十多岁了啊。第三就是这鬼地震和所里以及各方的杂事。这事你还不能不信，但又不能全信。那一年闹地震就差连房子也拆了盖防震棚，结果呢？不知多少人得了关节炎，潮啊，睡在外面。我们七老八十了，不要没有砸死，到了病死在露天，不是笑话嘛。"

我和爸爸很少谈到一起，我很讨厌他的“矛盾论”，还有他时常提起的那一份“自得”：“我这一辈子，历经大大小小的运动，从来没犯过错误。”一个人一生不犯错误固然是好事，但稍微辩证一点儿看，则未必是一件好事，更不是判断好人坏人的标准。我知道爸爸走到这一步很不容易。如果还在岗位上，少将军衔是稳的。一个普通乡村铜匠的儿子、一个小学教员最后成了这个国家的一名将军，对他来说确实像梦一样。

爸爸说的这些我一时难以回答，最好的办法就是走开。他平常总想和我谈谈，可我总不愿意与他多谈，是啊，一谈我们就争，我已经懒得争。他在家里从来不谦虚，这与他在外面的笑容可掬形成很大的反差。他常跟我说：“存在决定意识。”过去他一无所有，而现在他有了不少，所以也就只能从这些意义来理解作为原正师职十一级干部的爸爸。不过，他已经老了，这也是存在。尤其是妈妈爱孙子，爸爸让着妈妈，这也是存在。

还有，爸爸对什么都怕，都求稳，大到政治运动，小到电器开关、插头，唯有对死显得极其唯物主义，这大概跟他以前学多了红本本或学习材料上的那一种唯物辩证法有关（爸爸从那时起就由搞勤务转而搞政工）。他七十多岁的人不怕死，而我三四十岁的人只要一想到死就觉得万念俱灰，一切都无所谓。

要说从内心来讲，他当然还是不希望我到池州来，说到底他容不下任何与他的思想和习惯相悖的人。妈妈常说："你们两个可以坐下来谈谈嘛。"

谈什么嘛，比如他说："人不要把万事都看穿。"我就说我恰恰万事都要看透，因为人是要死的，死了以后再也不会回来。我一生酷爱自由。他就说："世界上没有绝对的自由。"我说我当然知道，我说的自由当然不是无政府无法治无道德约束的自由。就这么蛮拧，所以我对这类谈话（对话）都持回避的态度，以至于后来只要稍一深谈，他就变得很紧张，我也变得很紧张。

有一天夜很深了，爸爸突然对我说："我跟你的姑老太（即妈妈的姑母）关系不错。"他这话我掂出了分量，要知道，他们这辈人在事关人性之类上向来是很谨慎的。

这天白天，军部已经派了一个班进驻干休所，以备不测，各家各户也因此有一点儿紧张。妈妈和小藻坐在客厅敞开大门看电视(防止地震来了打不开门)，爸爸和我一起喝酒。有很多事情都是五十年代的，连房子也是的，姑老太解放后在池州城郊结合部的大梅湾小学教书，爸爸他们勤务部的一个工程队就在附近。"不过，我很规矩。"爸爸说。"每天出早操，从机关跑到工程队，中间休息十五分钟，休息的时候大家都在工程队旁边的山坡上散步，这时候姑老太正好从宿舍里出来，肩上搭着一条毛巾，到山坡下的井上去打水洗脸。姑老太长得并不好看，但是人高马大，配上一双小脚和一张呱呱呱说个不停的嘴。每次她看到我，她都大声和其他军官谈话、聊天。按照她的性格，她应该向军官们问起我。我有意无意就隐在穿黄军装的校尉们后面，宁可星期六下班以后再骑自行车去看她一下。当时，她和住在省城的丈夫关系非常不好，姑公公嗜酒嗜烟，脾气非常不好，动不动用翻毛皮鞋踢人，解放后他的车行公私合营，又因为历史问题（大概也就是参加过国民党的什么外围组织），他不得不去当汽车修理工。每天一身酒气、一身油污。加之二人子女一大堆，要吃要用，烦得很。”

爸爸曾带我重游旧地，他告诉我，山脚下火车道的西南角上航运大楼的处所即原来的工程队。当时他们出操从市里到这儿大约两公里多。“你妈妈五十年代在天北路上班，每天天不亮就起来给你们弟兄四个烧早饭，你小时候家里多时同时有三个保姆，不是偷就是馋。五十年代，偷半只咸蛋就是件大事，整个府务路十七号院都知道。当时勤务部对面的十七号院，南北两座三层楼，老老少少大概有二三十个保姆。那时候穷，保姆六七块钱一个月，多得很。那些女人大多是扬州淮安这一带人，带你的保姆就是扬州乡下的。”我发现爸爸的神情走了样，眼睛越瞪越大，确实这是个非常特殊的时刻，从东面过山隧道里来的风把我家大门前的水杉树吹得呜呜直响，高高的石头围墙，足足有三四米以上，火车在最深沉的夜只有一声鸣，深邃得叫人要流泪。

“你妈妈动手打保姆我是不能同意的，五十年代的人偷吃一片油炸馒头片，你妈妈就揪住小保姆的头发不放，揪了又松开，又揪又松，还踢了一脚小兰的下身。那时连你都不太吃得饱，这也是没有办法的。”我说：“你怎么又原谅了妈妈呢?”爸爸说：“我曾经是要送她到保卫处去的。可你妈妈是地方的干部，部队管不了，加之你妈妈也向小兰道了歉。后来给了小兰十五元钱，让她回乡下老家。当天你妈妈送她到码头，你妈妈一滴泪也没有，小兰倒哭得跟个泪人似的，你大哥、二哥她都带过，有感情了。你妈妈背过身去时，眼圈才有点儿红。五十年代江边一带尘土飞扬，当时正好是夏天，天气又热，当时的人没有‘的确凉’什么的，只是一般的布衣，你妈妈是白底蓝圆点的衬衫，那时候的人也没有胸罩。夏天姑婆婆学校放假，一夏天都是在我们这儿看书，帮着带小东（和解放前反过来了）。是1956年夏天吧，你已经在你妈妈的肚子里。姑婆婆睡在门口铁架床上。他们桑家来的人都睡在那张床上。那个夏天我做了我不应该做的事，今年我已经七十四了。姑老太笑哈哈地抱着我在床上打滚，你妈在天北路上班，保姆上街买菜，我从班上回来拿钥匙。晚上你妈妈照例给你们几个缝缝补补，姑老太带小东到街头连逛带买青橄榄，她趿一双黑牛皮拖鞋，每天如此。你妈妈嫌姑母不自觉，老拖我的拖鞋。我说她义务给你带小东，又不白吃你的，你稍微忍着点儿。当天就是小东的一只袜子被我们在一起时团到床下面去了，你妈妈用鸡毛掸子够出来，疑惑了好一阵子。我当时正在出大汗，加炉子刚加完，我坐在床边上不吭一声。”

爸爸不喝酒了，他宁愿把他面前的那一块桌了先收拾干净，看我喝酒。他不喝了，却好像愈来愈醉，平常他是可以喝白酒的。这一天白天爸爸和所里又发生了一些矛盾。这回连一向修炼极好的所长也公开说爸爸过腐。我历来看不惯所里的管理人员的做派，比如陶所长，虽说也五十多了，正团级干部（117干休所属团级单位），可爸爸在位时，这人至多也就是个参谋、干事，更不要说所里的管理员、协理员们了。爸爸说：“大概我的大限也到了，焦心的事总冲我来。”所里的招待所承包给一家公司，所里是法人代表，一年的营业税算下来要交十多万块。公司说假使如数交，那么应给所里的管理费就没钱兑现了。于是那天公司老板就拉爸爸、孙政委陪税务所所长吃饭，那所长才三十来岁，孙政委、我爸爸、所长、毛管理员，可谓军、师、团、营四级军官以及公司老板一齐向这小家伙赔笑脸，两千多一桌，小所长还吃得直咂嘴，吃过了以后，不先送老干部却先送小所长回家。路上小所长提了句鱼，陶所长立刻说与养殖场很熟，这个星期天我们两个所长一齐去乐一乐，结果花钱买鱼钓，一顿饭又花掉一千元。最后才免税一万，很没意思。孙政委怪爸爸吃饭时不够热情。所长也在一旁酸酸地说：“哪年夏天少分你西瓜啦？”爸爸火了：“我都七十多岁的人了，你让我怎么向一个三十多岁的人热情？这个老干委主任我不当了！”这事直到军部知道了，让政治部主任打电话来，爸爸才没撂挑子。“什么狗屁挑子？整个儿傀儡。”我说。爸爸说：“算了，全市、全军、全所面临震灾关键时刻，我也要讲个晚节，得顾大局。”

我提议出去走走，爸爸同意了，原来他是不喜欢散步的，听妈妈讲只是最近他才开始每天傍晚沿 117 围墙大步走三圈。妈妈把散步和姑婆婆联系在一起，说爸爸可能借着散步去找姑婆婆去了。这太夸张了，我不太相信。可老实讲，妈妈的直觉一向很灵，这一点我深有体会，少年时哪怕夜里一次手淫，第二天也准被她猜中。

我和爸爸出了自家院门，二人在大院墙下的水泥路上散步。

我家后门出来已是全所的最高处，十来座高低错落的小楼忽明忽暗，似乎有说不尽的幸福般的悲哀。二十户中已有七八户老干部归西，子女们中有混得好的也有混得不行的，混得好的，第二代中有少将有大校，混得不好的，则下岗失业在家多年，甚至还有犯法坐牢的。“我们这一家，是比上不足，比下有余。”爸爸说。我说：“我家跟其他各家并不熟，原本不是同一个部队的，你们是因离休了才聚到一起的。”“是啊，从不熟到熟，我们都是从轰轰烈烈到平平淡淡，这点是相同的。”爸爸补充说，“现在我们这些老家伙已经习惯了，就差被人彻底遗忘了。”“那你还想干什么？”我不以为然地说。“不想名也不想利，想也想不到，就剩下想晚节了，就这个了，我一辈子没犯错误，晚年也不想犯错误。”“这个我知道。”我说。我听到这话就烦，也想到死，我是唯物主义者，但又不是唯物主义者，爸爸感觉我不耐烦了，立刻换了一个话头：“我死了以后，还要烦你四个或者其中的一个，把我送回南乡去，不远，二十多公里。我从一个普通的小村子出来，死了还是要回去。”

我们说着走着，感觉今天我们父子的对话还算顺畅，但没料想走到所部楼房背后时，爸爸身子一斜，好像踩到了什么，紧接着他想抓我没抓住，人整个翻倒下去。路灯不明，我再低头看时，他已经跌坐在地上爬不起来，进而发出一声低而恐怖的呻吟。我生来没听过爸爸的呻吟（小时候总觉得他很伟大，可以抵挡一切）。我连忙去拉他，想不到脚底下一滑，差点儿也摔倒。

爸爸立刻认定这是暗算。的确，他每天散步的路线和全所老干部有所不同，只有他是从所部背后绕一个弯下坡去（其他人都是顺着大路直接下坡）。我觉得爸爸的判断过于主观。爸爸举起沾满汽车润滑黄油的双手给我看，告诉我上午孙政委与所长在企图大幅度免税失败的情形下，同意爸爸的意见，从节省经费出发，减少发给战士的那七百元钱，只发二百元（老干部们修卫生间的费用后天正常发下去，修不修卫生间各家自行处理）。“那些战士（包括司机）有意见，把怨积到我头上。”爸爸说。

爸爸略显庞大的身躯倒在地上，我竟拉不动他。他又沉又可怜。情急之下，我只好大喊救命。我的喊声惊动了整个所部楼及宿舍，所长是最后出来的，手上还拿着筷子。

爸爸的腿摔断了，右大腿股骨骨折。老年人晚年的劫难几乎都一样，骨头总是少钙质，往往一碰就断，有的人恢复了（但无法像从前那样平稳走路），有的人像我外婆那样，直到进火葬场都带着夹板和绷带。而爸爸似乎更严重些，连坐骨右侧也裂了。

爸爸大腿股骨断得有些特别，得吊着腿躺着，痛苦不堪。顾军医认为这种骨折没什么了不起，他有把握使爸爸在三个月内完全恢复正常。他主张不要在 89 医院住下，打完石膏后可直接回家躺着——像家庭病房那样。现在部队医院同样对外，管理上又极其混乱，病人如果没有关系，既得不到好的护理，连可口的饭菜也吃不上。

而且更主要的是，老干部病房在六楼，一旦真的震起来，好手好脚的人都逃不下来，何况一个断了腿的老人呢？所以即使从这一点考虑，我和来紧急探望的三个哥哥都同意把病房安在家里，所谓骨折的事情是经常发生的，应从容对待才是。

作为北方武警某师的副政委，我大哥郑重地找所长和管理员交换了意见，要求所里严肃追查肇事者，黄油究竟是谁那么及时并准确地涂在所部背后的走道上的？此事离所里同意我父亲的意见，减少发放本所义务兵那七百元还不到十小时。陶所长一开始不把大哥放在眼里，以 1956 年的老兵自居，话没讲几句，就问身佩上校军衔的我大哥是哪一年的兵。大哥本属少年得志，曾经在北京当过大首长的秘书，什么样的角色没见过？而且他一向雄辩，做事也极果断。他回答所长：“我是 2013 年刚入伍的新兵，离休干部常益玉的儿子。”说着就拿出手机接通大军区纪委书记的电话，书记是大哥的高中同学。大哥把情况简单说了一下，书记让把电话给所长。书记和所长在电话里交谈了一会儿，所长答应：一、立即向师里汇报；二、同时组织调查；三、精心安排治疗。书记认为：这是一起侵害离休老干部的事件。因为还没进一步调查、核实，暂不加“严重”二字。他让所长本人和主管师的保卫部门负责人即刻专门来军区汇报。

放下电话，所长脸色难看。大哥说：“没办法，你爸爸被人暗算也不会冷静。”所长从鼻子里哼了一声：“官大压死人。”大哥不依了，没了师级干部应有的克制，大声道：“谁压死你了？你什么所长？”

管理员、协理员以及其他几个干部听到嚷嚷声过来帮所长，加上三四个战士，一时间对大哥推推搡搡。我二哥三哥当时就在旁边，三哥是个大个子，他和二哥都是飞行员出身，一个小当兵的拿着饭勺冲过来凑热闹。我三哥手一抬，那个小兵摔下去几米远，小子爬起来捡起块砖头就要砸。幸亏几个老干部过来劝阻，事情这才没闹大，要不非大打不可。

大家都冷静了下来，所长说："我们对常政委一向是尊重的，而且他还是我们的老干委主任。"大哥说："那你问我是哪一年的兵干什么?"所长说："起码我年龄比你大几岁吧。"大哥说："大几十岁跟这件事又有什么关系?"所长说："好，算我问得不对，我们还是谈问题。"大哥说："大家都不谈官大官小、资格深资格浅，都来谈事实，解决问题。"

爸爸从床头打来电话，他要大哥不要在所部闹，先回去。三哥夺过电话高声道："养你的腿吧!"

"你们要我的命啊!"爸爸急得声音都变了。

大哥怕爸爸出事，连忙回去了。所长和我们哥儿个乱扯了一阵，直到中午也没有什么结果。

我们往回走的时候，妈妈已经急匆匆地迎出来了，她怕我们真惹出什么事来。看到我们回转，她松了一口气。

到家以后，爸爸正闭眼休息，大哥在旁边走来走去不作声。爸爸从不愿麻烦别人，从不惹事，但想不到却惹上了大麻烦，平静的生活也因此变得不平静。对妈妈的病我们已经习惯，可对爸爸的突然倒下却觉得很不习惯，似乎他的衰老在几小时之内就突然到来了。

伤筋动骨一百天，妈妈有病，爸爸又倒下了，两个病人谁来照顾？有钱也得有人张罗啊。大哥身为武警某师副政委，公务繁忙，显然是抽不开身。大嫂在某医院主持一个科室的工作，也忙。二哥是一个厂的厂长，二嫂是某局副局长，三哥是大校处长，三嫂是团职军医。他们几个都是社会中坚，身负重要职务。哥几个只有我是一报社小编辑，妻子是一公司小保管员，似乎只有我们夫妇没啥要务在身。

冬日之夜，不远处传来火车往来的呼啸声。我们弟兄四个坐在客厅的沙发上，我们静默着，常家兴衰的画面一幕幕从我们眼前掠过。黑暗中，似乎可看到爷爷担着铜匠挑子从乡村阡陌间踏着积雪回家，头上是一顶瓜皮帽。常家祖祖辈辈，大字不识一箩，能有今天非常不易。

好长时间过去了，我们四人仍静默着。妈妈似乎有意不过来，她等待着我们哥几个对他们二老的照顾拿出个方案来。

妈妈坐在爸爸病榻对面的床上，平常这张略小的床是爸爸睡的，妈妈睡的是爸爸此刻躺着的大床。妈妈看着躺在床上的爸爸，神思一下也恍惚了，思绪飞到遥远的从前：那时一顶花轿把妈妈从池州西部的乡下抬到南部的一个小村，妈妈嫁给了当小学教师的我爸。小村的生活并不如意，父母的第一个孩子是男孩，但不幸溺水身亡，后来有了我大哥，大哥后面又有了个女孩，妈妈为此感到非常称心如意。因为解放后工作忙，父母就把女孩放到乡下奶奶家抚养，但想不到吃了不好的东西，女孩仅两岁就得痢疾死了。几十年过去了，妈妈总记着这事不忘，悲叹自己命苦，命里没有女儿。爸爸似乎也总是为这事而心怀歉疚。奶奶在那个名叫小玉的女孩死后一个多月才将噩耗告知我父母，这以前妈妈从池州城里回乡看小玉，奶奶每每总说小玉到江对面爸爸的大姑妈家去了，不敢说孩子已经死了。妈妈还常去江边渡口去等，每每等到天色暗下来也不见孩子回转。那时候妈妈一般是星期六下乡，星期天回城，妈妈穿着一件列宁装，或者是把转业下来的军装染成蓝色。后来在一棵桑树下，奶奶终于含泪告诉妈妈小玉死了，高烧五天抽搐而死（奶奶说不出得的什么病。小玉刚死时，尸体就藏在柴房）。平日坚强而深明大义的奶奶却畏缩了整整一个月，脸色由天生的白变成了黄，三十多天只喝一些麸粥。当年爸爸和叔叔参军，两个儿子一同跟部队去江北奶奶都没如此害怕过。妈妈听完这个噩耗，则一头栽倒在桑树下，她觉得犯了一个终身大错。奶奶是妈妈一生最尊敬的人，也是妈妈从没批评过一句的人。有人称奶奶是革命的老妈妈，因为她家里住过共产党的地下县长、县委书记。爸爸和妈妈 1945 年后去江北，常家门上虽被挂上“匪属”牌子，但奶奶仍然受到乡亲们的尊敬，常家总是人来人往。

那天，奶奶看到妈妈一头栽倒，转身就要去投河，可桑林附近的小河沟又淹不死一个大人。妈妈口吐白沫，奶奶围着河沟转了圈，末了过来扶着妈妈，叫上两个年轻人，一个坐独轮车去请大夫，一个坐独轮车连夜到池州城去喊我爸爸。

奶奶可以说一生都没做过错事，唯独孙女死亡这件事。妈妈后来连生三个儿子，愣没再生出个女儿来。男孩总是少些或根本不贴心的，这点妈妈几十年来深深地体会到，所以她一直总是伤心，总是一恍惚就会想到小玉，尤其是在困境或有病痛时。

我坐在堂屋沙发上，似乎能感应到隔壁房间妈妈在想念小玉。是啊，如果死去的姐姐此刻伴在爸爸的身边，替他轻轻抚摸疼腿，给他擦去头上细密的汗珠，或者替他擦洗身体，翻身捶背。如果爸爸要去卫生间，姐姐也绝不会回避，她会扶他去。虽然据说她长得并不算好看，但妈妈一口咬定，从小玉的脸上可以看出贤惠来。只是这一切已没法证实了。

大哥打破静默，首先开口：“情况就是这么个情况，爸爸这辈子没得罪过人，没出过纰漏，想不到老了，最后在干休所却出了纰漏。

我看这都源于他当那个老干委主任，得罪人了。照我现在的心情，我恨不得立刻辞官不干，回到父母身边照顾他们。二老对我可以说恩重如山，你们三个可能还体会不到。当然你们也都知道的，当年我生在担架上，只有四斤三两。天寒地冻，爸爸妈妈日夜行军还呵护着我，我这才能活下来，才能有今天……”

大哥略有点儿哽咽。

我没作声。

“可我又是一个党员，或者不讲党员，讲良心。讲党员、讲党性这是爸爸最想要听的。我要是扔下工作，爸爸也不会同意，他宁可就这么吃苦受罪。所以不是我不想来，确实是我来不了。说到房子问题，我们常家要有我们常家的家风，要争气，要有样子。哥几个不能为房子争，没意思。所以干休所这一百多平方，我表个态，我不要了，爸爸他们若买下来就给老四，我们三个哥哥生的女孩，老四生的男孩子，姓常，中国人的传统观念到啥时候都变不了。房子给老四，老四一家可以安心调过来。这样比较合适。”

二哥在门台工作不顺利，心里不痛快，但爸爸、妈妈一直也没提让他到池州来。而二哥的初恋在池州，当初他和那个初恋不知为何没成。二哥爱那个女子爱得真切（那是个大额头、开朗漂亮的姑娘），二哥当兵回家探亲曾经衣冠整齐、英姿勃发地出入那个女子的家，但还是没成。多年过去了，二哥也许还心系池州，虽然他和二嫂的关系不错。

大哥的一番话可能令二哥不爽，但他没吭声。三哥则对大哥的意见点头表示同意，建议应该加快我的工作调动。

妈妈刚要过来看哥几个到底谈出点儿什么来没有，忽然嘭嘭嘭一阵敲门声，只听到姑老太大嗓门喊妈妈的名字：“桑英桑英！”

我们都从沙发上跳起来，后门没有灯，姑老太像是赤脚站在那里，还有一个蹬三轮车的人在擦汗，我过去给了三轮车夫五块钱。姑老太一边看着脚下，一边咋咋呼呼地进门，妈妈眉头直皱。姑老太说儿子下班刚告诉她说常老头儿腿摔断了，本来要明天来，但想想还是来了，否则她不仅吃不下饭，晚上觉也睡不着。

她怪妈妈："桑英，你早应该告诉我。你叫部车子来接我，钱我来给。"

妈妈觉得这话不中听，生气了。姑老太也没发现，径直拄着拐杖，一瘸一瘸地往里去。爸爸早听到姑老太的声音，眼泪已含在眼里。

姑老太叫了一声"常老师"，便坐在爸爸的床头。

她顺手掀开爸爸的被子，爸爸被她过猛的动作弄疼了，咧了咧嘴。她在爸爸的伤腿上拍拍，来回抚摸，嘴里还发出哄小孩般的嗯嗯声。奇怪的是一向硬性的爸爸不仅没嫌姑老太的失态，反而好像很享受，觉得姑老太的抚摸和嘘寒问暖减轻了不少他的痛苦，他身子后仰半闭上眼睛，长满花白胡子的下巴微微颤抖着。

姑老太大骂世风日下，骂那个把黄油涂在地上的家伙伤天害理，断子绝孙。她的声音又脆又响，一扫常家的沉闷之气。爸爸没制止她，直到她要起身去找所长评理时，爸爸才睁开眼睛让她坐下："不要去惹麻烦！"

她只好重又坐下，开始从饮食一直问到大小便。妈妈在门外一遍遍走过，脸色已经越来越不好看了。

爸爸告诉她，我们弟兄正在谈他的照顾问题，哥儿几个、几个媳妇都有工作，都分不开身。姑老太立刻显出几分不满意，她嘀咕着起身来到客厅跟我们几个打招呼。她虽然心有不满，但说话的口气很客气。解放后她家道中落，身份明显低于我们家，所以即使对我们这些晚辈说话，也还是保持了相当客气的口吻（刚才之所以大声，可能是出于一时激动吧)。

她说爸爸的伤势稳定后可住到大华头她那里去，理由是妈妈的病很重，为防止把妈妈拖垮，所以应该这么做。妈妈听有人夸大她的病情，心情好多了，一扫不满情绪，反过来到客厅来和姑老太客气着。姑老太说："以后你们爸爸也可以长住在大华头，反正我们三个老的在一起无所谓，可以有个照应；干休所这边有事可以随时打电话给我。四子还是早点儿调来，可以常带着小藻去大华头看看。"

大哥觉得这个方法可行，"爸爸和姑老太、姑爹在一起会好得快，妈妈是因为病，否则也是可以到……"大哥没说下去，因为大华头的地方太小，绝对容不下四个人。当然也可以把姑老太、姑爹接到这边来住，这边宽敞，但妈妈不会同意，她平常就是个怕人多的人。按照妈妈的心思，她也不会放爸爸一个人去姑老太那里，尽管爸爸已经七十多了，多年来，她早就觉得爸爸和姑老太之间的关系不正常。但是事到如今，儿女都不在身边，谁来照顾一个骨折老人呢？也只好如此了。妈妈对生死看得很重，特别怕死，她觉得死神在她的周围游荡，稍不留神就会要她的命。日子苦也就罢了，早死是解脱，可偏偏晚年又赶上好日子，不愁吃不愁穿，还有社会地位，有儿有孙，她又怎么舍得离开这个世界呢？但生老病死乃自然规律，这个她也懂。她隐约觉得，自然规律的法则正在一点点肢解她这个看上去很幸福的家庭。

妈妈和我有许多相像之处（不仅是相貌上），她的脾气来得快，走得也快，心肠软，容易被打动。她听姑老太正好说了一堆她爱听的话，立刻心里就像欠了人家一笔情。她想出很多琐事和细节，包括想到要带很多爸爸日常用的东西去，不要给姑爹增加麻烦等等，另外每个月给姑老太一千五百元作为伙食费，也算是一笔照顾费。再就是日后应该送些什么东西、办些什么事来报答姑老太。姑老太听了咯咯直笑，觉得妈妈太客气了。她决意晚上不走了，就睡在爸爸对面的床上，说是先熟悉一下怎样照顾骨折病人。

我们拗不过姑老太，只好让她留下来。本来就是亲戚，过去还是爸爸的老同事，也没人去多想什么。没想到这个姑老太竟和爸爸隔床聊了一夜，其间除了几次方便，几乎就没停过，快天亮的时候妈妈忍不住进屋去制止，二人的聊天才算停下来。

屋里静下来，院里也静，天边微亮，远处传来火车汽笛声。今夜楼下没了多年来妈妈没完没了的唠叨和埋怨声。

爸爸的伤十天后又拍了一次片子，片子显示：骨折处基本恢复正常。右大腿像馒头一样的肿块也大体消下去了。按照先前爸爸和姑老太的约定，一旦爸爸的伤稍微好些，爸爸就住到大华头姑老太那儿去。于是我们又问爸爸，他的主意是否改变，他神色坚定地摇摇头，妈妈也仍表示同意。这天一大早，来接爸爸的姑老太就坐三轮车来了，坐下刚吃了半根油条，喝了一小口豆浆，所部的汽车已经到院门口了，姑老太放下早点就张罗爸爸动身。一番收拾忙乱后，我和三哥一起抬着爸爸上车，妈妈送到屋门边，说心脏不好，不能再送了。姑老太大声说："放心吧，桑英。"乐得颠颠的。

爸爸半躺在车后座上，车子下了山，向老城区大华头驶去。

我和几个兄嫂十天往来池州，疲于奔命，不是消瘦了许多，就是气色变差。

中午我在爸爸走后的床上睡觉，刚刚两点多，听到电话铃声，妈妈已经在那儿接电话了。过了一会儿，毛局长就坐着"奥迪"来了，一进门就怪妈妈不给他打个电话，应该用"奥迪"送爸爸走，而且他认为就不该让爸爸走。妈妈说："他都这么大年纪了，我什么事还不由着他。"

毛局长总是大嗓门，笑得特别开朗，坐到四点多，我不得不起床来跟他打招呼。毛局长先是把我打量再三，我觉得奇怪，我们见过面，见面时他似乎也是再三打量，然后他特热情地拉住我的手，嘴巴嗯呀啊呀，好像他什么都见过，啥事都可以理解。他这个级别的干部装腔作势的我见过不少，一下就能让你感觉亲近的很少，毛局长应该是那种让人容易亲近的干部。他眼睛配合嘴巴，过一会儿一眨，过一会儿一眨，很是灵动。他问老三上哪儿去了，还把头伸到北边的房间里看了一下。我说老三乘中午的火车回省城去了，老大、老二前天刚来过。“嗯，好好。今儿我们爷儿俩喝两杯，你‘老巴子’这几天照顾老头子辛苦了，我来慰劳慰劳你。”

毛局长转到厨房，妈妈已经在那儿切大棚黄瓜，还有几盒一直不许人动的凤尾鱼罐头，毛局长说：“这点儿东西还不够我一个人吃。”他转身叫驾驶员开车下山去。我说不要了，这两天我肚子也不太好。他说没关系，拍两个蒜头就解决问题。黄昏时，驾驶员还没来，毛局长拍着我的肩：“小伙子，调到池州来吧，不要干什么记者，一天到晚说空话、干空事。务点儿实，到我局里来，先给你干秘书，过过干好了，我把办公室一摊子交给你，好不好？年轻人，大有前途，我这老头子临下来前会把摊子交给大有前途的人的。我们这个行当，可以说是里通外国，别的不说，一年单是服装费就大几千，是啊，你上外国人的船检查，穿得破破烂烂怎么行？局机关也一样享受同等待遇。我考虑来考虑去，还是让你到我们局里来为好。”

妈妈走进来放了一个菜在桌上，她也让我考虑考虑，说她还没来得及和我商量。

检验检疫局就在海关大楼那边，从干休所后墙一条路下去没多远，江边一溜儿都是名胜古迹（池州报社是在老城区的一条杂乱的马路上）。我对毛局长的提议心一动。报纸干了十几年，越来越没干头，人际关系复杂，小文化人整天斗得乌烟瘴气。报纸办得像黑板报，越来越僵化，领导还向记者派创收任务。我这种有点儿自尊的人可以说越来越不适合在报社工作。妈妈说检验检疫局就是以前的商检局，很不错的单位，市里很多头头的子女想去都去不了。我稍想了一下就表示同意，此时驾驶员正好进了门，手里提着卤鸭和一个闷钵。毛局长把两包软壳中华烟搁在桌上，又从提包里拿出一瓶“人头马”。“平常我也舍不得喝，今天是小姚硬鼓捣我拿来的。”毛局长说。我只知道驾驶员小姚和毛局长的关系不一般，有种近于父子般的关系。我听了毛局长的话心想，今天只是爸爸到大华头去了，并不是什么特别的日子，干吗搞得像过节似的？毛局长也不解释，似乎只是因为开心。

毛局长和我一起把酒和菜端到饭厅去，小姚和妈妈在厨房里一边炒菜一边说话。后饭厅的窗下一些冬青的枝叶摇曳，毛局长几杯“人头马”下肚心花怒放，像在自己家里一样脱掉外套，越发像家里人。老头子一肚子牢骚，大概也因为他快到六十了，没有几天干头了。我说：“你如果到中央去，那你还是年轻干部哩。”他连连点头“是啊是的”。然后他就喝醉了。

当时已十一点，我的意思让小姚送他回去，结果驾驶员小姚说就让他睡这里，明天来接他，我担心他的家人来找，小姚说没关系，他会打电话给他家里。奇怪的是妈妈对毛局留下一点儿不反对，而且自愿把床让出来，宁可自己睡客厅沙发。这种待遇我也得不到，家里来人妈妈从不考虑自己挪床睡，宁可费大事另作安排。她一向很讨厌人喝醉酒，可今天似乎也成了例外。

十二点了，客厅挂钟叮叮当当响。毛局长在我对面的床上鼾声如雷，搞得我怎么也睡不着。我穿着长裤去卫生间，客厅的门开了一条缝，妈妈拥被坐在沙发上，夜光照在她的脸上，她显得又瘦又老。我就知道她会睡不着，平常家里或她心里有什么事，她总是失眠。她虽文化不高，但脑子想得太多，不是顾虑太多就是整天叹命苦。叹命苦，还是那些老话：小时候家里穷，她是家里的老大，兄妹多，苦不堪言，头一个儿子夭折了，后面有个女儿却病死了；思虑现在，则一堆一堆其实不相干的事，什么老家的房子漏雨，侄儿的工作没着落，大侄女三十二岁还没嫁出去，等等，都是她想得多要操心的。尤其是自己仿佛浑身都是病还没人同情照顾，这使她尤为悲叹，好像这世上就没人有同情心。当然，要说有一个，也许就数当年办公室的小毛，也就是此刻睡在她的床上打鼾的老毛、毛局长了。

地震这事好像风一样吹过去了。后来竟然有人说是省地震局的一个工程师搞错了，最后省里的某领导也搞错了，于是下面跟着都搞错了。当然，震是震了，不过震中在黄海，震级不大，还不到五级。

去了大华头的爸爸在棚子里睡了两天后，就和姑老太夫妇搬回屋子住了。妈妈每两天坐所里派的车到大华头去一趟，一去就好半天，有那么几次驾驶员竟然以有急事为由开车走了。她只好坐公交车回家，有时车上没有几个人，车到站点，售票员都懒得喊，坐过了的情况也有，妈妈就骂骂咧咧下车，骂骂咧咧一个人走回来。那时候毛局长已经在客厅的沙发上睡了好一会儿了。他因为帮我调动工作，常常晚上要去山下的几个部长、常委的家活动，时间晚了，妈妈就让他睡在我家。而且我去看爸爸时说到这事，爸爸也没异议，反而觉得对妈妈有好处，他觉得妈妈最信得过的人就是毛局长。

这段时间妈妈回里屋睡了，还睡在她自己的床上，我则睡在她的对面。毛局长来了则轻手轻脚到厨房洗脸，洗脚。有时正好妈妈从爸爸那里回来，毛局长在用热水泡脚，妈妈就坐下来和他说话，一聊就是好长时间，直到泡脚水都凉了，二人才各自去睡。

当然也有好几次，毛局长是醉醺醺地推门进来，小姚的车子在外面亮着大灯，小姚看他在大桌边坐下来，而且看到我和妈妈也在，这才离去。毛局长说是陪上级领导，或者说是陪外地来的客人喝酒。我不愿跟他多啰唆，宁可不调来，也不愿让他这副模样进出我家。隔壁邻居家已经开始用异样的目光看着我家进进出出一个生人，据说孙政委、陶所长和其他离休干部也有议论。这些妈妈都还不知道，每次见毛局长醉醺醺地进门，妈妈立刻迎过去，倒好像是她做错了什么。

爸爸在大华头第七天，姑公公突然病逝。据说是夜里死的，那天夜里爸爸重感冒，姑婆婆起来三次给爸爸倒开水，快到天亮的时候发现姑公公已经死了。眼睛瞪得老大，姑婆婆从未见过老伴睁着眼睛睡觉，用手一摸，她像触电一样大叫起来，尸体已经硬了有一会儿了。爸爸差不多也要从床上跳起来，他用两只手撑着身子向门边拗。姑公公可算是他的老哥们儿了，爸爸确实打算等腿好了再替他跑一趟省城，尽力设法替姑公公解决离休问题，关于解放前姑公公是否算脱产参加革命工作问题，已有一位老同志做了证明，姑公公的历史问题也已查清。另外，爸爸的一个学生在省委机关任要职，这人帮着说说话，姑公公的待遇问题就解决了，待遇解决就不至于像现在这样瘫在床上没人问，工资低得只有两千五百元，老两口就差每天喝汤。想不到待遇问题没解决，老人家已经去了。姑婆婆一边大哭一边拍着床板，震得小屋直往下掉灰屑。我正好早起给爸爸送豆浆油条，老远就听到号哭声，起先以为是其他人家，后来看到有些人围着七十二号，说死了一个老头儿，我惊了一身冷汗，直奔屋里，见姑婆婆坐在椅子上哭，再到里屋，爸爸没事，他的手指指外屋，我返身到外屋，只见墙角板床上的被子掀开一角，姑公公直挺挺地躺在那儿。

回到门台以后，我调动的事快得惊人。毛局长中午和晚上一天数次往我家跑，调动中的各种麻烦全由他们承担了（带事业编制的调动是很麻烦的）。毛局长常常急匆匆地来，然后醉醺醺地离去（反正家里不缺酒）。爸爸在姑公公丧事期间一度暂住到大华头的一个招待所里，姑婆婆一边忙老伴的丧事，一手仍不放爸爸回干休所，她的行为引起她的几个子女们的不满。姑婆婆却不理会，说桑英的身体不好，做姑母的应该帮着分担些。几个子女中就数小儿子意见最大，他有他的道理，他认为："解放后常益玉、桑英家翻了身，我们家一直求着他们，可他们一个忙也没帮过，桑英姐记解放前的怨也不能记这么多年，并且最后老头子的待遇问题也没认真当回事。"关于这个小儿子的事我知道一点儿，妈妈确实从来没帮过这个人，还口口声声称人家是小流氓。有时这个表弟上门了，妈妈的厌烦直接就放在脸上。如今此人搞地产中介发了小财，妈妈仍是很反感，背后一口一个坏人称人家。"我们是坏人，他们是堂堂的革命老干部，他们家老头儿住这儿怎么就不怕受牵连?"我在灵堂里几次听到那小子有意说给我和妈妈听，嚣张得很。那老大还不错，几次低声呵斥他弟，否则妈妈真会当场跳起来走人。妈妈本来都不想来吊丧，只是因为看姑老太的面子，而且爸爸又在她家住。这段时间以来，妈妈少照顾一个病人，毛局长又天天来和她说说话，她的情绪和身体确实好多了。丧事还正办着，姑老太的子女不知又为了啥事吵了起来，那女儿气头上居然又捎了一句针对常家的话："这么牛的老干部，怎么到老没有儿子能靠呢?"这话爸爸正好听到，后来他悄悄告诉我，以此坚定我调来池州的决心。

丧事办得没法再简单了，由于姑公公改革开放前就退休了，原单位几乎全是新人员了，后来只人力资源部象征性地来了一个办事员，送了五百元钱。送葬的那天，几个儿子一用力，做停尸板用的床咔嚓一声，掉下来一块板子，幸亏我在旁眼疾手快，手伸到板下托住，否则尸体真会掉下来。一屋子人都紧张得不得了，他们四个儿子一个人抬一个角继续往外，我弯腰托住板子跟着往前移。他们兄妹五个为了老头儿的存折争吵了好几天，老头子的尸体好像都开始发黑了。那房子进深又长，那几个男人看我弯腰就那么托着走路的样子，也没有客气一声。一边姑婆婆的女儿也完全没有要替一下我的意思。我妈妈看不下去了，用眼神示意让我快别再托着了，即便尸体掉下来，也是他们家的事。我没理会我妈，继续跟着往前走。

一行到大门口时，我妈干脆说门过不去让我走开，她感觉我这样子仿佛在给人家当孝子。我仍没理会我妈，这时我若撒手，死者肯定落在门槛上，这像什么样子啊。所以我宁可别着身体过门也不能撒手（几乎趴在死者身上），就让老人家安安稳稳去向黄泉路吧。我们也会有这么一天，我们也会老，也会死。我就那么别着身子硬是挤出了大门。门外停着殡仪馆的黑车，众人都松了一口气。我妈的脸色很不好看。

春节不知不觉就过去了，造成爸爸骨折的肇事者查出来了，果然是 117 所的一个驾驶员干的，处理等级是党内警告处分，与我们心里所想的要求相去甚远，也不符合大军区纪委的要求，但这人是本所七号楼离休干部樊团长的未过门女婿，而且樊团长本人又带着女儿和小驾驶员亲自上门打招呼，还留下一盒冬虫夏草和两瓶蜂蜜。妈妈的心肠一热，说了两句责备的话，就替爸爸原谅了他们，为这事大哥在电话里气得直嚷。妈妈后来又去把礼品送还给樊家，但给那驾驶员的处理也只能这样了。

春节后一天下午，我刚上班，办公室解主任就打电话给我，原来是池州检验检疫局人事科长和一名干事来了。解主任上午就在找我，可我上午在家睡觉。我上楼以后正好碰到一个平日和我不错的副总编，他先把我说了一通，说："你小子眼里还有我们没有，调动这么大的事，居然都不先给我们打个招呼，搞得我们很被动。"我一时无法回答他。按道理来讲这样的事先应该征得单位同意，可春节后妈妈送我和俊藻回门台，利用她和门台人事局的关系，直接拿到了门台同意调出的函。毛局长在池州又使出吃奶的力气打通了各种关节，事情都办到池州来调查了解调动人情况的份上了，我单位这边还蒙在鼓里，甚至连我也觉得突然。

偏偏那两天我害红眼，我戴着半黑的眼镜进会议室和那个姓赵的科长见面。赵科长仔细打量我，脸上的肌肉抽搐着。我不知道我哪一点不太中他的意，来总编室之前我还特意把头发捋了捋，衣服拉拉整齐，显得干净精神一点儿。赵科长问我是不是写小说，我说那是过去的事，主要还是下去采访新闻或在单位编稿子。赵科长放心地点点头，我知道他们对这很在意，单位最怕的就是职工不务正业。而与我要好的副总编似乎偏偏把会写小说当作优点介绍给人家，想博得人家对我水平的认可。赵科长和那个干事坐下来和我单独聊了一会儿，他告诉我那边市里对我的事很关心，如何如何，对这些我一点儿也不怀疑，爸爸摔伤以前就曾通过省里的关系找到了池州市委秘书长；二哥也通过同学关系找到了市委组织部副部长，以至于市口岸委主任都对这事有些感冒，说老人家找的人太多了。赵科长再三问我对调动的态度，我当然说我愿意回池州工作（交谈中，那干事还听出了我的池州口音），门台没发展。赵科长直视了我几秒钟，似乎是认可了我的态度；后来他又解释，他们来仅是例行公事。我心想你们大概要把一个“坏人”调进去了，可你们偏偏还不知道。本报其他几个头头可能也有同感，我留在本报，大概对他们来说是块心病。不过我自信我这人除了有点刺儿头并且常迟到早退之外，并无恶行，我从不以稿谋私，更不打着记者的名头到处招摇撞骗，当然也曾有过出领导洋相的事，不讨领导喜欢也是真的。

我把池州来人的事打电话告诉我爱人，她不作声，估计她惊呆了，她想不到一向犹豫不决的我，这回已由不得我再犹豫不决了。调动之箭已在弦上，不得不发了。我爱人是那种嫁给谁就爱上谁的女人，或者说是嫁给谁就认了谁的人。其实我打电话并不是为了征求她的意见，只是一时没了主张，要找个人说一下。她一向比我有主张，不过她的主张往往缺乏理性成分，我并不一定听她的。我手里拿着电话，心里却在想其他的事。她好半天不作声，最后说：“我不去。”声音已经发抖了。我只好放下电话。

回到家，和往常一样，在天井中央摆一张红漆小桌，一碟煮花生米，两三块黄澄澄的油炸臭干，再来两瓶啤酒，酒微醺之际，和我五岁的儿子在院子里追着玩。小院清风，自由随便，好不舒坦。单门独院的住宅加上我工作的轻松和爱人工作的轻松，凡此种种，想想又不愿离开门台。

喝得半醉，正准备上床睡觉，电话忽然响了，是三哥打来的，说他已到了池州，说妈妈急性阑尾炎发作已被送进医院开刀，让我立即到池州去。我说我刚从池州回来，多少天没上班，现在为了点儿小病又要走，恐怕单位会有意见。三哥说他已给大哥打了电话，大哥听了很着急，但是正好部队出了枪械事故，上级来了个调查组，一时走不开。二哥又到东北去开订货会去了。三哥本人要随领导去南宁视察部队，又是只剩下我这个小记者还有这个可能。我想问三嫂有没有空，但话到嘴边又咽下去了，只好含糊答应了。三哥说明天下午领导的小车将到池州接他走，因为有关南宁方面的数字、材料都在他手上。换句话说，明天下午之前我必须赶到池州。

我的酒有点儿醒了，我爱人已睡着了，她的脸上泛着红，儿子安详地睡在她的身边，这个家内部的事全靠她。让她去池州顶一阵子，我在家带小孩？妈妈一向对人要求严，对媳妇也从不例外，我爱人会受不了妈妈那一套的，更何况我也带不了小孩。

我回到自己的房间，收拾了几样东西，从办公桌里拿了五百元钱，给我爱人留下了一个条子。第二天五点钟我起来时，她也起来了，她给我买了几个肉包子。俊藻还在睡的时候，我叫了辆出租去车站。

中午到了池州 89 医院，只见爸爸坐着轮椅和我的一个乡下表妹在走廊里，他神色紧张。三哥一见我的面就问短信收到没有，我说："我只接到你的电话。"他说他下午看来走不了。"那还要我来干什么？阑尾炎开刀要两个儿子守着？"三哥连忙把我拉到一边，原来刀开下来发现不是阑尾炎，整个腹腔已经糜烂，到处是蟾蜍皮一样的肿块，主刀的医生当时在手术台上惊得叫了起来。几个医生简单商量了一下只摘取了一块病灶组织，就匆匆忙忙地又缝上了。根据医生初步诊断，认为妈妈患了小肠癌，而且已经到了晚期。这种结局好像早在我的预料之中，妈妈叫唤自己得了绝症已经几十年，好像今天是应验了，不过近几年来她一直认为自己得了心脏病并且将死于猝死一类的急症（她的确时常嘴唇发紫）。我认为她是心理作用，病历上常年显示她心动过缓并不奇怪，我本人和八十八岁才死的外婆的心跳数均低于常人，窦性心动过缓，是非器质性的。

现在妈妈还是得了绝症（虽然不是心脏出了问题），那我过去的怀疑和厌烦就是一种错了？我的心微微地有些颤动，不过这种颤动竟与激动差不多。爸爸坐在病房门口，看着三哥把情况对我说完，然后开始与他们一同分担忧愁。

我和颜悦色地走进病房，发现妈妈躺在那儿除了手臂上多了一根输液管之外，与我走时见到她的样子毫无二致，甚至脸上少了几分常年垂挂着的抑郁，气色也不错。

“你来了。”她笑了一下，“没有什么，你又请假，才请了假的。”

我知道她不希望我常请假，其实我即使不请假在班上也不会好好上班，我对上班一点儿兴趣也没有。

我皱了皱眉头：“那我马上就回去。”

她知道又说了我不想听的话，就说：“来都来了，就留几天。”

我没有作声，妈妈并不知道她得的不是阑尾炎。我给大哥二哥分别发了详细的短信之后就到省城最大的一家医院去了，我的一个高中同学大学毕业后在那儿搞 CT。他对我说：“腹腔都打开了，还要我搞 CT 干什么?”我说不是这个意思，是想把老母转到这儿治疗。“转到这儿来?”我的这位褚同学把眼睛瞪得有石榴大。

“怎么，没希望了?”我问。

他说有没有希望先放在一边：“你怎么进得来呀?”

我说：“想想办法。”

他说床位大约已排到明年：“别说你妈妈算个县处级，厅局级也住不上，你想想华东靠西北这几个穷省，哪个省的头儿得了病不往这儿跑?”

这位褚兄上学时坐在我后面一排桌子，为人一向很直，他不会跟我说假话。我说是不是可各路买通，并且向他眨一下眼睛，表示你老兄本人也不必客气。他说巴不得能收下我的“意思”解决床位，两全其美。问题是……他忽然又一拍大脑袋说：“得，你下午来!”而后他匆匆地走了。

上午剩下的时间我就到街上乱窜，几家新华书店都去了，结果所有的书都没有提到小肠癌，其他癌真是多得不胜枚举，甚至包括阴茎癌也有详细介绍的。

下午两点，我找到褚，他却正忙着，说有一位副省长临时来医院做CT，让我第二天下午再来。晚上我打了一个长途去池州，那边说病情没新的变化。第二天下午我离医院门口还有二三十步就见褚已在那儿等了，见了面他就大叫天助也，说肛肠外二科正好死了一个，床位本来是安排给省内一个知名教授的，让褚同学给短下了，肛肠外二科把这张床立时定为内部自留床，每天一千元。医生护士不抽烟、喝酒，家属送来的这一千元讲好每天早上查房前交给当班护士，然后与这张床位有关的医生、护士甚至清洁工私下按人头瓜分。“怎么样?”褚问我，“当时我替你表了态，他们先是开价两千，给我杀了一半。一般说来低于两千没人干这种事，这是因为他们科主任的丈母娘上次怀疑自己有病，让我亲自给免费做过一次增强CT，并且安排到胸外科住院。正因为有这个前面的人情，不然说实话就是院长亲属来也没床位。”

病要是拖三个月不就是九万吗?而且是现金，又不好报。我这样想。褚说：“如果不这样处理，我真没办法了，只好请老同学包涵了。”褚不会骗我，他不会从中得一分钱，而且人家要失掉一次人情。我说：“就这样定吧，人来了就交钱，可以一次先交一万。”褚说行。

我和褚找到了那个秃顶的主任，那主任显得很巴结褚，他丢下手里的病案，领我们直接去找院长批。我心想我们哪儿来理由批到床位呢?褚说：“这你不要操心，现在虽然医院里面抓得紧，但这种暗箱操作还是免不了，只要你给了钱，他们自然会找出理由来说服院长，院长不好不批，甚至不敢不批，因为院长手里也捏着一大堆关系病人等着安排。假如不批给科主任，到时候院长的关系户一个也安排不进来。不过，你老兄放心，这回科主任本人不会从中分油，他是回报我，反正下面也乐得有钱拿。没办法的事，知识分子自我改善，不然不是真的拿手术刀的不如拿剃头刀的了？”我点头表示同意。也就二十多分钟后，秃顶主任已经办好了入院手续，比正常入院手续还要简单，说人来了直接把手续、病案以及院长批条交给肛肠外二科某某人。

晚上我就揣着一袋纸片回池州。病床上妈妈的脸色已经不如两天前了，我不由得有些心酸。她微微地要拗起身子，问我省城第一医院安排得怎么样，我说：“已经办好了，你不要操心。”她说那还等什么？我说我刚刚下车，还没和爸爸他们见面。她说：“我要走，我要去第一医院。你小时候得了脑炎，就是在现在这家医院，一个留美的教授都说没治了，抽不出骨髓化验。我们抱一线希望，连夜赶到省第一医院诊治，人家一位年轻医生没费事就抽出了骨髓，然后对症下药，第二天你就能睁开眼笑了。我记得很清楚，那一天你爸爸还重感冒，你就闭眼躺在我的手上。”妈妈指指自己干瘪的手臂。

爸爸说市里的几个权威下午来会过诊，他们认为也有可能是肠结核，省城是可以不必去的（病理报告后天下午六点才能出来）。毛局长和姑老太主张立即去省城，即使是肠结核，病情这么重，也要争取最好的治疗，否则也会危及生命。爸爸和三哥认为等这边有了结果再去也不迟，而且那边也未见得好。他们不会把个县处级病人当回事来治。我一时没了主张，妈妈的肚皮是按晚期无救癌病人的方法缝合上的，只缝了上面一层表皮，护士揭开纱布换药，竟然可以看到缝口像小孩嘴那样的红鲜鲜的肌肉。我问医生，医生说：“因为没有最后确诊，有可能还要开第二刀，几层都缝死，再开刀病人不是更痛苦吗?”我差不多冲着那个医生大叫一声:“你看她还能开第二刀吗?”但我还是忍了,妈妈不还住在人家这儿吗?老母亲的命不还在人家手里吗?

我跟爸爸的冲突最为激烈,他坐在轮椅上就像一个受了伤的老兵那样暴躁。他说他见识过省城第一医院的医生,同时讽刺我并没真正见过第一医院的医生:“你连他们的一根毛也没见到(爸爸平素不说脏话,往往为了增加说话的分量,他才夹一到两个脏字)。”毛局长听到爸爸开始带脏字说话,知道老头子火了,他就不再动员我赞同他的主张。昨天晚上他的老伴来看了妈妈,在医院的黑处那老太婆说了一句什么挺动情的话——不是说病人病情。当时毛局长送老太婆出去,好像那老太婆是说“四十年了”——而我确实也快四十岁了。前些时候大哥无意当中说:“过去我们一家在池州时就觉得奇怪,觉得你小时候既不像爸爸,也不像妈妈,就觉得你像小毛,后来长长,你才渐渐地像妈妈了。”我当时并没有在意,他们还说过我是渔船上抱来的呢。

毛局长一生都很神秘,可我喜欢他,遇事往往我和他的观点一致。大概就因为这一点,爸爸才十分恼火,似乎在这种节骨眼上,我不应该站在毛局长那边。紧接着爸爸又用嘲讽的口吻问我:“你是不是医生?”我不回答,他则替我回答:“你不是医生!”这话似乎也是说给毛局长听,仿佛在吼:“你是不是桑英的丈夫?你不是桑英的丈夫!”因此,不是医生不是丈夫就没有发言权。爸爸坚持他就医时常说的那些话:不听你的,也不听我的,听医生的(仿佛在说听党的听组织的)。这种语言多年来我耳熟能详,最令人无奈。他不想想,要是碰上庸医呢?还有,即使是好医生,如果正好犯了过于自信的毛病呢?或者刚刚在家和老婆吵过架心情不好呢?我没法把这些看法告诉爸爸,因为他既老又骨折未愈。

毛局长和驾驶员们关系都极好（他永远是一副老小孩的样子），检验检疫局的“奔驰面包”从昨天晚上起就停在老干部病房的楼下待命了，瘦高个儿驾驶员宁可夜里盖一件大衣睡在车上，也不离开一步。楼上休息厅里的意见不一，直到大哥打来电话表示赞成去省城，二比二的局面才真正打破，我再站在赞成去省城的一边，就变成二比四了。爸爸已成了少数派，但他还一定要再去问一声医生，当班的医生好像刚刚睡醒，说：“也行啊。”爸爸又要把病情向医生详说，防止当班医生情况不明，错下判断，但是那人没让爸爸说下去就说：“晓得晓得，你们要转到省城去当然更好，这还要说吗?”爸爸说本市某权威会诊时说……话没说完，那医生已经转身走了。见此状况，爸爸就不再坚持了，任由我们处置妈妈的事，不过我相信如果去了省城情况好还好说，如果搞砸了，他一定还是会有话说的。

爸爸坐在走廊里不语，妈妈带着微笑被我们抬上电梯下楼去。

省第一医院肛肠外二科在一个小山坡上，白色小楼的内部拥挤不堪，一间不到二十平方的屋子里摆了五六张床位，那些病人似乎全都大半个身子已经跨到另一个世界去了。我和二哥都觉得不行，还不如找三哥的一个关系到肿瘤医院去。褚好像不高兴，说已经很不容易了，按身份讲应当是不低于十四级的干部才有资格住进来，而妈妈是十五级，已经算照顾了。好在当班的护士仿佛亦为这张“自留床”的圈中人，她连忙过来招呼，并且叫勤杂工把已经换过的床褥又换了一套。被子不白但消过毒是肯定的，而且旁边一张床位的陪护拉拉我的袖子问：“是不是郝院长介绍来的?”我不很明白这人的意思，不过看来能得到这张床位确实很不容易。爸爸和三哥还在那儿咂嘴，弄得褚很没面子，他掉脸就走，我连忙追到走廊里。

褚说："你们现在退也完全没关系。"我连忙把一千元掏出来，他不接，让我和家人再考虑考虑。我说："这事我做主了，更主要的是我妈妈本人一点儿意见也没有。"褚嘟嘟囔囔地说："这年头真是好人做不得。"我说："你老兄说气话。"于是他这才把我领到护士长那儿，又叫来一个三十多岁的主治医生，让我当面把钱交给那个护士长，那医生见我给钱给护士长，只是"喔"了一声，全不在意的样子。褚又交代了几句就匆匆地走了。

我回到病房，妈妈的情绪不错，似乎这下子放心了，如同出门在外找着了旅馆。爸爸、三哥先还想说什么，见妈妈自己乐意，也就不再讲了。

这所从前的教会医院，除了房子没变（还是尖尖的顶），确实看不出一点儿基督教的精神了。四处一片忙乱，医生、护士常用咆哮代替说话。每天查房一次，周六才会诊一次，有些病人病情恶化，人死了，家属们开始由低眉顺眼转为大吵大嚷。妈妈才住了三天，六张床上的病人已经死了两个，妈妈的眼里开始流露出慌乱的神色。星期天凌晨一点多，角落里又一阵大哭，原来一个老头儿也死了，说那还是安徽的一个离休县委书记。星期六会诊，院里的几个教授都来了，最后秃头主任对我和三哥、毛局长说："不像小肠癌，可能是肠结核。"

妈妈的状况似乎也没有恶病的征兆，当天下午，科内做了一点儿小手术，把表皮重新切开缝合。毛局长则跑去找一个老中医开方拉了一堆草药回来，花钱在医院门口小店代煎。妈妈无意中听说肛肠外二科六病室是该科的肿瘤病室之一，脸色立刻灰了下去。麻药一过，躺在床上哼个不停，一定要我打电话把被她劝回池州的爸爸以及大哥、二哥、孙子俊藻叫来，说她活不久了。我告诉她第一医院认定是肠结核，所以才把刀口全缝好了。她说这就是说已经全部扩散了，没必要再开刀了。毛局长劝道：“你不要瞎想，是肠结核，草药喝喝就没事了。”她突然抓住毛局长的手：“你不要骗我，你骗了我快四十年了。”毛局长说：“我没骗你，从来没有，小四马上就要回到你身边来了，你的晚年是幸福的，儿孙满堂，我还要和老常一起给你做七十岁、八十岁、一百岁生日。这辈子大风大浪都过来了，我、老常、你，还有姑老太他们，我们这批从农村出来的能有今天不容易。”毛局长紧紧抓住妈妈的手。妈妈说：“我一生没有其他要求，从来没有。”她边说边流眼泪，“我要孙子在我身边看我咽气，小毛你要是真对得起老同事，就烦你们送我回池州，我死也要死在凤凰山上。”病房内的空气跟着凝重起来，仿佛妈妈真的就是本病室又一个即将离世者。想想也真是混乱，池州的病理报告是极罕见的小肠癌，而且是晚期，而省城第一等的医院却认为可能是肠结核。在这么反复折磨中，没有病也要弄出病来，不死也要被吓死。

妈妈的精神崩溃了，病情也急转直下，人整个儿萎缩下去。爸爸和陶所长、管理员赶来了，过了一会儿，值班医生递过来一张切片化验的最终报告，说是科主任下班时让带过来的。三哥看了以后就到外面去了，报告显示：淋巴癌，四期。医生说：“老太太随时可能走。如果死在这儿，尸体不能出医院大门，如果出去，那只能是直接去殡仪馆。这是本市的规定，干部违反要撤职，党员违反要开除。”

是回池州还是在这儿等死？众人意见不一，但总体觉得还是应该回池州，在这儿待着没意义，而且妈妈本人的愿望也是回池州。爸爸不同意，他还想再听听专家会诊的意见，可医生告诉他，这张病理报告就是经过专家会诊以后发出的。

爸爸坚持到第二天下午五点多，终于同意把老太送回池州。我和毛局长去结了账（我还特意去和老同学打了个招呼），众人一起护着，开车载着已很虚弱的妈妈赶回池州。车到池州天已经黑了。

天气不好，冷风飕飕。汽车亮着大灯慢慢爬上了黑黝黝的山坡，每一幢小楼都像碉堡一样匍匐在黑暗中。

车在家门口还没停稳，大哥和二哥就迎了出来。妈妈看到他们很欣慰，她觉得这是一个人行将过世应有的阵仗，家人和想见到的人都在。的确，她的直觉一向很准，这回也是，她直觉自己身患绝症，而且活不长了，果然如她的直觉所感。是毛局长给两位哥哥通报了，他们和两位嫂子火速赶来了，他们几个看上去又疲倦又紧张。姑老太坐在客厅沙发上流泪，想站但站不起来。妈妈问俊藻为什么还没来，二嫂说下午通了电话，今天没班车了，所里派了一辆车过江去接，大概要到夜里十二点才能到。

日光灯安在窗子上，打开以后我总觉得过于惨淡，我到里屋把一盏旧台灯拿过来，哥哥们正在把两用沙发推开，所里的顾军医已经把氧气瓶搬来了，沙发摊开太矮了一些，宽度倒是很可以，妈妈躺在上面显得很稳。她感到很踏实，一只手伸在被子外面，我们站在她的床前，风在客厅前面的院子里吹，院子里满是妈妈栽的树木花草，树下的田地因为没人打理，不像过去那样常年长着绿油油的青菜，花草也没人管。妈妈坚持要把通向院子的门打开，像前一阵子防震那样，好像院子里的风会有助于她活得长一些。她那只伸出被子之外的手坚持抓住沙发的边缘，骨头在纸一样薄的皮下用力。她对爸爸说："你可要救我呀！"似乎是爸爸有意把她从省城又弄回来了，爸爸苦笑笑，好像他也到了末日。他们都是从家乡洪高梅村出来的，那个村子传统观念较为根深蒂固，妈妈在考虑死后究竟是否回到洪高梅村去安葬。她曾想过就把自己葬在院子里，上面种上很多月季花，她虽然在地下，但可以看到她的那些杂乱无章的花啊草啊开放、凋谢，春天蝴蝶、蜜蜂在暖风中飞，而最重要的是她的孙子就睡在她的附近，或者孙子在院子前后走来走去，连孙子娶妻生育，子子孙孙她都看得见，这对她是很大的安慰。当然，她也知道，这是异想天开的事，儿子们还好说，媳妇们不会同意，孙子俊藻也会讨厌："奶奶就埋在院子里，多么恶心哪。"再说所里也不会答应。怎么可能？妈妈想到这些就挺伤心的，都成了一小钵灰了，却还是不能留在自己生前住的院子里，一定要被人弄到郊外与死鬼们做伴。至于回洪高梅村，那更是不可能的，离家几十年了，家乡的地都承包了，哪儿还有她的葬身之地啊，让她葬在荒山上，那她更不愿意，凄风苦雨、荒山野岭的。

大概因为想太多了，妈妈的脸上涌起一阵潮红，呼吸也开始急促起来，顾军医赶紧把氧气罩罩在她的嘴上。爸爸说，不回洪高梅去了，妈妈慌乱中把头拗了一下，好像表示同意，那么就是去江边的公墓了。

十一点五十九分，妈妈像睡着了。俊藻正好破门而入，他抓住奶奶那只温热的手，二个月前正是这只手送他过江，奶奶把孙子的肥手紧紧攥在其中。俊藻扒开奶奶的眼睛，她的眼皮也不垂落了，好像看着俊藻，嘴角龇着，露出假牙的一角。

最先哭的是毛局长，他对着墙角，似乎有很多该说的话还没来得及说。爸爸要从轮椅中站起来，我上去搀住他，他又坐下去，他让我把轮椅推到走廊里，他在那儿一声不吭。姑老太的哭声响彻云霄，整个小院陷入一片悲伤之中，谁也想不到我妈妈走得这么快，短短就这么些天，从误诊为急性阑尾炎开始，到淋巴癌四期，从絮絮叨叨一个活人到一个忽然缩成一小条的没有生命的躯体。

爸爸跟姑老太一起住了，我和几个哥哥搞不清他们究竟办没办结婚手续，除了三哥对此嗤之以鼻，大哥、二哥和我都觉得无所谓。

只是凤凰山干休所的房子爸爸并没有做交代，暂时先空着。仅仅一个月后爸爸突发脑溢血，只说了半句话：“我今天……”就倒在床面前再也没能站起来。

钱是干休所陶所长帮助我们家分的，一直掌握家中财权的妈妈早就把十张存单和四只金戒指存在所里了（所以爸爸并没能带什么去姑老太那里）。三个哥哥从所里拿了钱和戒指，毛局长则交给我干休所住宅的一串钥匙，说妈妈嘱咐过他，干休所的房子归老四了。毛局长说，我爸妈都没有什么书面遗嘱之类留下来。

哥嫂们以及亲戚们已于昨天全部离去，我的妻儿暂回门台。今天上午毛局长领我到池州报社去报到（检验检疫局我终于没去成）。接待我的总编是毛局长的一个旧交，刚刚到任不久，毛局长正是通过这一层关系把我弄到报社的。据毛局长后来讲，检验检疫局他的几个副手结成联盟，把他和妈妈多年的老关系编成桃色故事到处散布，用于阻止我的调入。鉴于这种情况，毛局长当然不能一意孤行。

这天吃过晚饭，我和毛局长在住宅门前分手，他走的时候拍拍衣服，好像有什么缘分到此了结了。我看着他穿着一身黑衣服出了我家院门拐上大路，渐行渐远。

送走毛局长，我关上院门，回到空空荡荡的屋子。屋里的家具啥的都是爸爸、妈妈生前用过的，一切都在暗淡的光线下静止不动。里屋两张床空着，二老生前常在床上隔着空气互相絮叨或埋怨，此刻似乎仍余音袅袅。

我坐在客厅的沙发上抽烟（沙发妈妈死时用过），通往院子的门照常开着，远处夜行火车风驰电掣般地驶过，传来阵阵呼啸声。

后　记

写下此后记时，我的父母亲已于2010年、2015年先后离去。有些年了，一直不清楚为何仍那么悲伤，以至于难以自拔。想来想去无解，忽然有一天想到，原因可能即我一家从外地回出生地后和他们天天生活在一起长达七年，之后虽搬出干休所，但还是在一个城市生活，三天两头往干休所跑。喜怒哀乐、酸甜苦辣全搅和在一起了。更关键的是作为写作者，我无意中体察着他们（包括自己）的生活，不仅如此，还以小说的方式写了下来，情感无形中已深入骨髓。这一切，当父母还在时一点儿都不觉，而当他们终于离世，才发现，父母也会去的。他们带走了我生活的一部分，带走我情感的一部分，当然，也带走了我特定的写作对象。

现在，将这些生活经历发表出来，展现给读者，也算了却了我的一个心愿。与一段过往告别，或许意味着重新开始。自然，从小说创作的角度，“干休所系列”包括其风格并非是我作品的主体，它只是我一段时间内的重点之一。

因忙于影视我几年不出书了，上一本书《媚惑方舟》为方便宣传出版还特意将大咖好友叶茂中的名字署在我的名字前面（十个已大部在刊物上发表过的短篇小说原作母本以及以“长篇”形态所写的串联文字完全系我一人创作）。该书因奇诡的内容和形式的创新，产生了一定的反响，期待这本书因内容的丰厚和样貌的别致再次受到读者的欢迎。

雨　城

2019 年 4 月 13 日

（全书完）

图书在版编目(CIP)数据

黄昏不晚／雨城著. — 北京 ：中国文史出版社，2019.10

ISBN 978 - 7 - 5205 - 1144 - 5

Ⅰ. ①黄… Ⅱ. ①雨… Ⅲ. ①短篇小说 - 小说集 - 中国 - 当代 Ⅳ. ①I247.7

中国版本图书馆 CIP 数据核字(2019)第 123333 号

责任编辑：卢祥秋

出版发行：**中国文史出版社**
社　　址：北京市海淀区西八里庄 69 号院　邮编：100142
电　　话：010 - 81136606　81136602　81136603（发行部）
传　　真：010 - 81136655
印　　装：北京东君印刷有限公司
经　　销：全国新华书店
开　　本：720 × 1020　1/16
印　　张：17.25　　　字数：216 千字
版　　次：2019 年 10 月第 1 版
印　　次：2019 年 10 月第 1 次印刷
定　　价：58.00 元

文史版图书，版权所有，侵权必究。

文史版图书，印装错误可与发行部联系退换。